花局

王方晨　著

北京出版集团
北京十月文艺出版社

题　记

比温柔还要温柔
你的脸，
比洁白还要洁白
你的手；
你尽可能地远离
这个世界，
你的一切
都来自非这样不可。

非这样不可：
你的忧伤，
你永不变凉的
触摸，
还有你没有怨气的
安静声音
和你眼睛的
遥远。

——[俄]奥西普·曼德尔施塔姆

人物表

古泊生——花局局长

陈志生——花局职工

宁小虎——花局职工

上　帝——花局职工

王　树——花局职工

王光乐——一条狗，花局特权职工

鲁林娜——花局职工

柴会卡——花局办公室主任

龚建东——花局工会副主席

曹佩奇——花局办公室副主任

小　曹——花局办公室办事员

季国庆——花局司机

赵益合——花局司机

裘兆年——花局财务科科长

老　婆——外号，诗人，花局职工

妞　妞——花局职工，打字员

露　露——一只鸟，古局长的宠物

夭　婆——花店女老板

施小婕——电视台主持人

苏桂兰——上帝的妻子

国锦玲——王树的妻子

小　罗——陈志生的妻子

胡雪梅——一条母狗，原名刘熙熙，王光乐的妻子

祁秀红——小饭馆老板

裘益甘——派出所民警

张玉华——他局局长，古局长的朋友

田玉华——他局局长

许科长——他局的科长

兰　翠——古泊生局长的妻子

目录

第一部 花局与树 1

第二部 花局与人 109

第三部 还有一条狗 231

第四部 甚于温柔之乡 277

第一部　花局与树

第一章

1

陈志生这个人，在我们这个城市里是很有名气的。他已经三十六岁了，还一事无成。本来他会这样默默无闻地终老一生，但老天爷偏生在一个很平常的春天里给了他扬名全城的机会。天气暖洋洋的，很容易让人精神懈怠。也就是在这种前提下，古泊生局长惊异地注意到了这样一种事实：十三年间本局竟然有人没参加过一次植树活动！

古局长拍案而起，大叫：

“他妈妈的怎么得了！”

花局办公室主任柴会卡也附和道：“这人就是死猪不怕开水烫，榆木疙瘩老牛筋，你叫不动他，让他种树那是开枪杀他。”柴会卡刚才拿来了一份参加植树节植树活动的人员名单，名单上的人都有资格领到一份不薄的礼品：一包毛尖茶叶、十五斤鸡蛋、一桶“天香”牌精制花生油和两瓶“枪手”牌杀虫剂，另有五张净化水公司分发的净化水票。柴会卡暗示那些没参加植树的人会因这份贵重的礼品动心，陈志生这人就极有可能。

古泊生局长的声音在春天的空气中轻飘飘的：

“陈志生是不是去年也没参加植树呀？”

陈志生不光去年没参加植树，前年也没参加，大前年也没参加……整整十三年就没参加过一次植树活动，而十三年前栽下的悬铃木早已是根深叶茂了！植树造林，美化环境，惠及子孙，国家设立植树节都有二十年了，他陈志生还是不是中国人哪？古局长忍不住破口大骂起来。

古局长又一巴掌把那张名单从桌子上打下去，叫道：

“叫陈志生来！我当面问他，是不是不想在花局干啦！我看精简机构就得从这种目无法纪的人开刀！”

柴会卡人称古泊生局长肚子里的虫子，柴会卡很能理解古局长的愤怒。柴会卡虽然还有话要说，但他还是弯腰捡起名单往门外走去。可是，古局长却又叫住了他。

古局长面无表情，也不看他，举着胳膊，大拇指跟食指斗在一块儿，无意中形成了一只杨丽萍式孔雀嘴。这只惟妙惟肖的孔雀嘴不停点动着，像在啄米。

“回来回来，”古局长说，“我有重要安排。”

2

第二天，全花局轰动起来。全花局的人纷纷走出各自的办公室，登上从公交公司租来的两辆大巴，还有一些退休在家的老职工闻讯后也陆续来到局里，被请上了局长专车，两辆双排座的微型车分别装满了悬铃木树苗和植树工具。办公室主任柴会卡忙前忙后地招呼着。一切妥当后，大队人马便浩浩荡荡地开上大街，驶向城郊的小马河畔。

于是，全城的人都瞪大了眼睛。花局是怎么回事呀？花局看来是过糊涂了。植树节不是早就过去了吗？该不是人们大梦方觉，到了第二年的植树节吧。但这分明是植树节过后的第九天，有人参加植树时沾在鞋子上的泥点还清晰可见。

这是信息时代，市电视台马上获知了花局在植树节之后组织职工植树活动的消息。也就是在古泊生的人马刚刚驶出城市中心大街的那一刻，一辆载着本城大美女施小婕的面包车像鸟一样飞出了电视台电动大门。面包车外形亮丽，又有醒目的电视台标志，使得街上的很多行人都不由得驻足观看，就连交通警察也分散了注意力，一看这辆采访车驶来，忙下意识地做出了放行的手势。人们猜不出采访车里坐着的会是施小婕，但能肯定坐在里面的是某个被全城观众心仪已久的人物。

施小婕在出城的路上几次放下紧握的话筒，整理衣领，端正形象。没谁比她更知道自己被全城观众欢迎的程度了，良好的职业道德感使她从不敢放松对自己的要求。

采访车畅通无阻地来到小马河畔，施小婕下了车直奔植树现场。大美女一到，人人都像吃了兴奋剂，干得更欢了。施小婕找到古泊生，说明了自己的采访意图，然后对着摄像机，情绪激动地说：“欢腾的小马河，在植树节过后的第九天又迎来了一群给它梳妆打扮的人。草还没有绿，树还没有发芽，但我们仍能听到大地正用它充满生命力的绿色向我们诉说着它的欣喜。”

施小婕让自己镇静下来，大大方方地转向古泊生：

“古局长，我想提一个问题，您为什么要在植树节之后组织这次活动呢？”

古局长说：“植树造林是一件很有意义的事，植树造林绝不能因为植树节过去了就该停止。我们栽下一棵树，就是献出我们对地球的一份爱，一份责任心，这也是对我们自己、对人类的关怀和尊重。”

“说得太好了！太好了！”施小婕不由得发出喝彩。

古局长脸上放出团团红光。他轻轻地清理了一下嗓子，接着说：

“同时，我们也想以实际行动来说服教育某些人，那些懒得植树、懒得下力气、无组织无纪律的同志，尽快转变思想，加入全民植树的行列里来！”

施小婕赞同他的观点。“这种人是有的，”她说，“我很希望他们通过收看我们的节目而受到教育。”

古局长显然已经大大地激动起来。“社会上有，”他说，“我们花局也有！就是现在，大伙儿正干得热火朝天的时候，在一些退休的老同志也纷纷赶来参加劳动的时候，还有个别人坐在家里，喝着茶水，跷着二郎腿，在享受别人创造的良好的大气环境呢。”

“这个人是谁呢？”

古局长示意关掉摄像机。“这个人是谁，我就不要说了吧。”他对施小婕说。

但是敏感的施小婕已经产生了一个新奇的创意。她坚持让古泊生局长说出了陈志生的名字。

3

古泊生局长说得一点不错，陈志生正坐在家里无所事事，茶杯里的水已经喝没了他也不知道，照旧不时地把茶杯端到嘴上喝一口。忽然，门铃响了。陈志生反射性地一挺身子，放下了二郎腿。这时候，他才发现自己已经将腿坐麻了，他的下半截就像空空的，只好无可奈何地听着门铃声响了又响。

打开门后，陈志生首先看到的就是市电视台的大美女。但他凭直觉断定他们是来干什么的，便一下子发怒了。

“你是陈志生同志吧。”施小婕把话筒伸到了他的面前。但她话音未落，就听他气汹汹地嚷了一句：

“出去！”

施小婕当然感到有些难堪，但她并没有失去一个经验丰富的电视节目主持人的从容气度。只见她迎着陈志生跨进门内，继续沉着地追问道：“陈志生同志，请谈谈你对植树造林的看法好吗？”

应当说陈志生这人性情还是相当平和的，当他清楚地认出站在自己跟前的香馥馥的女人就是施小婕时，他马上为自己的粗暴无礼产生悔意了。施小婕是那么好的女人，过去只是在电视屏幕上见到过，而现在，她就站在自己面前，虽然在从户外赶来的路上衣着面貌染上了丝丝风尘，但那股清新动人的神气并没有减少半分。谁面对这样的女人都会错以为自己是在接近仙境。

陈志生往后退了一步，随同施小婕而来的人也便涌入门内。陈志生只一瞥，就发现局里的一个同事手里拿着一柄铁锹，还有一块崭新的白羊肚手巾。

施小婕并不耽搁，按照自己设计的思路紧盯陈志生不放：

“陈志生同志，在全国植树节过去九天之后，××局再次组织职工参加义务植树活动，对此你有什么感受？”

摄像机沙沙作响。陈志生脸色黑沉沉的，虽然一言未发，施小婕却能看出他内心正在进行着激烈的思想斗争。在施小婕的预想中，陈志生的眼泪马上就要夺眶而出了。她甚至想到陈志生会一把推开她，抢过铁锹和白羊肚手巾冲出门外。她已经隐隐地感受到一种心灵的震动。事实上她的心情紧接着就像一只跷跷板，高高地朝空中翘了上去。

可是陈志生却只是冷冷地说：

“我没有感受。”

施小婕无法掩饰住心中的失望。“你怎么能没有感受？”她的声音颤抖起来，并感到眼前的这个人太有些不可理喻了。

“我没感受！”陈志生加重语气，又说了一遍，就准备保持沉默。

施小婕不由得回头看看身后的同伴，又看看陈志生的同事，他手里的铁锹和白羊肚手巾就是特意给“落后变先进”的典型陈志生准备的。看来事情很难向她预想的方向发展了，但施小婕天生有一股拗劲儿，她再次对陈志生发问："你到底是真的没有感受，还是有感受不愿或不会表达？"

陈志生没能躲开她的视线，他不得不承认施小婕这女人的漂亮。他还没能在生活中遇上一个像施小婕一样漂亮的女人，这样的女人走到哪里都会成为世界的中心，周围的一切也全都为她所有，别人只能剩下一片仅可容身的空间。陈志生退避在这个局促的空间里，他感到自己矮小、瘦弱、丑陋、猥琐，与光彩照人的施小婕形成了那么大的反差。

陈志生坚持不住了。"我不想栽树，"他低低地说，像在呻吟，"我讨厌悬铃木。"

施小婕又开始兴奋起来。"你怎么不想栽树？"她说得很快，"植树造林是一项多么好的活动，多么有意义的事情，既能美化环境，又能改善大气。你不记得前几天的那场大风沙吗？有人被从脚手架上刮下来，有儿童在街上行走被卷跑，白天变成了黑夜，二十米外看不见对面的人。小马河防护林带的建立，对生活在这个城市的每个人都有极大的好处。难道你不是这个城市里的人吗？"

但是陈志生仍旧没有被击溃。"我不想种树。"他说，声音比刚才清晰多了。没等施小婕再次发问，他就又用强调的语气说："我明明白白告诉你，就是因为我不想种树，所以我才绝不参加植树活动。"

"哦……"施小婕发出了一声疲惫的叹息。同来的人也一起唏嘘着摇起头来。

施小婕垂着手，陈志生误以为她在想什么。其实施小婕此刻的脑子里一片空白，她感到自己就像一个在水里浸泡了半个多月的死人。

不用说了，施小婕采访陈志生失败。但是谁也没想到，陈志生竟因此出了名。施小婕没想到，古泊生没想到，柴会卡更没想到。

4

花局组织义务植树活动的消息被电视台播出后在社会上引起了极大的反响，人们每天都会看到某家单位有意效仿花局，载着职工、树苗、工具，旗帜招展地驶向小马河畔。

古泊生有一个爱开玩笑的朋友,也是一个局长。这天,两人偶然相遇，爱开玩笑的局长就对古局长说：

“想不到老兄也学会炒作了，佩服，佩服！”

古局长听了不大舒服,就说他胡说。“这怎么是炒作呢？”古局长说，“我看你脑子有问题。”

爱开玩笑的局长叫张玉华。张玉华又这样问他：

“你们花局有个叫陈志生的，听说死也不植树？他是那么恨树吗？”

古局长简直后悔不迭。古局长心里不安，柴会卡一眼就看了出来。

“找个碴儿把他开除了算了，”柴会卡说，“我们局的好声誉全让他给败坏了。”

古局长没言语。

“他不是自以为出了名了吗？”柴会卡说，“那就再让他出次名，局里再组织一次植树活动，栽一棵树五十块，看他还不去！”

古局长还是没言语，柴会卡就开始困惑起来。他竟感到自己头脑有些迟钝了。古局长像是在出神，他试探地叫了一声：“古局长。”古局长果然在出神，他像是刚刚看到柴会卡，问他：“你来了多久了？”

没法形容柴会卡心里的难受劲儿。“我来一会儿了。”他说，鼻子马上酸了起来。

古局长只是噢一声，就又只顾自己出神。

柴会卡看到的是一个衰老的男人，也同时意识到这是在温暖的春天里。柴会卡知道老人很容易在春天犯傻。他决定不再打搅古局长，便悄悄地从古局长跟前退了出去。

到了门外，柴会卡马上变得怒不可遏起来。他快步向陈志生的办公室走去，他要质问陈志生为什么不参加花局的植树活动？为什么不服从组织安排？难道他不知道植树造林是造福人类的崇高的行为吗？难道他不知道古局长是一个年过半百的老人吗？他这么有意招惹一个老人生气，还有没有最起码的一点人道主义？柴会卡不准备再对陈志生客气了，要说古局长怕他，可他不怕！古局长对陈志生够宽容的了，柴会卡也早就不满意古局长对他宽容，现在柴会卡见到陈志生，二话不说，迎面来一拳！打他个鼻青脸肿，满地找牙，看再说不种树！柴会卡自从当上办公室主任，就长了晃晃悠悠的大肚腩，但对付一个像陈志生这样的小矮子，还是绰绰有余的。就凭这一百八十斤的分量，压也把他压得瘪了。

柴会卡眼看就要冲进陈志生的办公室了，忽然有人叫他。回头一看，见是局办公室的办事员小曹。只这一回头，柴会卡就打消了去教训陈志生的主意。这可不是在大街上，哪能意气用事？柴会卡慢慢地向小曹走去，小曹迎上来，给他汇报什么，他也没能听清。小曹正要走开，他又张口叫住他：

“你去通知陈志生，让他去财务科领奖金。”

小曹不解地说：

“不是谁参加植树才有奖金吗？”

柴会卡生气了。“让你去你就去！”他说，“有没有奖金让陈志生自己去看，他去看了不就知道啦！”

小曹也是个机灵鬼。小曹马上领会了柴会卡的用意。

柴会卡不指望陈志生会走出来。望着小曹跑去的背影，柴会卡止不住露齿一笑。

下班时间到了，柴会卡却坐在办公室里不动。陈志生的影子刚从办公室门口闪过，柴会卡就忙站起身，追了出去。柴会卡左右看看，没有别人。可是陈志生显然发觉了背后有人，他头也不回，步子也像是加快了。柴会卡也不叫他，就想着猛扑上去，出其不意地一拳将他击倒在地，却没想到陈志生陡然停了下来。柴会卡看清了，他的脸上也并没有畏惧的表情，他的目光具有那么大的力量，一下子将柴会卡从跟前推开了，这也是柴会卡没有想到的。在柴会卡的眼里，他的样子很像一头凶悍的狼呢。柴会卡忽然意识到自己对他来说无异于一块庞大的美食。柴会卡止不住有些慌乱，呼吸声也跟着粗了。

看门老头从门卫室的小窗口向他们瞧着，柴会卡镇定下来，脸上三不知地泛起了一层笑纹。

“你出名了，陈志生。”柴会卡笑着说，“全城的人都知道了你的名字。”

陈志生只看了他一眼，就转头又走。

但是柴会卡灵机一动，他知道该怎么对付陈志生了。“陈志生，别急嘛，”他笑着说，“我请你一顿怎么样？”他跟上去，“你这是出了名就不把我柴会卡看在眼里了。我敢肯定你没想到自己会出名。不就是没去植树嘛！这有什么呀？没去就没去呗。”

他们很快走过了看门老头的视线，但陈志生仍旧一句话也没说。柴会卡已经越来越起劲了，而且轻而易举地表现出了跟陈志生亲近的样子。

“街对过的优而雅酒店是我的一个老同学开的，”柴会卡说，“你还没去过吧。你就省一张公共汽车票吧，我早就想着跟你好好聊聊了，却总是没有机会。走吧，我们去优而雅……”

陈志生又猛地转过头来，瞪着他。陈志生激动得很厉害。陈志生想要说话，但他什么也说不出来。

柴会卡把手挡在嘴上，神秘地说：

“走，我给你透露个最新消息。”

陈志生脸憋得通红。

“你就要被提升为科长了！”柴会卡说。

陈志生终于没有说出什么，他又一转身，快步走了。柴会卡要想追上陈志生显然是不可能的。他停在了原地，眼看着陈志生走到了远处的一棵悬铃木下。又有一个人走出来，他们会合在一起，又向前走了。柴会卡眯着眼朝他们看着，悬铃木已经绽露嫩芽，远远地看只能看出一些朦胧的绿意。柴会卡很能断定那个人是个女的，却绝对没有想到那会是本城大美人施小婕。

5

除了古泊生，花局没谁不知道陈志生要提科长的事，但古泊生一下子就觉得局里的气氛有些异样。平时上班时间局里总是静悄悄的，现在也是静悄悄的，却让人感到这是夜半时分。那些在科室之间来回走动的人就像是走在浓浓的夜色里。古泊生局长在下午离开办公室之前迎接了三四拨前来探听消息的人。

“古局长，什么时候再去植树呀？”他们说，“不植树怎么能改善咱们的居住环境呢？水土流失，气候转暖，沙尘暴，无一不是跟没搞好植树造林工作有关系。沙尘暴今年已经威胁到咱们的小城了，威胁到咱们的小城倒还罢了，但它已经威胁到了祖国的首都北京。”

跟同事谈心，古局长感到说不出的愉快。

“植树节过去久了，”古局长随和地说，“很难保证树苗的成活率。”

“种十棵，哪怕活一棵也是伟大的胜利！”他们情绪激昂，“古局长，我们看出来了，你是怕，你是怕局里有人不参加。有人不参加，但我们参加！我们也真是想不通，局里怎么会有不喜欢植树的同志，嗯？！他是怎么想的？他还是不是共和国公民？这么有意义的活动他还不参加，他肯定是为了出名儿。出这样的名儿有什么了不起，还不就是一个臭名儿？他还想臭到全国去？”

古局长抚慰大家：“能参加植树就是好同志，你们的迫切要求我也理解，对不参加植树的同志，我们还是要采取批评教育的方式，我不主张一棍子打死。”

大家还能说什么呢？大家站起来，但嘴里仍旧嘀嘀咕咕的：“不参加植树还能出名儿？”百般不解，百般不忿。

他们告辞了，同时也开始了更大的猜疑。看古局长含糊其词的样子，陈志生要提科长并非谣传。他们找到柴会卡。

“柴主任，”他们比在古局长跟前自如多了，“咱们植树有什么罪？”

柴会卡一眼就能看穿他们的目的。他笑着说：

“植树怎么会有罪？”

“植树没罪，”他们说，“可咱们没出什么名儿！咱知道咱叫毕荣华，还是耿书林。”

“那你们索性都不去植树吧，”柴会卡说，“你们都不去植树得了。”

“咱们可不去出那臭名儿，”他们说，“咱们该去植树还去植树，咱们一心干好本职工作才是正经。咱们埋头苦干，不管谁要去当科长。”

“你们说谁要去当科长了？”柴会卡笑着问道。

“谁？还能有谁？”他们说，他们感到柴会卡无比地狡黠，但他们必须更加狡黠，“你是办公室主任，你应该比我们清楚。”

“可我一点也不清楚。”

“你嘴上不清楚，但你肚子里清楚。”

柴会卡简直没话可说。他不想再兜圈子了。“那么，你说说为什么这个人就不能当科长？”他脸上的神气半真半假。

他们脸上的神气也半真半假。“他怎么就不能当科长？”他们说，“他已经三十六了，参加工作比他晚的都提了上去，他要再提不上去，这辈子也没什么指望了。不就是十三年没参加过一次植树活动嘛！”

柴会卡显然是在明知故问：

“你们说的人是谁呀？谁三十六了？”

他们不能不感到柴会卡真是太狡黠了。但他们有办法对付他。“不是你说的吗？”他们坚决不跟他兜圈子，“你问我们陈志生为什么不能当科长？我们也没说陈志生就不能当科长。陈志生又有这么大的名气。除了他十三年没种过一棵悬铃木，你就挑不出他的毛病。”

柴会卡哈哈笑了。“你们这一群王八蛋，”他说，“人家陈志生惹你们了吗？背地里嚼人家的舌头？”

“谁说他惹我们了？”他们说，“他少种一棵树，咱大伙儿多种一棵树就得了。古局长也说过了，对个别同志还是要以说服教育为主。”

柴会卡说：“古局长说得太对了，一般人不会有古局长的水平。”

“走！”他们说，“走！让陈志生请客。陈志生快当上科长了，他得请客！”他们走了出去。

随后，柴会卡也来到古局长的办公室。

“我想过了，”柴会卡郑重地说，“一包毛尖茶叶、十五斤鸡蛋、一桶‘天香’牌精制花生油和两瓶‘枪手’牌杀虫剂，另有五张净化水公司分发的净化水票，应该如数发给陈志生。这次植树平均每人两棵，一棵发二十块钱补贴，就给陈志生算两棵吧，我去通知他到财务科领四十块钱吧。”

古局长颇显激动地从办公桌后面站起来。“柴会卡，你跟我想到一块儿了。”他说。

6

古局长心情轻松了起来，他似乎感到自己有二十年没这样轻松了。刚在客厅里的沙发上坐下，电话铃响了。“我已经在家里了。”古局长对着话筒说。

“花局出了屁大点事儿就不出门了吗？”张玉华在电话里说，“快出来吧，几个老弟兄帮你散散心。”

古局长不想去，他也不同意张玉华的说法。“我局里怎么出事了？”他说，“我局里不好好的吗？”

“谁都知道你局里有个十三年没参加过一次植树活动的人，”张玉华说，“我看你也犯不上跟他生气。等一下，你听胡局长说说。”

“喂，老古，”胡局长说，“你可是久经考验的老同志，我不信这么一点小事就能把你打趴下，就能让你出不了门。打起精神来！明天还干不干革命工作啦！”

古局长没什么好说了。他接着把司机呼了来。在去会老弟兄的路上，他决定一个字也不提自己局里的事。

老弟兄们都站在蓝海宾馆的台阶上等他，一见他来了，都走了下来。老弟兄们发现他显得比别人都要高兴，也就放心了。一直到吃完饭，老弟兄们都没提他局里的事。这时候大家都候在游艺室里，小声谈着话，准备消消食后再去玩台球或保龄球。锦食美味、琼浆玉液虽然是在肚里，却还能像刚刚吃在嘴里一样，带给人新鲜、滋润、醇厚、清淡、浓烈、绵和、爽滑、辛辣、芳香的感觉，甚至让他们感到这些锦食美味、琼浆玉液似乎永远也不会变成大粪和尿液。他们心满意足地对着同伴微笑，丰厚清洁的手掌搭在圈椅的扶手上，随着音箱里低缓的音乐浑然不觉地打着节拍。古局长忽然发现自己早已沉浸在了音乐里面，别人在说什么他一句也没听清。可不，这是古局长历年来听到的最好的音乐了。呜呜哇哇呜呜哇——呜呜哇哇呜呜哇——像是半明半暗的灯光里飘浮着一对玫瑰花瓣一样的嘴唇，当然是娇嫩的嘴唇，它们不光吻在他的脸上、皮肤上，也吻到了他的心灵上。

古局长止不住轻轻战栗着，但张玉华却不合时宜地把嘴凑在了他的耳边，把他惊得像是被谁咬了一口。

“老古，我跟你商量件事，”张玉华小声说，“把你们局的陈志生给我吧。”

古局长瞪大眼睛，他的确没能听懂张玉华的意思。

张玉华继续说：

“我的单位有收费权，比你的单位好。陈志生肯定会同意。”

古局长认为张玉华喝醉了。“你去休息一会儿。”他说。

旁边的胡局长听见了，就问：

“你俩在说什么哪？”

张玉华叫他：

“老胡来帮我说说，我想跟老古要个人。”

“要人？”胡局长说，“要谁？你单位的人才不够用了吗？”

“我那单位人才济济，但我就想要陈志生。”张玉华说。

“要陈志生？”胡局长说，“你要他干什么？这样的人要是在我的局里，能把我愁死了。你看老古，”他忍不住一笑，“老古，我看你今天太勉强了，你在硬撑着。你心里发愁，可你不想叫人看出来。”

大家都笑了。古局长也不好反驳，就随他们笑去。很显然气氛马上变得活跃起来，好像今晚聚会的主题终于水落石出了。

“陈志生欺负你们老实厚道，”张玉华说，“可我不怕。我那局里没有这种人要赖的地盘。三年前我就处理了一个，这个人我一开会他就嘀咕。问他嘀咕什么，他又什么也不说了。我说你嘀咕什么呢？对领导，对政府有意见，你是可以说出来的嘛。可他就是不说。针对实际情况，我专设了个信访办，给他封了个信访办主任。你瞧好吧，仨月没出，人老实了，见谁嘀咕给谁红脸！”

“陈志生跟这人的情况好像不一样，”大家说，“你准备怎么办？”

张玉华自顾自地说：

“还有一个人，你不知道他的本事有多大，动不动就跑市委。你有本事你在局里使呀，你又不在局里使，我看你是嫌官小了。你不是嫌小吗？我就干脆再让你小一级！正科当副科用！那怕什么呢？你有本事嘛！你有本事可以再跑嘛！等你把市委书记这一角跑下来，十年八年的时间不算长，到时候我也该退休了，你就尽管当你的市委书记去吧。”

“高！”众人竖起大拇指，又问，“现在还跑吗？”

“还跑呢，”张玉华说，“市委的人谁见他来谁关门，比躲麻风病人还快。”

“这个办法也不大适合陈志生，”大家说，“是吧，老古。”

张玉华自视甚高地说:“依我看，对陈志生这种人……”有意停了下来。

“请问高见？”

“七个字，不升不降，不使用。”

“怎讲？”

“耗死他！”

像有一股冷风吹来，众人不由得打了个寒战，相互对视一下，又去看张玉华。张玉华一脸坚定的神情，端坐着，目不斜视。众人慢慢觉出些意思来,俱各点头,半晌也没言语。古局长暗暗把他们的表现看在眼里，嘴角不易觉察地露出一丝嘲讽的笑纹。

“打球去，”古局长声音响亮地说，“谁跟我打一局？”

“我跟你商量的事……”张玉华提醒他。

“以后再说。”古局长轻轻松松地回答着，从圈椅上站了起来，“打球要紧。”他说着，快步走向台球室。

7

这么说吧，陈志生的日子好过起来了。古泊生局里的很多人都改变了对他的看法。过去谁都认为陈志生为人处世不大圆滑，种种迹象表明，陈志生岂止是圆滑，简直算得上万分狡诈！何以为证？一、陈志生借助外界的力量，把名儿扬了出去，不管是好名臭名，总之是有了名气；二、陈志生学会了顺水推舟，一包毛尖茶叶、十五斤鸡蛋、一桶“天香”牌精制花生油和两瓶“枪手”牌杀虫剂，另有五张净化水公司分发的净化水票，陈志生如数拿回了家，并在第二天从容不迫地走进财务科，领取了四十元的植树补贴。陈志生的举动连柴会卡都不敢相信。当小曹向他报告陈志生去领补贴时，他马上闯进古局长的办公室，叫道：“啊呀呀，怎么得了！”古局长见他匆匆忙忙的，还以为出了什么大事。他连连说了好几遍“怎么得了”，才向古局长讲明白。

“我没想到世界上还有脸皮这么厚的人呢，”他又感慨地说，“我算长了见识了。”又连连摇头，“怎么得了！怎么得了！”

古局长就笑他大惊小怪。“小柴，把东西分给陈志生是不是你提出来的？”古局长问他，“通知陈志生去领植树补贴也是你吧，你现在还有什么好说的？”

柴会卡也觉出自己好笑了，但嘴上却还说：

“反正那些东西给我是不要的，我怎么能无功受禄？”

古局长开导他：

“同志呀，要把目光放长远一些。”

柴会卡已经断定自己刚才是有些冲动了。

有关要提升陈志生当科长的小道消息一直都在人们中间流传着。人们虽然没从古局长那里得到证实，但无风不起浪，谁能说陈志生就不会得到提升呢？陈志生够圆滑的吧，人家都把圆滑藏了十几年，让你看不到摸不着，正是大智若愚、大巧若拙之谓也。

现在，原野披上了绿装，已经没有载着人和悬铃木树苗的车辆驶向郊外了。但是陈志生的名气依旧不减。古泊生局里的人不能不想到陈志生扬名全城并不是因为他有十三年时间没参加过一次植树活动，而是因为施小婕。就连施小婕也不愿承认自己有过一次失败的采访，但她当时的愿望的确落了空。

在过去的一个多月中，施小婕跟陈志生见过很多次面。陈志生本来想拒绝她的邀请，却根本做不到，就像施小婕成了春天的化身，春天来了，他这棵小草就得萌发，就得开花，就得傻乎乎地摇曳不停。陈志生甚至预感到施小婕还会紧接着成为夏天的化身、秋天的化身，在她的召唤下，陈志生将不可避免地结实、凋落、枯萎。冬天到了，他还将像一片轻盈的雪花一样，随风起舞。他一直不否认自己有一种受宠若惊的感觉，也一直都在思考是什么吸引了施小婕。起初他想到可能是施小婕试图查实自己为什么不参加植树，但实际上施小婕从未对他提过有关植树的话题。长时间的交往拉近了两人之间的距离，陈志生说到底不过是一个凡夫俗子，三不知地就昏起头来，竟暗自以为自己遇上了一个红尘知己。施小婕在我们城市里也算是头一号名人了，这两大名人之会自然引起了很多人的关注。

不过陈志生倒也没在人前拿自己跟施小婕的关系来炫耀。陈志生在办公室基本上不谈与施小婕之间的事情。可时间过得怎么那么快呢？陈志生正感到自己像一根芦苇，贪婪地吸收着阳光，绿莹莹地拼命生长，一眨眼就秀出了一柄苇穗，再一眨眼就飞出了苇絮，又一眨眼成了一根摇摇欲折的光秆，强劲的寒风吹来，咔嚓，断了。他的灵魂从那芦管中跑出来，在干燥寒冷的空气中四处飘荡，突然又如他所预料到的一样，化成了一片轻盈的雪花，忽上忽下地随风飞舞着，而且不可抗拒地在转暖的天气里消融不见了。

如睡过了一次长觉，欣欣然睁开眼睛，陈志生发现自己又变成了一棵小草，正在等待萌发。

这是第二年的春天了。施小婕把他从办公室约出来，在过去的一年里他们常去的地方就是一家叫银座的餐厅。陈志生早到了一些，施小婕随后在门口出现了，她已换上了流行的春装，一件手织的带孔眼的披肩把她打扮得优雅清丽，与众不同。陈志生惊异地发现，施小婕一点也没有发生变化，还像去年的春天里一样漂亮，仿佛岁月根本不能够在她身上留下痕迹。跟这样的女人相处在一起，陈志生要是没有陶醉的感觉，那他就是毫无心肝！

吃饭的时候，陈志生就像做梦一样，他不知道自己说了什么，也不知施小婕说了什么。忽然，施小婕轻轻战栗了起来。她已经战栗了几次了。这一回，陈志生觉察到了。施小婕好像透不过气来，美丽的嘴唇微微张开着，很像一枝含苞欲放的花朵。陈志生再没有邪念，也不会认为这是春寒料峭的缘故。陈志生马上紧张了起来。

“你怎么了？”他的声音不知何故变得很低，也很哑。

施小婕镇静了一下。“没什么。”她淡淡地说。

可是，过了一会儿，她又战栗了起来。

“你有点冷吗？”陈志生问她。

这么简单的话施小婕都没有马上听懂。她怔了一下，才笑一笑，说：“是有点冷。”

“我把暖气开大些。”陈志生说着，就鼓捣空调的遥控器。空调呜的一声响，像被打了一棍的母牛。

“现在好了。”施小婕脸上是对他感激的表情。

空调声已经平稳下来，可是陈志生却不知道该说什么了。他浑然不知地垂着眼睛，像是陷入了沉思。施小婕又战栗了一下，陈志生克制着自己不去看她，他想到施小婕此刻的脸色已经变得苍白，但她腮上的那一小片红润肯定会要了他的命。看来，他必须果断地做出决定了。

“我送你回家吧。”陈志生很突兀地抬头对施小婕说。

施小婕已经恢复了常态。她站起来。“天不早了，”她说，“我们走吧。”

虽然陈志生一再坚持送她，但她还是自己乘上了一辆出租车。眼望着出租车消失在大街上的暗影中，陈志生一蹦老高。

8

陈志生步行回家，但他觉得自己走得比出租车还快。他的妻子叫小罗，还没有睡觉。他一进家门就止不住兴奋地说：

“有事情要发生了！”

小罗已经有了经验，知道他又去会施小婕了。小罗问他：

“是不是你们单位又要植树了？”

陈志生说：“现在离植树节还有半个月。”他的眼睛闪闪发亮，“是这么回事，施小婕一阵哆嗦，一阵哆嗦。”他模仿着施小婕在银座餐厅里发抖的样子，“她哆嗦了一晚上。”他说。

“她穿得少，她臭美，哆嗦呗。”小罗不以为然地说。

“她穿得也不少，”陈志生说，“房间里还开着空调。”

“那她是发疟疾了。”小罗说。

陈志生摇头否认。“你就不会猜点别的！”

“我想象力不行。”

陈志生竭力克制着心里的兴奋。“我们之间就要，”他不能不停顿一下，“我们之间就要，”他又停顿了一下，“就要，”他更兴奋了，声音也抬高了，还用两只拳头比画着，“就要发生那个了！”

“呸！”小罗大声啐他。

“施小婕眼看就要倒在我的怀里，”陈志生扬扬自得，“我有这个预感。”

“呸！”小罗又啐他，“你也不拿镜子照照那个嘴脸。”

“我的嘴脸怎么了？”陈志生说。

“歪瓜裂枣的，”小罗说，“也就是我有眼无珠，看上了你。”

“我虽然不是一表人才，但还不至于成了歪瓜裂枣吧。”陈志生说，“我这就拿镜子照照。”

“你看你有多美！”小罗嘲讽他，“你就不怕照出个妖精来。”

陈志生拿镜子照照，不停地把镜子放在眼前，然后再拿远一些。“我只是比郭富城丑点，”他说，“但我肯定比葛优长得俊。我要比葛优俊点，我就能成刘德华了，施小婕倒在我怀里也不会掉身价吧。”

“你回头就这样说人家施小婕，我真替人家难过。”小罗说。小罗脸上也放出光来。

“我们是保持着纯洁的友情，”陈志生说，“施小婕要是真的倒在我怀里，我已经想好了，我推开她就从餐厅跑出来。”

现在你知道小罗为什么对陈志生跟施小婕的交往没有疑心了吧。小罗心里美滋滋的。她拉住陈志生的胳膊：“快睡觉去吧，别想施小婕的好事了。”

他们上床睡去了。

“施小婕！”黑暗里，陈志生气喘吁吁地叫道。

“哎！”身子底下的小罗，马上答应了一声。

“施小婕！”

“哎！”

…………

9

陈志生比什么时候都更想见到施小婕，但是施小婕就像消失了，不光没有主动约他，也让他怎么也跟她联系不上，打手机没动静，呼她也没回音。打电话到电视台询问，电话总是被一个陌生人接到，说明要找施小婕，对方先是客气地讲施小婕没来，后来干脆就说没这个人，再打，则一听是他的声音，咔嗒就挂上了。这就止不住让陈志生胡思乱想了，该不是施小婕出事了吧。可晚上开了电视，屏幕上的施小婕依旧是那么楚楚动人，笑容可掬。施小婕就在眼前，可她已变得遥不可及。她重又回到了她原来的位置，陈志生也重又感到自己渺小、灰暗、丑陋，回想起与施小婕在一起的日子，竟然忘了两人曾经干了些什么，既不记得说过什么，也不记得听她说了什么，甚至也不能确定出入餐饮店时是谁付的账。难道是施小婕出钱请的他吗？这也太让陈志生汗颜了。陈志生很后悔当时不能主动一些，但他也更有理由相信两人的友情是建立在相互理解的基础上的。与他多少年平淡的生活相比，过去的一年不能不算是轰轰烈烈地度过的。把一个人从轰轰烈烈之中猛地推出来，换谁也受不了。

陈志生六神无主的样子被很多人看到了眼里，当然也被柴会卡看在了眼里。柴会卡对局办公室的小曹说：

“刚才有个电话是找谁的？”

小曹说：

“我没接到电话呀。”

“刚才的电话不是说要找陈志生吗？”柴会卡不动声色地说。

小曹顿时明白了，说了一句“我去告诉陈志生”，就跑了出去。

柴会卡微微笑着。不大一会儿，就看见陈志生急冲冲地赶了过来。

“陈科长来啦！”柴会卡招呼他。

“电话呢？”陈志生说。

“电话挂了，”柴会卡说，“她说等一会儿再打。”

“是不是一个女的？”

“是女的，声音甜甜的。”

陈志生颇觉遗憾地摇着头。小曹在他背后简直要笑出声来。

“她要再打来，就让她打到我的办公室。”陈志生想了想说，一点疑心也没有。他向门口走了两步，又停下了。柴会卡和小曹忽然发现他的眼神变得呆滞起来。只有他自己知道巨大的愤怒正在心中降临，也正因为是巨大的愤怒，降临的速度才是那么的缓慢。

“施小婕不可能把电话打到这里来，”陈志生面无表情地说，“施小婕知道我办公室的电话号码。”

“那可能是另一个女人，”柴会卡不动声色地说，“好啊，陈志生，你究竟在社会上结识了多少女人？”

“王！八！蛋！”陈志生一字一句地骂道。愤怒使他的眼睛蒙上了一层暗红的血色。这每一个字都像是丢在空气中的炸弹，把房间里的人全都炸愣了。

陈志生一转身，走了出去。

过了好大一阵，柴会卡才醒过神来。他嘿嘿干笑了两声，没说什么。小曹低下头去，整理着桌子上的会议材料。柴会卡的尴尬很快过去了。

柴会卡重新打起了领带，因为他发现上班前把领带打得太紧了，几乎勒到了他的脖子里去。然后，柴会卡像平常一样走进了古泊生局长的办公室。

“关于植树节活动我是这么安排的，”柴会卡不紧不慢地向古局长汇报着，“大巴还是从市公交公司租用，已经跟他们谈过了，再加四辆轿车，供局领导和自愿参加植树的退休老同志乘坐，两辆微型拉工具和树苗，去年的铁锨只剩下一半，预计还得再买二十五把。活动后的福利照去年的样子发吧，我建议给老同志多加一包茶叶。”

“很好。”古局长赞赏道。

“参加活动时局里应该留守一些老弱病残人员，”柴会卡继续说，“陈志生不想植树，就不让他去了吧。”

“很好。”古局长再次表示赞赏。

“那我们就这样安排了。”柴会卡说着，要走。

可是古局长却又示意他停下来。

古局长沉吟着，终于说：

“有一个传言，我听了将近一年了，是不是有人说局里要提陈志生当科长？”

柴会卡哧地一笑。

“是有这么回事呢。”他说。

“这话是从哪里传出来的？”古局长说，“局里要真的提陈志生当科长，我怎么能不知道？”

“古局长怎么能不知道呢？”

“既然下面有这种传言，”古局长说，“如果不是陈志生放出的风声，那就是一种民意。当领导的不能忽视任何民意。”

古局长神色极为郑重，柴会卡止不住肃然起敬。

“不听察民意的领导不是一个称职的领导，不重视民意的政府也不是稳固的政府。”古局长说，“这事我思谋了快一年了，客观上存在这样那样毛病的人，只要不犯根本性的错误，都应该拥有被提拔重用的机会。”

柴会卡连连点头：

“像大家说的，陈志生除了十三年没种一棵悬铃木，你就挑不出他有什么毛病。”

“这就好办了，”古局长说，“我们局不是林业局，但植树造林仍然是一项极其重要的工作。我们很有必要设立一个专门的机构……”

“那就叫植树造林办公室吧。”柴会卡说。

“我想请你考虑一个合适的人选。”古局长说。

“那还用考虑吗？”柴会卡一本正经地说，“陈志生就合适。陈志生当上了植树造林办公室主任，他就可以坐在办公室里指挥大伙儿大搞植树造林活动了。”

柴会卡忽然感到再也克制不住自己了。扑哧一声，柴会卡哈哈大笑起来。柴会卡笑弯了腰，衣服里面像装了一百只活蹦乱跳的兔子。他的那个样子让古局长也忍不住了。古局长也笑了起来，只不过没有柴会卡笑得厉害。

10

要陈志生出任植树造林办公室主任，这太逗了不是？但不管怎么说，花局的红头文件随后下发到了各科室。谁不笑谁是王八蛋！你听吧，花局处处都是欢笑声，空气中也似乎回荡起《蓝色多瑙河》优美宽广的旋律：

春天来了——春天来了——

可不呢，小曹在楼道里亮起了嗓子：

哆咪嗦嗦——哆咪嗦嗦——春天美女郎，花冠戴头上，春天来了！

春天来了！双唇，好像，玫瑰，正向着，我们，微笑，那露——水是她的眼泪，是她，的，眼泪。白云，像面网，在头上，飘扬，啊，春来了！啊，春来了！啊，春来了！这一切多美好，每到晚上，到处射出光芒，射出光芒，春来了，春来了，多么美好，多么美好！那小鸟在树林里高声唱，蜜蜂在花丛中嗡嗡叫，多，美，好！春天美，女，郎……哆咪嗦——嗦——

小曹这狗日的没经过专业训练就唱得这么好，若经名师稍加点拨，肯定能羞死郁钧剑，镇蒙阎维文。

春天来了，我们植树去！小马河呀，哗哗流，告诉我们，告诉我们，植树去！嗦哆哆哆，植树去！嗦哆哆哆！

“陈志生，”人们拥入陈志生的办公室，“你别想不开了，植树造林办公室主任虽然没有明确级别，但起码是个头衔。我们说了吧，总有一天你会升。你该不会不当这个植树造林办公室主任吧。”

陈志生也在笑。陈志生摸着头皮。

这一切多美好……小曹停不下来似的，还在楼道里放声高唱。那露——水是她的眼泪，是她，的，眼泪。

就见陈志生把两手拍一下，又笑一声，正不知他要干什么，他却身子一歪，倒在了椅子上，鼻子里呼呼喘，眼白骨碌碌地往上翻。众人这才大惊，一时慌乱起来。但其中也有明白人，忙说：“让小曹不要唱了！”有人应声而去。明白人便在陈志生身上掐来掐去，半晌才见他气喘匀了。小曹的歌声已经止住了，也赶了来，进门时嘴里兀自说着：“我唱歌，我碍着谁啦？”一看门里的情景，才不吭声了。那陈志生已经能够自己坐在椅子上了，众人才要放下心来，不料他又猛站起身，飞奔了出去。

“他怎么会这样呢？”有人问道。

“能不这样吗？”就有人答，“三十六七了，才被提起来。他这是欢喜得不行，就什么也不顾了。”

“那他得感激古局长，他该不是去给古局长谢恩吧？要不是古局长，谁会提他？十三年没栽过一棵树。”

“咱可说不准。”

小曹一直盯着门外：“陈志生没进古局长办公室，陈志生向大街上跑去了。”小曹张口就来，“春天来了——”

“春天来了——”人们合唱起来，“小马河在欢笑——”

嘿嘿嘿嘿，哈哈哈哈！

11

陈志生赶到电视台门口的时候，一辆中巴车正从门里开出来。陈志生没有看见车里的施小婕，但施小婕看到了他。施小婕连忙让车停下来，她下了车，叫住正往里面走的陈志生。

“我还有个采访任务，”施小婕说，“不能在这里耽搁。”

陈志生松松垮垮地站在那里，莫名其妙地微笑着。施小婕身上的衣服比他上次见到她时又少了一层，人就显得更为秀丽了。但他显然没有注意到这个，他只是微笑着。

车上有人催施小婕快走，施小婕顾不了许多，马上跟他约好晚上见面的时间。

“那个人是谁？”车上的人问她，“是不是古泊生局里的陈志生？”

施小婕大大方方地回答：

“不错。”

“他转变过来了吗？”

“什么？”

“我是说，植树节又要到了，他是不是转变过来了？你在他身上下的功夫不少了。”

施小婕猛地看他一眼：

“什么意思？”

那人笑着回答：

“没什么意思。”

施小婕又把脸转过来，别人以为她不会说话了，但她忽然开口说道：

“我想做期节目……”

“我们早猜到了。”车上的人打断她。

“猜到什么了？”

“你说猜到什么了？”

施小婕莞尔一笑。同事之间的默契使她倍感陶醉。这时候从车里向后望去，已望不到陈志生了。

陈志生在街上漫无目的地游荡，刚才的冲动劲儿已经消失了，他觉得自己变得比街上的任何人都要悠闲。天气非常的好，阳光发射着丝丝缕缕的金线，把街上的每一种物体都装扮得熠熠生辉。从一家音像店里又传出了《蓝色多瑙河》的旋律，同样一首曲子，在陈志生听来感觉却是那样的不同。那份优雅绚丽，那份妩媚动人，那像是生命跃动的节奏，让陈志生变成了异国乡间的一个快乐的小伙子，在繁花似锦的多瑙河畔转着圈子奔跑。陈志生又不由得在音像店前驻足了大半天。后来陈志生就决定回家休息，为晚上的约会养足精神。

妻子小罗看他的神色就能猜出来他肯定跟施小婕有约会。除了施小婕谁也不能让他脸上绽出那么满足的笑容，小罗也不行。小罗知道自己不行，所以小罗并不感到有什么可嫉妒的，但小罗希望知道详情。

“施小婕……”陈志生说，但陈志生忽然又不想说了。

“施小婕怎么了？”小罗催他，“快说你跟施小婕怎么了？”

陈志生却卖起了关子，笑而不答。

可把小罗给急坏了，恨不得把陈志生肚子里的话掏出来。

“你怎么总是施小婕施小婕？”陈志生故作神秘地说。

“是不是又有了别的女人？又有别的女人对你感兴趣了？”小罗说。

“什么又有了别的女人？”陈志生不动声色，“我告诉你，是这么回事——”

小罗的心都给提到了嗓子眼上。

“是我，”陈志生的情绪陡然高昂起来，“我就要，当科长了！”

小罗不由得把手抱在了胸前：

“你当科长？”

“噢，是主任。”陈志生又纠正道。

“怎么会是主任？”

陈志生索性全说出来：

“局里刚下了文，让我当植树造林办公室主任。”

可是小罗听了，脸上说不出是什么表情，倒是陈志生显得一脸的平常。“我也岁数不小了，”他说，“比我晚八九年工作的都提了。”

没料小罗轻轻在他脸上打了一巴掌：

“不要脸！”

陈志生摸着自己的脸，笑了。也就在这时候，他蓦地明白了一个道理，在很多情况下，一个人十分有必要让自己变得无耻。小罗现在可能还没有明白，接下来就是该让小罗明白的时候了。小罗人没施小婕漂亮，但他相信小罗的领悟力实际上不比施小婕差。

12

这天晚上陈志生见到施小婕时并没有显得很冲动，就像两人之间从来没有中断过联系。施小婕也没多说什么，当然也没像上次一样不住地发生战栗。如果非要说施小婕身上发生了什么变化，那就是她显而易见比过去有些平淡。这倒叫陈志生安下心来，免得他胡乱猜想。但是，施小婕能与他对坐，而且脸上一点厌恶的表情都没有，就已让他感到这简直不像是现实生活中发生的事情。他也知道怎样不败坏自己的兴致，所以就对今天花局发生的事只字不提。施小婕对他来说总归是失而复得的施小婕啊！

回到家里陈志生趁着兴奋劲儿跟小罗温存了一番。“施小婕。”他嘴里一遍遍地叫着，身子底下的小罗也便一遍遍地应着。

第二天，陈志生精神头依然很好，一到办公室就开始了明确而坚定的等待。可是就像从来也没有他被委任为植树造林办公室主任这件事情一样，那份红头文件明明还在桌上摆着，人人却对此事闭口不谈，甚至都保持起沉默来。回忆起昨天办公室里的情景，他不由得想到自己做了一场怪梦。就像有了惊人的发现一样，陈志生蓦然想到明天就是植树节了。

快到下班时间了，才有人跑到窗口那儿，向楼下看着说：

“树苗拉回来了，——又是悬铃木。”

陈志生下意识地挺了一下身子，随后，他感到了一阵虚弱。

很多人都起身跑到窗口，他们议论着什么。为了能看得更清楚一些，他们也都撅起了屁股。屁股拥挤地排列在一起，就像几张神情茫然的面具。

陈志生觉得自己连向窗口转头的力气都没有了，但忽然有人叫他了。

“陈志生，这是你安排的吧。你让人把树苗拉来了，车子上还有新买的铁锨。”那人说，“陈志生，你这个植树造林办公室主任想得太周全了！”

每个人就都觉得马上要大笑起来了，但是一股风吹进来，吹起了陈志生桌子上的那份文件。文件像一支羽毛飘在空中，简直就像电脑制作出来的一样，每个人都要看呆了，但是，窗外又猛地传来一声咆哮。

人们手忙脚乱起来，但还是在关上窗户之前让大风灌满了办公室，把每张办公桌上的所有文件都吹跑了。人们无可奈何地待在房间里，因为此时天昏地暗，连近在眼前的同事的脸都模糊了起来。过了好一阵才有人打开了电灯，但是人们仿佛忘了收拾，只是怔怔地站在杂乱的文件堆里。

整个世界都被巨大的咆哮声淹没了，玻璃窗不住地被什么东西撞击着，随时都有可能哗然碎裂，墙壁也像绷紧了一样，顽强地抵抗着，但不免发出阵阵的摇颤。

等这场遮天蔽日的沙尘暴过去，已误了下班时间。天空重又明亮起来，但人们心有余悸，迟迟没有离开办公室。他们静静地坐着，仿佛还能听见那已经消失的风沙的喧响。后来他们就发现自己的目光已在不知不觉中转向了陈志生。此时此刻，陈志生比任何人都更理解什么叫作脆弱。陈志生不可阻挡地变成了一块易碎的玻璃……于是，陈志生感到自己彻底地动摇了，陈志生最想告诉的人当然是施小婕。

13

走在大街上的人都会发现，我们的城市就像刚刚被清洁工打扫过一样干净，路面也闪出了不常见到的光辉。陈志生早早地站在了一家餐饮店前面。施小婕如约来临。她已经在一场宴会上用过了晚餐，但还是跟陈志生走到了那家店里。坐下后她忽然发现陈志生沉默起来，而陈志生也没想到自己会觉得开口很难。不同的时间里，人们都会有不同的感受。

陈志生此刻的感受就跟施小婕没来之前截然不同。那时候他是那么急切地盼望向施小婕倾吐心声，没过十分钟，也就是现在，他的确觉得自己火急火燎地告诉施小婕自己决定参加明天的植树活动简直就是滑天下之大稽。他犹豫不决，试着张了几次口都没说出来。但从他的心底里，他是不想让施小婕看出自己的窘状的。所幸施小婕轻轻啜吸着饮料，两眼瞧着杯子，就像从里面看到了什么吸引人的东西。他感到她并没有注意他。

邻桌上有人在谈论今天的大风，陈志生侧耳听了一阵。他没看施小婕，但他知道施小婕也在听着。

“我们局刚拉来的树苗被风卷走了一半。”陈志生突然对施小婕说。

施小婕从杯子上抬起眼睛，陈志生猛地想到她就要像那次见面时一样发出战栗了。她的目光中明显地带着一种渴望的意味。她在渴望什么？陈志生一下子感到自己受到了她的鼓励。她在鼓励他说下去。

“明天我要去参加植树。”陈志生说，同时一种如释重负的感觉涌遍他的全身。

难以形容施小婕此刻的情状，她在椅子上软了下去，脸孔几乎趴到了桌子上。她微微地抖颤着，表情瞬息万变，惊喜、庆幸、感叹、疲倦，还有神经质的兴奋。但这一切都没有使陈志生感到奇怪，因为他自己也在椅子上成了一摊刚从小马河里挖出的烂泥，连沉积在里面的有机质都在散发出缕缕的臭味呢。

“我要去栽树了。”他低低地呻吟似的又说。

施小婕突然从椅子上弹跳起来，她极力地向陈志生倾斜着身体，如果没有桌子的阻挡，她肯定是会倒在陈志生身上的。她的眼睛闪闪发亮，就像采访已入佳境。

“明天我来安排做一个节目，”施小婕激动地说，“说不定还能拿国家新闻奖呢！”

陈志生看着她，他慢慢地在椅子上坐直了。他已经听懂了她的话。他看着她，她真是太漂亮了，这么漂亮的女人怎么能跟他挨得这么近呢？她应住在仙山瑶台，琼楼玉宇，怎么能跟一个其貌不扬的普通男人待在一家普普通通的餐饮店里呢？陈志生眼前出现了幻觉，他想起在过去一年里的不少夜晚，他一遍遍地呼唤着的就是“施小婕”这个名字。

“我早就知道你是个好人，”施小婕绕过桌子，来到他的身边坐下，“我真是太感激你了。”她抓住他的胳膊，很亲密地但又不至于让人想入非非地摇晃着。她笑出声来。

陈志生也低低地笑了一声。

“你的笑容很有特点，”施小婕说，“纯朴，善良，还有，”她歪着头怪认真地想了想，“倔强。”

“我非常倔强。”陈志生小声说。

“我一眼就能看出来。”施小婕说，“我也是一个非常倔强的人，所以我不想放过你。”她又笑出了声，“我也是一个非常诚实的人。”她摇着陈志生的胳膊，你会想到她冷不丁就会在陈志生脸上亲一口，但你仍不会想入非非。

陈志生突然问她：

“你一定要做节目，为什么不早说出来？”

施小婕一噘嘴：

“人家怕嘛！”

“我有什么可怕？”

“怕你犯倔。”

“噢，我明白了，”陈志生恍然大悟似的说，“我听你安排。那一天你们不光给我拿了一把铁锨，还特意给我准备了一条毛巾，好让我箍在头上，装扮成一个陕北老农。”

施小婕忍不住一笑。“谁让你装扮成陕北老农？”她说，“我们只是让你在干活的时候停下来擦擦汗。”

“你们想得太周到了，”陈志生站起来，他摇晃着身体，“尽管植树对我来说就是耻辱，”他说，“但我仍然答应你。”

施小婕不解：“植树怎么能是耻辱？这是非常有意义的……”因为惊异，声音便显得十分刺耳、空洞。她想调整一下自己的语气，但是陈志生已向门外走去了。她忙着赶他。“陈志生！”她在他背后叫着。陈志生走到了门外。陈志生在招呼出租车。出租车马上来了。施小婕有些生气，但她还是在陈志生钻进车门之前及时喊了出来：“我还会做你的好朋友！”

出租车开走了。施小婕猛地踮起脚尖，做了一个漂亮的芭蕾舞动作。她觉得自己飞起来了。

陈志生神情狂乱地出现在妻子面前。“你没见到施小婕吗？”妻子问他。

“躺到床上去！”他粗暴地搡了她一把。

“你没见到施小婕就对我发火吗？”妻子倒在床上，“你怎么能对我发火？”

陈志生扯掉了自己的衣服。妻子伸手关上了灯。

“施小婕！”陈志生恶狠狠地叫。

“哎！”妻子浪浪地应。她已经开始扭了。

“施小婕！”陈志生又叫。

“哎！”妻子扭来扭去。

“× 你娘！”

妻子就哑了，也不扭了。

14

第二天古泊生局长还没起床就接到了电视台的电话。“今天上午我们准备给你们局的植树活动做一期节目，”电话里的一个哑嗓子男人说，“请安排贵局人员配合我们的工作。”

“这很好。”古局长说。

“整个节目的主题是落后变先进，表现一个从来没有参加植树活动的人怎么转变思想，终于认识到了绿化祖国的重大意义，并加入植树造林的行列里来。”

“这简直太好了！”

“我想贵局这样的典型是有的，请事先通知本人，以保证采访工作的顺利进行。”

“这没问题，”古局长说，“我们局有个陈志生，事实教育了他，同志们的植树热情感染了他。在全花局植树造林动员会上，他头一个报名参加植树，并表示了种一棵活一棵的决心。”在通话时古局长迅速穿好了衣服。

“那好吧，再见。”电视台的人说。

古局长又马上拨通了柴会卡的电话。

“喂，小柴，”古局长说，“刚才我接到了电视台的通知，要为我们局做一期节目。我告诉他们我们开了全花局植树造林动员会，可我们并没开。你好好安排一下。”

“你放心吧，古局长。”

“还有，”古局长说，“也是我最担心的，电视台要抓一个由不积极参加植树活动到积极参加植树活动的典型，我看非陈志生莫属。现在，你一定要保证陈志生配合采访工作，类似去年的事情绝不能再次发生！”

柴会卡有些为难。“别的都好办，就是这个……”

“什么这个这个的！”古局长有点不高兴，“我相信你会想出办法！”

“好的，古局长，我这就想办法。”柴会卡说。

15

柴会卡提前来到花局，把住在单身宿舍的小曹叫来，反复叮嘱了一些注意事项就要登门去找陈志生。这里才要上车，就看见陈志生已经赶来了，把柴会卡激动得差点上前拉住他的手。陈志生自备了一把铁锨，柴会卡看到锨柄上还缠着一条毛巾。他一走过来柴会卡就忙着迎上去，说：“志生……”可是陈志生一转头，到自己办公室等着去了。

柴会卡原地站了一会儿，就回去拨通了古局长的电话。

“陈志生已经来了，”柴会卡说，“我想起一件事，我们是不是先收回任命陈志生为植树造林办公室主任的成命？一个植树造林办公室主任被说成是刚刚转变过来的植树造林积极分子，让人看起来很像笑话。”

古局长也认为是这么个理。

“要不这么安排，”柴会卡说，“陈志生转变过来在先，被任命为植树造林办公室主任在后。如果不这么办，恐怕陈志生再有别的想法。你们把我任命为植树造林办公室主任了，忽然又没这回事了。陈志生没来领命，我们也把参加植树节活动的一些事情办了，我们买来了树苗，补充了植树工具。”

“我就欣赏你的头脑，”古局长说，“好，就按你说的办。”

“另外，”柴会卡说，“我越琢磨越觉得这事跟电视台的女主持人施小婕有关系。如果真的跟施小婕有关系，我们就不用太为这事操心了。”

古局长也蓦地想起来。“但也不能大意！”古局长强调。

柴会卡找到陈志生。

“陈主任，”柴会卡说着，笑了一下，“乍一改称呼还真有点绕嘴。——陈主任，咱从头说起吧。你别以为我们在局里任命你为植树造林办公室主任后不通过你就把树苗拉回来，还补充了植树工具，就是没把你这个主任放在眼里。这还是有点绕嘴。我们没把你这个主任不当回事，红头文件怎么能是发着玩儿的呢？植树造林办公室主任在我们局里虽没明确级别，但随着植树造林的重要性日益增加，植树造林办公室主任的地位也将得到提高。”柴会卡笑着，“我说得很累，——简而言之，你要是不愿当这个办公室主任，局里会考虑对你另外的提拔重用。你今年三十七了吧，我记得我比你晚参加工作一年，跟你比，我还是小字辈。”

陈志生脸上布满了似是而非的表情，让柴会卡着实地感到困惑。他怀疑陈志生并没在听他的话。

“陈主任，”他说，“那个，我还是叫你志生吧。我想你肯定知道了，电视台要来做节目。我也猜到了，这肯定是电视台女主持人施小婕的主意。我想我再说什么肯定是多余的。”

“你不用再说了！”陈志生突然开口。他直直地看着柴会卡。

“那好，”柴会卡说，“事情就这么定了。你由一个不喜欢参加植树活动的人，变成一个积极参加植树活动的人，然后被局里任命为植树造林活动的负责人。这样的思路也肯定能得到电视台的认同。”

16

施小婕倔起来两头牛也拉不回来。施小婕不由分说一巴掌推翻了柴会卡和古泊生局长精心设计的思路。

“陈志生的转变应该从家里开始，”施小婕不可更改地说，“群众植树的热情感染了他，使他流下了眼泪，他夺过一把铁锹就冲了出去。在万人齐参与的植树现场，他化愧疚为力量，挥汗如雨，种下了一棵又一棵悬铃木。”

于是陈志生又像一年前的那天一样坐在了家里。突然，门铃响了。陈志生打开门，电视台的大美女施小婕率先踏进门来。

“你是陈志生吧，”施小婕手里举着话筒，就像根本不认识他，“请谈谈你对植树造林的看法好吗？”

陈志生的嘴唇翕动着，他没能说出一个字。摄像机很近地对着他，捕捉着他面部细微的表情变化。可是半天过去了陈志生还没有说出一句话。

施小婕镇定自若。她非常中意这种此处无声胜有声的效果，但她还是适时地再次开口问道：

“陈志生同志，今天是全国植树节，全市人民正奋战在小马河畔的植树现场，对此你有什么感受？”

陈志生一把推开眼前的话筒，夺过别人手中的铁锹，冲了出去。

“跟上！”施小婕叫了一声。

一直追到楼下，她的同事才关掉摄像机。他们一起坐上停在那里的采访车。他们迅速赶往小马河畔。

那种黑压压的群众场面谁见了不动心呢？施小婕只觉一股热流涌遍全身。她扭头看着车里的陈志生，她是那么渴望陈志生对她看一眼，那会让她感到两人产生了强烈的共鸣。但是陈志生目不斜视，陈志生手里还握着那把铁锹，与铁锹相比，他更像是一种没有知觉的东西。施小婕不禁流露出一丝失望的眼神。

采访车好不容易才穿过停在路边的车辆来到陈志生单位的植树区。一下车，施小婕就更加神采奕奕起来。她亲自安排好陈志生站立的位置，然后就开始有条不紊地采访。陈志生简直没有停下来。他奋力挖着树坑，一会儿工夫就挖到了齐膝深。

施小婕如愿以偿地完成了采访任务。这时候，很多人都围了上来。

“擦把汗。”人们对陈志生说。

施小婕忙叫摄像师：

“补个镜头！”

“擦把汗。”柴会卡也在劝着陈志生。

摄像机一靠近，人们就忙着闪开了。

“擦把汗。”施小婕对陈志生说。

陈志生听话地在脸上擦了一把。

“好了！”施小婕叫道。

但是谁也没料到陈志生猛一转头，再转过来时就已是泪流满面了。施小婕正要招呼摄像师再次开机，陈志生却一下子从树坑里跳了出来。他使劲扔开了铁锹，差点砸在别人身上。他撒腿就跑，人们追上去。

“陈志生，陈志生！”人们叫着。

陈志生又扔掉了手里的毛巾。

“他这是怎么了？”古局长不解地问身旁的柴会卡。古局长的脸色很难看。

柴会卡摇摇头。

可是陈志生又走了回来。

“你把节目做好了，”陈志生看着施小婕，“我也该回去了。”

“陈志生！”古局长厉声喝道。

看样子陈志生并不想理他。柴会卡断定他不会再转回来了，但是陈志生转了回来。陈志生一个字一个字地对他们说：

“我，就，是，不，栽，树！”

“你……”古局长气得浑身哆嗦。

“我决不栽树。”陈志生环视着整个植树现场，他看着一棵已有碗口粗的悬铃木，仿佛它有了眼睛一样，他与悬铃木对视着，“决不！”

“这还得了！”古局长大叫一声，身体摇晃起来。

陈志生头也不回地离开了。

柴会卡眼疾手快，及时扶住了要摔倒的古局长。

两天后，陈志生接到施小婕打来的电话。“晚上在银座见面吧。”施小婕主动发出邀请。

“没这必要了吧。”陈志生说。

但施小婕还不放下电话。停了好大一会儿，施小婕才又说：

“陈志生，你那天表现出来的倔强真的把我征服了。现在你能不能告诉我，你为什么非要不去栽树呢？你就那么讨厌树吗？树木美化了我们的环境，保持了水土，改善了大气。等我们的大地全都披上绿装时，沙尘暴自然就会消失，全球气候变暖的趋势也将停止……”

陈志生打断她：“我看我同样没必要告诉你们。”

“是不告诉我，还是不告诉所有人？”

“所有人。”

“那好，”施小婕说，“我会让你告诉我的。我能做到！我是一个女人，但我从来就不缺乏毅力！”

17

陈志生的名气在这个春天里再次像大风一样席卷了全城，连昏迷不醒的人都在不停地念叨着他的名字。古泊生局长植树节那天在小马河边心脏病发作，马上被送进了医院。经查，还患有四五种老年病。柴会卡下班后一直守在他的身边，看着他憔悴不堪的样子，心都要碎了。这天，他醒了过来，就问柴会卡：

“我说什么胡话了没有？”

柴会卡为了让他安心，就说：

“没有。”

“我不信。”古局长说。

这时候护士领来了一个探视的人。

“老古，你是不是让陈志生给气病了？”来人是张玉华局长。

柴会卡扶古局长坐起来，一边悄悄给张玉华使眼色，但张玉华一点也不领会，照旧大声笑着说话。

“让你听我的，你不听。”张玉华说，“你要听我的就没这些麻烦了。”

古局长心里不以为然。他认为自己的做法实际上比张玉华的建议高明。但他们显然都忽视了一项重要的事实，那就是陈志生的名气。他想起去年春天的那个中午，天气是那么温暖。他已经年纪大了，他也知道老人在春天里容易犯傻，在这种前提下，他才做出了在植树节过后第九天组织全体职工去小马河畔义务植树的决定。若不然，谁能知道这个城市里还有个十多年没栽过一棵树的普通小职员呢？一个人没栽树，小马河畔也照旧林荫匝地了。

想起这个来就让古局长痛悔不已。

张玉华看在眼里，疼在心上。“你现在该同意吧。”张玉华说。张玉华这人一说话就像开玩笑，“咱们想办法掇弄陈志生调到我的局里，也让我玩玩。”

“唉，老伙计，怎么得了呀！”古局长只顾一个劲儿地摇头。他感慨良多地拍着张玉华的手。

柴会卡恐怕自己妨碍他们谈话，就默默地退了出去。

站在病房外，柴会卡神情庄重地想到古局长的确已经老了，过不了几年就该退休了，而陈志生虽已三十七岁，但还得算是很年轻。柴会卡想来想去，猛一咬牙：

“那就让我来耗死他！”

众所周知，柴会卡比陈志生小一岁。

柴会卡陡然感到自己肩上沉甸甸的，心头也随之油然而生了一种非常崇高的情感，就像春天里，一棵灰黑的悬铃木上，泛起了一层绿意。

第二章

1

花局后面，是一条污水河。

D 市政府规定，河岸的绿化属于两岸的单位。花局在河岸上呈长条形，很多人就认为花局吃亏了。别的单位，按人头算，每人只栽两棵树即可，而在花局，人均需栽九棵树才能将花局所负责的区域栽满。古泊生却不觉得吃亏，多栽几棵树还能累死？古泊生对斤斤计较的人没有好感。事实上为这每人九棵树，他可没少费脑筋。栽了死，死了栽，一转眼过去了两三年，河岸上的树仍然稀稀拉拉，半死不活。古泊生什么办法也都想过了，开始时是全花局出动，责任不明，再后就将责任落实到科室，不料科室里净是些老好人，推诿扯皮，落实跟不落实一个样儿。

古泊生在本局的得力助手柴会卡的提醒下，遂以人头为单位，不多不少，每人九棵分摊下去，从局长到普通群众，无一例外。群众积极性倒是调动了上来，树却照样死。春季造林，雨季造林，每年至少两次，从群众腰包里掏出的钱就有八九十块，古泊生想想这也不是办法，而柴会卡也没更好的招儿。

春雷一声震天响，某某年龙抬头那一天，市政府突然下达了开明的决议，从这个春天起，河岸的绿化带通通收回到市政管理部门，但要经市政统一验收。验收的标准也并不苛刻，两条，第一，树要活；第二，不缺苗。

现在天气虽然转暖，但万物尚未苏醒，时不时从遥远的西伯利亚袭来一股寒流，要看树活不活，可没那么容易。这得就近看，从灰暗的树皮下隐隐透出绿意的肯定不是死的，还有一些枝头残留着枯叶的，十有八九也是活的，而要判断那些半死不活的树，就得动手了，用手指甲刮破一些树皮，才能看出来。搭眼看上去，那些死树跟活树没什么区别，都是挑着不多的几根枝杈，或者干脆一根独干，不少人都不愿意承认自己的树是死的。补栽树苗的钱要自己掏腰包，谁能乐意呀！

大家不约而同地产生了一种侥幸心理，那就是希望自己负责的树能够瞒过验收官员的眼睛。怎么才能瞒过验收官员的眼睛呢？也不算太难，只要让死树看上去有些像活树也就可以了。但怎么才能使死树像活树呢？

各有各的聪明才智。有人将树身涂上泥土，以遮蔽树皮的枯皱；有人汲来很脏的河水，在树身上淋一遍，使它发暗，效果也相当不错；还有人从别的树上摘来枯叶，巧妙地悬挂在死去的枝头上，看上去倒比活树还像活树。对这些做法，古泊生不太了解，柴会卡也是睁一只眼闭一只眼。

在花局有一个平时表现得并不太聪明的小伙子，叫宁小虎，却猛地想出个聪明绝顶的主意。

宁小虎负责的九棵树，死了七棵。老实人都在那里把树拔出来，重栽，或者做一些不伤大雅的手脚。唯有他，歪着脑袋转来转去，瞧瞧这个，瞧瞧那个。

柴会卡问他，你怎么不管你的树？

他就很狡黠地一笑，大家都认为他有什么好主意了，停下来要听他说说，他却笑而不答。柴会卡警告他，后天就要验收了，如果只有他的树验收不合格，后果将由他自负。柴会卡还给大家鼓劲，说这是最后一搏，只要验收合格，以后这些树死活就不用大家管了。那宁小虎神秘莫测，在大家眼里反而像个白痴，但谁也没料到他竟能想出那么绝妙的主意。他返回到空无一人的办公室，不大工夫就用现成的绿漆和废塑料做了十七八枚惟妙惟肖的假树叶。当天，这些假树叶就被他挂在了那些死树的枝头上。古泊生、柴会卡对此事一无所知。

古泊生这几天里一直忙着到市政府开会，柴会卡没能及时觉察到，那是因为他对大伙儿信任，那天他在宁小虎从河岸走开后也离开了，一直到验收团来检查，一天半的时间里，就没想到再去河岸上看看。

2

验收团浩浩荡荡地来了，花局上上下下忙着接待，古泊生也没出门。远远地朝河岸看去，那些树排列得整整齐齐，仿佛等候检阅的士兵。

古泊生心情振奋，意欲亲自带领验收团去验收，大伙儿一阵推让，验收团长一再地说，老古的局，咱还信不过？这话当时古泊生也没别的想法。验收团离去，古泊生左思右想，总觉得哪里不对头。无意间又朝河岸望去，就有了新发现。影影绰绰，就看到河岸上浮着一抹绿色的烟雾。

这天天气很冷，早上起来水还结了冰。古泊生越看越疑心，叫来柴会卡，说，树木发芽了吧。

柴会卡也凝眉细看，河岸上的树木几乎全是灰蒙蒙的，只有这一抹绿色，不能不让人疑心。但柴会卡也没想到有人会使这种以假乱真的招数，就按自己的猜想来解释，那里地热，树木发芽就早。

古泊生想一想，有道理，但心里的疑团仍旧没有消除，就忍不住离开原地，走了过去。

古泊生随后也就看到了那些假树叶。

古泊生打起哆嗦来。天气很冷，他打哆嗦该不奇怪吧。但他打哆嗦并不是因为天冷，而是因为他身上发热。

一团冲天怒火，在他心中熊熊燃烧，这是谁干的！

柴会卡想都没想，就肯定是宁小虎。

这只能是宁小虎的树！

3

事情一错再错，当时古泊生如果能够按捺住自己的火气，让柴会卡把那些树叶摘下来也就罢了，但古泊生简直气昏了。

而且，古泊生又想到了一件事，验收团的那句看似平常的话重新在他耳边响起来。老古的局，咱还信不过？在这句话里包含着多少对他的信任和尊重呀！古泊生不相信验收团竟如此大意，来验收了竟连现场也不走进去。验收团之所以这样，最终是要给他面子。言下之意，他现在已不仅是一局之长了，他还是一个快要退休的老人。最近的机构改革会议上，明文规定科级五十二岁，局级五十五岁，厅级五十八岁，俗称二五八，一刀切。古泊生今年虚岁五十六岁，正好处在二五八一刀切之列。

验收团哪里想得到，过多的礼节反而让人感到不自在。古泊生就感到很不自在，他怒气冲冲地赶回办公室，柴会卡寸步不离，就等着他一声令下，把宁小虎叫过来，劈头盖脸给宁小虎一顿好训。他哪里知道古泊生真实的心境呀！

古泊生坐在桌子后面，沉着脸孔，攥着两手，半天也没说句话。柴会卡也不敢多言，他知道自己多少也担着责任。他是全花局公认的古泊生的得力助手，是花局举足轻重的办公室主任，本应该早有察觉，但他失之于对群众过度信任，把关不严，才给了某些人可乘之机。他心里这么想着，脸上就不禁流露出愧疚的神色。这时候古泊生已慢慢恢复了正常，像是什么事也没发生一样，摆手让柴会卡离开。

柴会卡心里一热，想到这是尊敬的古泊生局长在宽慰他呀。但他虽有万分的感动，也没表现出来，就轻手轻脚地走开了。

回到自己的办公室，他蓦然想到了这样的话，人之将死，其言也善，鸟之将死，其鸣也哀。一种日薄西山的感觉笼罩着他的全身，他无法驱除心头盘踞不散的忧伤。这样，他们才又犯下了另一项严重错误。第二天，他们才从本地的报纸上看到。

那是一则摄影新闻，黑白照片上是一棵小树，枝头悬挂着唯一的叶片。若没有照片下的文字说明，谁也看不出那是一片用绿漆画出来的假树叶。

他们都没想到昨天会有一个摄影记者在用猎狗一样的鼻子，鹰隼一样的眼睛在街上捕捉新闻时，被那抹早来的绿意吸引了过去。

世上没有卖后悔药的，他们也并不后悔，但他们是羞愧的。

花局在某某年初春不幸蒙羞。本来过不了半年，古泊生就可以功德圆满地从他热爱的并为之付出了大半生的工作岗位上退下来了，但现在，古泊生清楚地感到自己绝没有言退的权利。

这天本来安排了一次全花局中层领导会议，时间到了，柴会卡来叫他入场，他拿着茶杯走到门口，却又站住了。

“这个会就由你来主持吧，”他对柴会卡说，“我还有别的事。”又怕柴会卡疑心，就补充道，“刚才祁书记打来了电话，让我过去。”

柴会卡答应着，看上去像是相信了。

古泊生坐车出了局，柴会卡就去主持会议。

4

中层干部们济济一堂，你一言我一语地议论宁小虎弄虚作假的事，柴会卡来了也不停下来，但他刚说了一声“古局长临时有事”，会议室里就变得鸦雀无声，简直连根针掉在地上的声音都能听得见，以致他也打住话，哑口无言起来。就这么静了两三分钟，才听得嗡的一声，又响了。

“古局长安排了，”柴会卡接着说，“今天的会由我来主持。”但他有些感到说不下去，屈辱像是一座大山一样，向他压来。

很显然，他受到了大多数中层干部的轻视。他强压着心头的怒火，不动声色地看了看坐在窗下的两位副局长，他们微微闭着眼睛，一脸幸灾乐祸的表情。

“周局长，”柴会卡突然谦卑地对他们说，“我没什么经验，这个会还是由您主持吧。”

周局长欠一欠身子，摆手说：“不敢不敢，古局长安排的。再说，你也主持过不止一次了。”

“我真的是没经验。”柴会卡愈加地谦卑了，两条胳膊支在沙发的扶手上，这就使他的双肩形成了两座山形，他的脑袋像是深深地陷在了山坳里。“我……”他吞吞吐吐起来。

很多人都相信他会站起身，走到周局长跟前，但他突然坐端正了。

“好吧，”他说，“恭敬不如从命。”他说，“我首先要做一下自我批评。在植树造林这件事上，我把关不严，就给宁小虎这种人钻了空子。我辜负了领导的信任，给我们的局造成了不好的社会影响。在这里，我请求局里给我进行严肃的处理，同时请求对宁小虎同志给予严厉的批评教育。然而，这种不光彩的事发生在我们局，是不是还说明另外一些问题呢？说明什么问题，我希望诸位好好想想，既要从社会环境方面想想，也要从自身想想。”

会议室里重又安静下来，中层干部们一起注视着柴会卡，那两位局长虽然没把目光转向他，但显然是在注意倾听。大家都在等待他继续说下去，他却不再坐着了。那一刻他变得万分沉着。

“既然领导给了我主持会议的权力，”他果断地说，“我宣布，散会！”

他走出了会议室，径直回到自己的办公室，拿起电话：

“喂，你好，商河路派出所吗？我找裘益甘……”

5

古泊生的司机季国庆不知道古泊生要去什么地方，很小心地问他，他就轻轻摆一下头，示意他朝前开。他坐在车座上，一动不动，脸上也没什么表情，像是车里根本没他这个人。季国庆不敢多问，就只顾朝前开去。但一条街再长，也总有走尽的时候。季国庆不得不再次询问，古泊生所做的表示依旧是：

朝前开！

这个季国庆跟了古泊生最少有十个年头了，基本上摸得清古泊生的习性，但这一回，他困惑了。他也不敢多作猜想，仍旧只顾朝前开。就这样，他们在城里兜起了圈子。整整一个上午，就在城里转来转去，而古泊生的坐姿简直没有什么改变。车子匀速行驶着，突然，季国庆发现宁小虎骑着自行车赶过来。宁小虎上半截身子几乎伏在了车把上，季国庆蓦然想到，街上起风了。这个城市春季多风沙，可季国庆在开车的时候并没注意到街上正刮着大风。现在宁小虎骑车的姿态让他想了起来，再看别的逆风骑车的男女，也大多把上半截身子伏在车把上，好像肩头拉着一条沉重的纤绳。那些顺风的人却显得优游自在，看上去比乘坐在高级小轿车里还要舒服。季国庆差不多要嫉妒起来，但宁小虎已经从他们的车旁骑了过去。

“回家。”古泊生突然开口。季国庆相信他也看到了宁小虎，低头看一下表，发现的确已到了下班时间。他把古泊生送回家里，才要往自己家赶，却收到了一条短信。

“请回局，柴。”

季国庆也不耽搁，急忙忙返回花局，见只有柴会卡一个人待在办公室里。季国庆来了，柴会卡就迎上去说：

“走，到派出所接一个人！”

他们出了局。路上，柴会卡又问季国庆上午送古泊生去哪里开的会，季国庆随口说：

“D 宾馆。”

柴会卡却沉思起来，季国庆悄悄打量着他，欲言又止了几次，才说出口：

“柴主任，你听我说句不当讲的话。古局长为我们局，也是为革命事业工作了大半辈子，什么样的风浪都经受过了。这一次，也许是最后一次，可千万不能让退休这件事打趴下啊！”

“你的意思……”

“我们得想办法劝劝他，一定要他想开点儿。”季国庆说，“他应该知道，退了休也不是不中用了。”

柴会卡不吭声。

季国庆索性说：

“柴主任，你也不是什么外人，我也不再隐瞒什么了。今天我们可没去D宾馆，而是开着车在街上转悠了一上午，古局长总共没说三句话。看着他的那个样子，我心里那个难受劲儿，唉，别提了！”

季国庆这么真诚地说着，而柴会卡就像没听见，季国庆心里就暗暗有些不高兴。他是知道柴会卡的来历的，柴会卡原来只是乡镇上的一位小学教员，连个像样的有正式工作的老婆都找不上。要不是古泊生帮他，他还在学校里苦熬呢。古泊生早年曾经当过中学校长，虽然没对柴会卡耳提面命过，最终也算是有些师生之谊了。就靠这层关系，柴会卡才得以调入花局。起初古泊生也并没想到要对柴会卡刻意培养提拔，但后来发生了一两件事足以说明柴会卡是个不可多得的人才。

6

第一件事，当时有位副局长分裂局党组，三天两头到市委告状，诬蔑古泊生任人唯亲，在当局长的三年里，总共调入十二名与他有亲朋关系的女职工。这位副局长特意强调调入的职工俱为女性，可谓司马昭之心，不言自明。古泊生身正不怕影子歪，立场鲜明，谁闹就让他闹去！

有句话说得好，多行不义必自毙，搬起石头砸自己的脚，古泊生就等着看他们出乖露丑。可是那位副局长愈加不像样子了，不光动摇了市委领导对古泊生的信任，还在花局豢养了一批忠于自己的死党。这死党的头目叫汪勇士，本来停薪留职在社会上开装修公司，这时候仗着有人给自己撑腰，又跑回局里，充当炮弹。就连传达室的半聋老头子也都知道了那位副局长已给汪勇士许了愿，一旦倒古成功，最起码也要给他一个副处级调研员当当，一不小心就能当上副局长。这汪勇士是那种狗窝里搁不住油饼的人，副局长才不过这么说一声，他就信以为真，似乎已有了强大的权力，反过头来又分封自己的部下，名单都列了出来。古泊生沉得住气，那汪勇士却以为他良善可欺，多次在公共场合对他出言不逊，仿佛他才不过是个三两岁的小孩，但古泊生仍然沉得住气。

忽然有一天，古泊生发现自己成了孤家寡人，身边只有季国庆一人还算靠得住，每天负责他的接送，暗暗接受着副局长那伙人的侮辱。开会的时候他从主席台上望下去，发现几乎人人都远离了他。他简直没有心思讲话，就让那位副局长一个人喋喋不休。副局长也坐得远远的，仿佛他是个麻风病人。副局长神采飞扬，古泊生黯然神伤。他已经在考虑自己要不要明智地向市委提出辞职了。他的目光直勾勾的，那位副局长假惺惺地让他补充时，他才猛地醒过神来，这时候就发现自己的目光一直盯在柴会卡身上。柴会卡坐在人堆里，脸上似乎还带着笑呢。他觉得自己再也沉不住气了，他一下子就站了起来，大声说：

“柴会卡，你坐到前面来！”

众人都愣住了，也都瞪大眼睛注视着。柴会卡朝左右打量了一下，又没事人似的坐端正了。古泊生已经意识到自己的失态，颓然坐下，兀自摇着头。

“不用了。”他衰弱地说，“不用了，你坐在那里吧。”他借口身体不舒服，从会议室里走了出去。

但会议还没散，气氛也更热烈了。汪勇士已经坐在了主席台上。那位副局长觉得自己有说不完的话，他滔滔不绝，他要展望美好的未来，他要抒发自己为革命事业奋斗终生的豪情壮志，他要增强每个革命同志为社会主义事业而奋斗的信心和勇气。汪勇士插不上话，就一个劲儿地对柴会卡竖大拇指，手指上的金戒指在会议室里一闪一闪。

很快，市委就派下来了专门调查组。出于慎重，市委祁书记亲自率队。那天花局早早就忙活起来，汪勇士指手画脚地吆喝着一帮人洒扫庭院，会议室里纤尘不染。

上午九点十分，祁书记驾到，就见古局长和其他的副局长一起迎过去。祁书记实际上对谋反的副局长不熟识，就只看住古局长。不料在古泊生向祁书记伸出手去的同时，那位副局长快走两步，一下子跨到了祁书记跟前，紧紧地把祁书记软绵的手握在了自己手里。祁书记脸上没显出什么，而古泊生已经知趣地退后了一步。

在副局长的引领下，祁书记一行人向会议室走去。副局长也没留心柴会卡怎样靠近了祁书记，他还以为柴会卡是要搀扶祁书记一下，因为会议室门前有两阶设计得不符合人体科学的台阶。但是柴会卡把手里的一张纸交给祁书记，就退到了旁边。当时副局长哪里知道，这张纸决定了他在这个局里的命运。这是一张分封部下的名单，是柴会卡从汪勇士那里搞到的。

很快市委的决定下来，充分肯定了古泊生上段时间的工作，并将那位副局长调出，重新调回一个姓周的副局长。那一天简直成了汪勇士那伙人的末日，汪勇士站在院子里，大声叫骂着："狗！狗！一窝子狗！"也没谁理他。

古泊生坐在办公室里，静听着。突然，院子里骚动起来。他赶忙站起来，从窗子里往外一看，汪勇士正发疯地踢打着地上的一个人。有人半真半假地扯着汪勇士的胳膊，一点儿不妨碍汪勇士频频得手，地上的人被踢得哎哟叫唤。古泊生认出那是柴会卡，就探出头去，喊道：

"汪勇士，这还了得！"

汪勇士也不怯他，但还是住了手，梗着脖子瞪他一眼，跺跺脚，走了。

柴会卡被送进医院。群众一致要求严肃处理汪勇士的暴行，古泊生考虑再三，想要听听柴会卡的意思。柴会卡躺在病床上，绷带下面只露出一双眼睛，却还要张口说话。古泊生从那模糊不清的语音里尽力分辨出这样的意思："打就打了吧，我怎么能跟那种人一般见识？"就把古泊生心疼得，恨不得抱住这小伙子大哭一场。但古泊生只是责备他：

"你怎么就由着他打？"

还是那句话：

"我怎么能跟那种人一般见识？"

这两件事其实是一件事。像这种能坚持原则，又能忍辱负重的人，在当今利欲熏心的社会，还多不多？应该不应该予以重用？

7

两年以后，柴会卡被提拔为局办公室副主任，副科级。

柴会卡上任，局办公室工作马上改观。接连两年，年终局机关科室工作评比中，柴会卡都被群众全票评选为先进个人。

第三年，柴会卡晋升正主任，正科级。而花局的工作更是日新月异，屡受市委市政府表彰。在本市的报纸上，对花局的报道随处可见，同时在电视新闻上，花局的出镜率也为兄弟局的领导所艳羡不已。明眼人都有一个发现。

起初对花局进行报道时，大照片上常常是古泊生，左右两旁则依次为周副局长、王副局长、纪检书记，小照片上才是柴会卡和其他科室的一些负责同志。后来就变了，柴会卡也挤上了大照片，与周副局长分侍古泊生两侧。

某某年十月十三日下午，某地一代表团来访，与花局交流 ×× 事业的发展经验，参加会谈的只有周副局长和柴会卡。在局会议室里，代表团长坐在古泊生和柴会卡之间，周副局长反被安排在一个不显眼的角落，还有一张龟背竹的叶片像只大巴掌似的，挡住他的半边脸。

某某年十一月二日，古泊生在家中书房会见本市著名画家黄白宾，陪同会见的也是周副局长和柴会卡。——这个场景被电视台的一个专访节目披露。

某某年元月二十五日，这是一个值得纪念的日子，虽然这样说有点损，但还得这样说。这一天，周副局长突发感冒，迎风流泪，眼红得像只兔子，鼻涕也明显增多。澳门某代表团来访，古泊生说你说什么也得参加会见。周副局长就用手帕捂着鼻子说，古局长，恕我顶撞您一次，我说什么也不能参加！这样，陪同参加会见的只有柴会卡一个人。照片登在第二天的报纸上，就引起了一个人的注意。这个人就叫裘益甘。裘益甘从派出所打来电话，张口就说：

"恭喜恭喜！"

柴会卡听了比有人打他耳刮子还不舒服。他不是那种喜欢事先张扬的人，就像现在，一直到季国庆把裘益甘从派出所灰暗低矮的小平房里接到辉煌壮丽的大明宾馆，他也没告诉季国庆要干什么。

8

裘益甘是柴会卡的小学同学，两人相熟得很。柴会卡冷不丁提出请客，派出这么好的车来接他，又选定了这么好的宾馆，就一定有什么非同寻常的事情。裘益甘是个急性子，两人刚一落座，就忍不住催他：

"有话快说，有屁快放！"

但柴会卡却无法一下子将话说个明白。"这个……"他反而支吾起来。

"该不是你真的晋升了正处级吧？"裘益甘猜疑，"怪不得你突然请我。你是想让你这个小学同学看看，混得不如你吧。"

“哪里哪里。”柴会卡忙说，“你是谁呀，人民警察！群众的生命安危全在你们手上哩。”

裘益甘歙歙而笑，随手把帽子摘下来。“我有言在先，派出所有规定，不准中午喝酒。我不能故意违犯规定。咱就以茶代酒吧，你尽管叫些不常吃到的特色菜就行了。”他说着，撸撸袖子，做出了大嚼一番的架势。

柴会卡有意迟疑着。“这顿饭不是好吃的，你得先说你一个普通的人民警察能办多大的事。”他狡黠起来。

裘益甘朝他瞪着炯炯有神的大眼睛，半天才郑重地问他：

“你这话是真是假？”

柴会卡点点头：

“当然是真的。”

裘益甘坐端正了。“那我告诉你，大到栽赃陷害，小到……我都能做。”他冷静地说。

“我非常怀疑你是怎么溜进公安队伍里来的。”柴会卡直言不讳。

但裘益甘没什么表情。“我有一个比喻，”他说，“人的胃就像一条口袋，一听到有好吃的就张开了。你让我的胃张开了这么长时间，就等于让我的胃活活受罪，因此，我不准备替你利利落落地办事。你得再请我到大明宾馆吃两次，或者五次。”

“那很容易，”柴会卡爽口答应，“别说五次，十五次我也请得起。这大明宾馆就是为咱开的，刚才你坐的车子也是咱的。现在我不兜弯子了，我要你办的事就是，帮我改一下户口……”

“你该不是想犯重婚罪吧？”裘益甘忙问。

“我家庭生活已经很幸福了，”柴会卡扬起脖子，说，“我想请你改一下别人的户口。”

这时候季国庆才如梦初醒。他简直对柴会卡佩服得五体投地。他以为袭益甘没听懂柴会卡的话，就插嘴说：“请你改一下我们古局长的户口，最好减到五十岁。”他看一眼柴会卡，“我看古局长还真不像五十岁的人。古局长保养得很好。”他又转向袭益甘，“这样，古局长就又可以多干五年了，其实古局长至少还能为我们局呕心沥血五十年！”

9

下午，柴会卡分明从古泊生身上看到了一个衰弱的耄耋老人的形象，他感到难受极了，有心劝慰古泊生一声，却不知从何处开口。

回到自己的办公室，他犹豫再三，想拿起电话告诉古泊生自己正在为他做什么。他有百分之七十的把握，像这种更改户口的事他已经做过一次。他的弟弟当时高考复读了三年，也没考上，还不死心，又去复读，但又觉得自己年龄太大，在同学跟前面子上不好看，就让他哥哥到户口所在地把年龄改小。柴会卡没费吹灰之力，就给弟弟减了三岁，第二年弟弟如愿以偿，考上了当地的师范学院，很有一份年少有为的荣耀。现在柴会卡又开始盘算下一步该做什么。

古泊生的组织档案在市委组织部，柴会卡还没有能力渗透到那里。但他相信，总会有办法的。说不定古泊生就有办法，但柴会卡总是顾虑古泊生知道后会阻止他。古泊生是国家的一位高级干部，久经考验的革命同志，要认同柴会卡的做法，不免有些徇私舞弊的嫌疑。即使他睁一只眼闭一只眼，也与一个光明磊落的政府官员相去甚远。但你以为柴会卡做这样的事就能坦然处之吗？在与裘益甘没正经地说那些逗趣的话时，在两人以茶代酒、杯来盏往时，谁能看得出他心底的痛苦！杯子里的茶其实就是健力宝，健力宝多甜呀，多顺口呀，但在柴会卡的嘴里简直又苦又涩。但他仍然咬着牙往肚里咽，每每举杯都有一股大义凛然的劲头。一顿午饭，就喝了两箱健力宝，虽然与吃下去的锦食美味混合在了一起，一旦站起来，还能听得出肚子里咣当咣当响。这发出圆润的响声的，是什么？可以毫不夸张地说，是苦水。

柴会卡携带着一肚子的苦水与裘益甘告别，在来花局的路上，那种杀身成仁的感觉就渐渐明确了。为了花局，也是为了革命事业，柴会卡甘心糟践自己。苦了我一个，幸福十亿人。柴会卡一个人的德行受损，只要花局能够继续兴旺发达下去，就万分值得！

柴会卡思前想后，最终还是决定不让古泊生得知这一切，虽然他也想到了，如果古泊生能够亲自出马，会比他孤军奋战效果好得多，他毕竟只是一个小小的办公室主任，别看在本局势力大得不得了，出了门，谁还把他当成一盘菜？瞧瞧裘益甘，才一个普通民警，就能那个样子对他称兄道弟，没上没下。如果他不是办公室主任，而是局长，准许裘益甘那样不恭，他也得思量思量，即使他们是小学同学，即使柴会卡不是好摆架子的人，他也应该有所收敛。柴会卡恨不得裘益甘马上就把他托付的事给办下来。古泊生忧心忡忡的神态一再地出现在他的眼前，他越来越不好受了。

这时候，电话响了。柴会卡拿起电话：

“喂。”

“你让人草拟一份通知，全花局组织讨论污水河绿化问题。”古泊生吩咐，语气里已听不出有丝毫颓伤的意味了。

柴会卡精神一振，马上答应了，叫来办公室副主任曹佩奇，说：

“绿化问题，简而言之，就是宁小虎弄虚作假问题。这要挖出思想根源。”

曹佩奇自作聪明：

“依我之见，就是责任心不强。”

柴会卡一皱眉头：

“全花局每个人都要挖出思想根源。”

曹佩奇副主任就不作声，赶忙出去起草通知。

柴会卡精神真的好多了，他头一次感到空气里充满了春天的气息。从窗子里一望，外面亮堂堂的，像是有一张网细密地把灰暗和浮尘全部过滤干净了。他有了走出去让阳光照耀一下的冲动。于是，他离开办公桌，向院子里走去。但没想到一出门就碰见了局工会的副主席龚建东。

10

龚建东是个大胖子，一说话就气喘，他还一说话就带笑，一笑就喘得厉害，喘得厉害又好像笑得厉害。他一个人在那里笑就仿佛有一百个人在笑似的。花局还没有一百个人，柴会卡碰上他就像碰上了全花局的人。全花局的人都黑压压地站在那里，也都在笑着。这全花局的人还大都不知道有一份要求职工狠挖思想根源的通知即将传达下来。

“哈哈哈，柴会卡！”龚建东说，笑着。龚建东没有说别的什么。

柴会卡看着他。柴会卡看不见自己的脸色，他是那种红扑扑的大脸，跟古泊生的脸一样油光发亮，但这时候却忽然变得灰暗起来，像那种死树的树皮，但一刹那间又发白了，像一块冰雕，晶莹剔透。又一忽儿，变得像串紫葡萄；又一忽儿，变得像颗苹果，跟一个小孩子的脸差不多。他的脸就这么瞬息万变，但龚建东就像根本没看在眼里。只不过是在一天前，龚建东在花局难道不是一个最会看人脸色的人吗？柴会卡意识到了人世的险恶，现在龚建东还只是对自己直呼其名，用不了半年，甚至不等古泊生退休，他就敢朝自己脸上吐唾沫，假如自己不小心摔倒了，他肯定还会再踏上一只脚。

柴会卡陡然认准了一个小人的狰狞面目，他内心坚定起来。于是，他的脸色不再变了。他觉得自己的威严像一股飞沙走石的大风，凶猛地刮向龚建东，只要眨巴一下眼的工夫过去，龚建东就会在他的威严下粉身碎骨。但龚建东转过身，摇头晃脑地走开了。

柴会卡不禁呻唤一声，踉跄起来。

“柴主任。”有人叫他。

他站稳了，发现是曹佩奇手里拿着一份打印稿，站在他的跟前。曹佩奇已经把通知拟好了，柴会卡低头看了看，眼里只是一片浮光乱闪，但他仍旧说："不错。"他想尽快从每个人面前离开，也忘了去晒太阳，就返回自己的办公室。

11

花局在某某年龙抬头过后的第六天，亦即农历辛巳年二月甲子日，公历三月二日，星期五，开始了全花局范围的形势教育活动。按计划，这样的活动要持续一个星期，也就是到下个星期四，农历辛巳年二月的庚午日，公历三月八日，星期六星期日也被排上了学习日程。学习日程人手一份，人们细细一看，既没提宁小虎在污水河两岸绿化问题上弄虚作假的事，也没提挖思想根源，而办公室那位曹佩奇副主任早早露出口风，说是花局要挖思想根源了，有思想问题的人得事先做好准备。曹佩奇是花局公认的好人，大家都能领会他的好意，也都相信他，再说通知的草稿也是他拟出的嘛。但是谁都没想到，在确定这份草稿时，古泊生和柴会卡的思路渐渐明确了。

柴会卡把草稿从曹佩奇手里接过来，就去了古泊生局长办公室研究。怎么能叫挖思想根源活动呢？太生硬了，也不正规。古泊生面露不满意。

花局的人都知道，星期五是局里雷打不动的党员学习时间。柴会卡就提醒古泊生，顺理成章，将党员学习扩大到全花局人员学习，最好就叫全花局形势教育活动吧。古泊生非常赞成。他心里非常明确：出于保护同志的目的，教育活动中坚决不允许提到宁小虎弄虚作假的事，这次活动并不针对哪个人，也就等于说，这次活动针对任何人，你柴会卡思想上有问题，我思想上也有问题，周副局长、陈副局长、纪检书记、龚建东副主席、曹佩奇副主任，以及宁小虎，思想上都存在着这样那样的问题。柴会卡连连点头称是。两人周密安排了一下活动日程，具体如下：

星期五，国际形势教育；

星期六，国内形势教育；

星期日，本局形势教育，因考虑到大多数青壮年职工要在周末好好过过夫妻生活，出于人道的原则，只安排下午学习；

下星期一，主要交流学习心得；

下星期二，人人都要说出自己的一项或几项优点；

下星期三，人人都要说出自己的一项缺点，如果哪个学习积极分子非要多说，就本着自愿的原则，多者不限；

下星期四，进入实质性阶段，对花局的工作提出合理化建议，并表示自己要怎样做，写出个人学习总结，以此为将来自己行为的见证。

活动结束了，但形势教育并没有结束，形势教育还要一点一滴地汇入日常的生活和工作中，这将是一个十分漫长的过程。

古泊生感叹道，什么时候本局全体职工都能把无私奉献、爱岗敬业当成一种自觉行为，我古某人也就可以放心引退了！

柴会卡把这样的研究结果带回办公室，又要曹佩奇整理成文。曹佩奇刚在电脑前坐下，有人就告诉他下班时间到了。花局的人都走光了，曹佩奇也没动地方,当他将通知整理妥帖,已到了晚上八点。他家也没回，赶到柴会卡家里，柴会卡看后又要带他去古泊生家里，他的神情就很畏怯，说，我还从没踏进过局长的家门，我怕自己什么都说不好。柴会卡心里鄙夷他，说，你只带两个耳朵就行了。

曹佩奇就带着自己的两个耳朵，把古泊生和柴会卡的交谈全都听了进去。

12

根据古泊生提出的修改方案，曹佩奇又赶回花局，发现电脑忘了关上，就像电脑在等他似的。他坐下来，两眼紧瞅着屏幕，沉浸在里面。修正完毕，也没看天已到了什么时候，就拨通了柴会卡的住宅电话。

“柴主任，我……”

话筒里响着巨大的喘息声：

“你他妈的有没有一点主见呀！”

电话咔嗒挂断了。

曹佩奇愣了半晌，才哧地一笑。“有主见？嘿嘿嘿……”他自言自语起来，“有主见？嘿嘿，有主见？嘿嘿……”声音渐强，最后成了大叫，

“我 × 你妈——！我 × 你妈‘主见’！”

他听到了深夜的回声。他还听到了另一种声音，那是无数的男人和女人在乐此不疲地交媾。他一想到别人都在黑夜里不停地卖力交媾，只有自己傻愣愣地坐在电脑跟前，就自嘲地笑了。柴会卡为什么就不能交媾呢？他刚才是如此地惊愕，好像从来没想到过柴会卡也要交媾似的。柴会卡很胖，大肚子像只水桶，胖子也有交媾的权利呀，胖子是可以跪下来交媾的。他干扰了人家的私生活，人家冲他不耐烦，活该！在星期二的晚上十一点五十分，曹佩奇有力地扇了自己一个大嘴巴，“操你妈犯贱！”接着把通知从电脑里输了出来，然后又在复印机里复印了八十八份，花局有八十七个人，剩下的那一份可供备档。

曹佩奇几乎一夜没睡，一上班就把通知交了上去，柴会卡也没再说什么，随后下发到了各科室。职工们一看就松了一口气，都认为曹佩奇谎报军情，平白使大伙儿担了一回惊吓。

13

宁小虎的科室有七人，最初听说花局要开展挖思想根源活动的时候，六个人轮番走到他的跟前，歪头瞧着他，什么也不说，只咧开嘴，嘿嘿嘿嘿地笑。宁小虎心知肚明，他虽早有准备，也架不住人们总这样嘿嘿地对他笑呀，就终于发言了：

“改革开放时代了，都加入 WTO 了，全球化了，谁怕谁呀！我弄虚作假了，我破坏植树造林，美化祖国了，顶多砍我的头！”

那科长听了，一副沉痛的语调，说：

“我本来有心帮你开脱的，只怕到最后爱莫能助。唉！官儿小啊！人微言轻呀！跟古局长走得远呀！没学过溜须拍马呀！”

宁小虎一梗脖子，还是那句话：“大不了砍我的头！”就提前从办公室走了。

同事们齐叹：

“唉，别看他嘴硬，但他回去肯定睡不好觉，更别说过性生活了。”

同事们只说对了一半，宁小虎的确像曹佩奇那样没睡好觉，但宁小虎却过了性生活，而且不仅一次，而是三次。就在柴会卡跪着与老婆交媾之时，他已经在过第二次了。过完第二次他还是睡不好觉，辗转反侧到了凌晨三点，他老婆已经睡熟，正在梦中飘行，像一个仙女。

“胆大猴头！”她被弄醒了,的确像一个遭到冒犯的仙女一样呵斥着，但他不由分说，爬上去就要过性生活，他老婆却又呼呼睡了过去，在梦中像一个仙女一样快乐。——有的人就是这样，在心烦意乱时倒热衷起交媾来！

14

宁小虎过完了性生活，躺在床上像是条抽了筋的狗。他来上班，同事一看，眼圈发青，眼珠充血，脸上皮肉松弛，就知道他夜里没睡好。

现在，同事们都对他说：

“宁小虎，你该放心了吧。国际形势教育结束后，什么也别想，回家好好睡一觉！你这样下去，到不了下星期二，就能变成熊猫了。你该不会真想变成国宝吧。”

15

某某年初春的国际形势错综复杂，花局的人都知道，但没想到错综复杂到这种程度。在整个教育过程中，很多人都止不住咆哮起来。中午下班后，继续留在局里参加讨论的人占全花局总人数的百分之八十七，那些还有心回家吃午饭的只是一些女人，但人们相信她们回到家也是吃不下去的。这些贤惠女人回家，只是为了给她们的丈夫和孩子做饭，然后神情严肃地看着他们吃掉。说不定她们也已经在跟自己的丈夫、孩子讨论起来，这样一家人也就都会吃不好了。但不吃饭是不行的，留在局里的人从街上买来了盒饭、速食面，聚在办公室里，一边草草地吃着，一边热烈地讨论，连个瞌睡也顾不得打，两个半小时的午休时间就过去了。

下午人们激愤的情绪仍然没有冷静下来，学习中的争执当然是难免的，但真理不辩不明，发生争执的同时，双方都能得到认识的进一步提高。这样到了下午六点半，国际形势教育活动就结束了。

今天的下班时间推迟了半小时，下了班人们仍像上午一样不愿从局里离开，但大多数人是必须离开的，这样滞留在局里的人只占全花局总人数的百分之二十七。那些回到家里的人还不住地打来电话，或者相互打电话讨论。

到了晚上八点半，花局就只有传达室的老李头了。

16

整个白天的时间老李头的眼睛都处在警惕状态，这时候巴不得合上一下，但电话仍旧冷不丁打了来：

“美国到底要干什么？”

老李头来了精神头儿，一板一眼地分析道：

“美国到底要干什么呢？上月二十八日美国新总统布什向国会提交了总额达三千一百八十九亿美元的某某年财政年度国防预算，在这项国防预算中，美国国防部可得到三千一百零五亿美元，比某某年财政年度增加一百四十二亿美元，其余八十四亿美元中大部分将用于美国能源部的核武器发展计划。据美国政府官员透露，在军费预算中，将至少有十亿美元用于发展美国国家导弹防御系统，从而使用于该系统的资金总额至少达到一百三十七亿美元。另有二十六亿美元用于军事研究和发展。布什上台后就主张以‘实力求和平’，表示美国将建立一支‘无可匹敌’的国防力量，以保护美国及其盟国在全世界的利益。我认为，美国再次大幅度增加国防开支的目的，是要进一步谋求军事战略优势，巩固其全球霸主地位！”

老李头是编外人员。老李头没被安排参加花局的国际形势教育，并不等于说老李头没权利了解国际形势，或不了解形势。花局的人都应该知道，自己看到的报纸首先是要送到他手上的。他虽没有擅自拆包，但仍然第一个把报纸的主要内容看得差不多。那打来电话的人原有些对老李头卖弄卖弄的意思，没想到老李头平时不显山不露水，内心却卧虎藏龙，听完后就只有说“啊呀，李大爷”的份儿了。

“啊呀，李大爷！”电话里的人说，“赶明儿我得跟你好好聊聊。”

老李头受到鼓舞，也就不敢走开。他等待着第二个类似的电话，第二个类似的电话果真就在十五分钟后打来了。总之这天晚上老李头接到了差不多十个这样的电话，他自己也拿起话筒，向乡下老家的一个朋友，也就是一个村长，打去了电话，两人对目前的国际形势交流了看法。

通话结束后，老李头本想脱裤子睡觉，不料心里就像猫抓了一样难受，裤子也不脱了，歪在床上，像年轻的情人似的，两眼直盯着电话机，一盯就是一夜。

在如此错综复杂的国际形势下，花局人睡不好觉，当然是在情理之中的事。第二天来参加国内形势教育，那十个给老李头打过电话的人对他细细一打量，似乎第一次发现老李头长得高鼻大眼，天庭饱满，地阁方圆。在办公室里，都说：

“嗬，传达室的那个老李头，哪像个看门儿的？”

说着就连连打哈欠。同事们也都打起了哈欠。

国内形势教育开始了。

17

经过一整天的国内形势教育，谁还敢说以前自己对国内的形势是了解的？全花局的人又迎来了一个不眠之夜。那些计划跟妻子或丈夫在星期六好好交媾一番的人都打消了主意，因为不安像块石头一样，沉重地压在了每个人的胸口。星期日上午，也只有少数人补充了一下睡眠。下午的时候，几乎人人都像条红眼狼。

“本局形势教育结束后，”不久，在由曹佩奇执笔的某某年初春全花局形势教育总结中这样写道，“广大干部群众增强了紧迫感，为继续开展好这次活动打下了坚实的思想基础。”

但是接连三个夜晚睡不着觉，人的情绪就无法得到稳定的保证，更何况还有四天没睡过一个安稳觉的。曹佩奇是局办公室副主任，身为领导干部，理应以身作则，所以倒能按捺得住，看上去也显不出什么。宁小虎接连四天没睡好觉，神情就有些不对头。他似乎忘了自己是这次教育活动的始作俑者，——按一般人的理解，这次活动虽然没有提到他一个字，但他总归脱不了干系，星期一到了花局，就哈欠连天。打哈欠也没什么，很多人都打哈欠，但他不该拿着一摞学习材料在自己膝盖上摔摔打打。

另一个四天没睡过一个好觉的人是个常年失眠症患者，实际上他不仅四天没睡过好觉，他睡不好觉快有二十年了，这时候却迁怒于人，星期一到了花局，毫不客气地指着宁小虎的鼻子说：

“都是你引起的！”

本来宁小虎有些涵养倒也罢了，关键这个宁小虎不识时务，人家只不过说他一句，就非要人家再说清楚不行：

“你再说一遍！”

那位失眠症患者根本不示弱：“怎么，我说错了吗？不是你引起的还能是谁引起的？”

“你再说一遍！”宁小虎这是在警告他了，但他仍不在意，又说：

“某某年是新世纪第一年，大家过得好好的，你他妈的不老实，画出几张假树叶挂到树上，让人曝了光，把我们局的脸面全丢尽了，现在你还抵赖呀！”

宁小虎就说：

“我宁小虎也不是不尊重老人，但对你这种老人尊重的办法，只有拳头！”

“什么？我是老人？！”

那人用指头点着自己的鼻子，质问道。他毫无疑问已被宁小虎的无礼激怒了。

“哼，你以为自己还有百八十年的阳寿啊！”宁小虎不屑地说。

这句刻薄话该有多大力量，从他对手朝他怒目而视的姿态上就能看出来。他的对手一刹那间几乎背过气去，姿态像石头一样僵硬。但宁小虎不吃这一套，也与他怒目而视。在场的人都怕了，劝也不敢劝，似乎一劝倒使他们真的动起手来。忽然，两人都像只狮子一样，浑身摇动起来，特别是宁小虎的对手，简直让人听到呼呼的风声，这就像他的怒火被水浇了一下，又猛地蹿上来。

眼看一场火并就要发生，柴会卡进来了。

“你瞧你瞧，”大家就都把他当成了和平大使，一起对他说，“说着说着就吵起来，怎么能为一句话伤了和气？”

柴会卡自认为自己有主持公道的权力，就问明了缘由，笑着说：

“大伙儿说得对，和气生财，年轻同志谦让一下，老同志也谅解一下，都回到自己座位上。古局长一再强调，这次活动不针对任何人，年轻同志和老同志都不要多心。”

宁小虎知道在花局打不起来，就垂下了手，但还是一脸不服的神气。那老同志也很知趣，扭过头去，嘴里低低地嘟囔着：“谁是老同志？”渐渐地也消了气。后来在会议室交流学习心得时，还主动说：“认清形势的意义非常重大。我把认不清形势当成失眠，当然了，也可以当成便秘。睡不成觉，拉不下屎来，就容易导致动气。好比我跟宁小虎同志，前世无冤，后世无仇，说话就翻了脸，还不是被失眠闹的！实际上这认不清形势的危害还不仅如此，假如没有柴会卡同志的规劝，说不定就把头打破了。所以我说，认清形势是十分必要的，认清形势的意义也是非常重大的。”但他突然住了口，一脸被痛苦折磨的样子，也不顾是在会议室里，嘴里狠狠地咒道，“日他奶奶，我怎么就睡不着呢！”情绪显然又波动起来，而且更可怕的，这种波动立刻像大火一样，蔓延到在场的每个人身上。

接下来发生的事只有上帝才能弄明白，大伙儿不约而同地把目光转向了宁小虎。古泊生局长和柴会卡主任不是一再强调过嘛，这次活动并不针对任何一个人，但大伙儿还是鬼使神差地又紧紧看住了他。眼看着他的胸脯剧烈地起伏起来，柴会卡不得不加以正确引导：

“宁小虎同志也谈谈吧。”

他的口气平淡，可是大伙儿眼里的意思已经非常明确了。会议室里没有声音，而一声充满怨怼的吼叫却分明在空气中响了起来：

“都是你引起的！”

“宁小虎同志的感受一定少不了，”柴会卡把脸转向大伙儿，声调没有什么改变，“大家也同样。”他沉静地说着，众人不由一惊，就像看到秦始皇转世，李世民再生，朱元璋重现。他没有什么动作，只是看着大家，却是那样地具有王者风范。

“那是那是。”众人一迭声地附和道。会议室里的气氛只不过刚刚有了些不利活动进行的苗头，就被柴会卡不费吹灰之力地排除了。

总的来说，会议室里的小形势与喜忧参半的国际、国内形势相比，是一片大好。不是小好，是大好！

18

谁都知道局工会副主席龚建东常年便秘，谁也都知道他是个超级马屁精。龚建东察言观色的本事在局里屈指可数。在星期一学习心得交流过程中，龚建东就准确地捕捉到一种信息，那就是古泊生退休之日为时尚远。但古泊生的确是某某年腊月十五出生的，这是说的农历，因为他那靠租种土地为生的父母没能给他记住腊月十五是公历的什么日子，就把阴历的日期当成阳历用了。龚建东不怕麻烦，推算了一下，这年的腊月十五也就是某某年元月六日，也就是说，按公历计算，古泊生处在“二五八一刀切”之外。好悬啊！就差这么一丁点儿。世上的事最怕认真二字，而我们的政党却是最讲认真的，只要认真起来，古泊生就非常有资格再为革命工作奉献一届，而按惯例，这一届也就是五年。

但话再说回来，即使古泊生退下去，人们有什么理由怀疑柴会卡不被提升为副局长，或者更重要的职务呢？柴会卡是寻常人也？

龚建东左思右想，出了一身冷汗。他承认自己是有些操之过急了，他对柴会卡表现出了不恭，连他自己都否认不掉。也就是上星期四，他还对自己的心腹说过，这个柴会卡，只要换了领导，头晌换的，下午就得把他给撸了。还有古泊生的那伙狐朋狗党，一个也逃不了！他相信心腹是不会把这句话说出去的，但谁又能保证心腹就绝对的忠诚？况且，收了这心腹也有五六年了，他又给过他什么好处？顶多是分发戏票时给他多发一张，或者发他一张位置好一些的。

这天夜里，他理所当然要睡不着了。他老婆还以为这是让便秘给折腾的，就提出要给他抠出来。老婆已经给他抠过很多次了，但他还是怕脏了老婆的手指，自己拿了开塞露到卫生间里，手从腹股沟插下去，却忘了干什么，蹲了一会儿又回来了。上了床还是睡不着，肚子却饿了。他知道半夜吃东西会增加肥胖，也会加重便秘的痛苦，但他就是想吃。

他的消化能力太好了，已经成为他的苦恼。他忍着，后来真的忍不住了，就趁老婆睡熟之际来到厨房，把剩下的半只烤鸡吃个精光，还喝了一瓶啤酒。在吃的时候感到非常幸福。这样又是烤鸡，又是啤酒的，他过的是多么美好的日子呀！一个人升了天堂又能怎样呢？可是吃过之后就该受罪了，肚子里难受，又睡不着，躺在了舒适的床上，却比躺在悲惨的地狱里还不如。

熬到天亮时，他觉得实在撑不住了，他老婆就让他向局里请假。但他立刻像听到了一声恐吓，连他老婆都觉得自己身后藏着一名恶人，止不住回头望了望，当然背后什么人也没有。

在去上班的路上，他才想到今天的活动内容。他要当众对人说出自己的一项优点，他有什么优点呢？他很随和，他很团结同志，他能吃能喝，他消化能力无人能比，都像是优点。他觉得自己的优点三天三夜说也说不完，但又像一项优点也没有。他非常责怪自己一夜没睡，为什么不趁机把这件事给细细想一想！到了花局，脑子里还是一片空白。

19

现在不用多说了，搭眼一看就知道昨夜人人都没有睡好觉。

龚建东断定别人没睡好觉肯定是因为别人都在夜里考虑过自己的种种优点。整个花局的人唯有他没有想过这个问题，他敢保证，他龚建东要是想过一下就是大王八揍的！老驴鸡巴戳的！把想都没想一下自己优点的人投到不知在夜里想过多少遍的人堆里，岂不违反了公平竞争的准则？

龚建东身子猛地一歪，他可没意识到旁边的是一个女人。那女人发出了一声骇人的尖叫，没去扶住他，反而一下子跳开了。会议室里的人都呼啦站了起来，相互询问着，伸长了脖子要看究竟，这回就只能把站在后面的人给挡住了，而且人人都动不了。你要知道这会议室长有八米五，宽则只有四米五，总面积三十八点二五平方米，来参加会议者八十七名，人均零点四三九六六平方米，但这还不算沙发和桌椅。等在有限的沙发椅子上坐满后，剩下的人也就只有硬塞进去，挤得像筒沙丁鱼罐头。现在人人都站了起来,会议室的空间就显得更小了,仿佛闷罐车。见有人倒下，人人也都是着急的，但都无法向前。情急之中，就又听到了柴会卡冷静的声音：

“都坐下都坐下！”

一阵稀里哗啦的响动过后，能够坐下的就都坐下了。这样，每个人都看清了晕倒在沙发里的龚建东。他几乎躺在了那位女领导干部的怀里，那女干部掏出手绢擦着他头上的汗，人们听她问道：

“你怎么了，龚主席？”

龚建东虚弱而痛苦地朝人们看看，人们什么也没能听见，不是因为吵闹，而是因为他什么也没说，一丝羞惭而又无可奈何的神色从脸中掠过，很多人都看在了眼里。

实际上龚建东是打算如实相告的，但他突然想到这是一个女人在询问他，而且也差不多可以说是被这女人搂在了怀里。他不好意思起来。

这时候，昨天那位跟宁小虎发生冲突的人就开口道：

“不用问了，龚主席便秘得很厉害！”

那女人听了，虽没有说什么，神情分明是有些厌恶的，拿手绢的手也微微朝后一抽。没人怀疑只要大家都转过身，她就会马上把这手绢丢掉。

“拉不下屎来跟睡不好觉，同样让人难受。”那位失眠症患者又说。

龚建东这时候似乎好一些了，就从那女人怀里坐起来。“谢谢。”他对那女人说，然后以钢铁般坚强的意志忍受着来自腹股沟里的痛苦，又面色从容地转向大家，“继续吧，别因为我耽误了花局的活动。”他的样子还像从前一样，但每个人都相信肛门附近的痛苦正残忍地折磨着他。每个人都要被他的坚强感动了，果然，活动并没有马上进行。

柴会卡向古泊生侧着身子，两人悄悄商议着什么。周副局长、王副局长、纪检书记离得他们那么近，都没能听到。

“请龚主席回去休息吧，”柴会卡对龚建东说，又吩咐季国庆，“你把龚主席送回去。”

季国庆答应一声，就从人堆里站了起来。

而龚建东马上一脸的慌张，仿佛人家并不是送他回家，而是将他押赴刑场。他连连摆着手说：

“不必了不必了，学习这么重要，我哪能……我哪能……柴主任，你说我哪能……难道这不是一个很好的受教育的机会吗？我哪能……喷！”

剧痛又像利箭一样穿过他的身体，射在他的脸上。他不说话了，他咬紧牙关，脸上的肌肉轻轻搐动着，像是无数交错在一起的琴弦，在一根看不见的手指拨弄下，发出了低沉的痛苦的音乐。但他端正的姿势仍然没有丝毫的改变。他听到了火焰啵啵的声音，火焰卷着浓烟，一次次地猛扑到他的身上，舔噬着他的皮肤。

无疑，他很快就被烧焦了，这样，他自己也燃烧了起来。忽然，他受到了自己的感动，因为他断定如果一个人被烧到连自己焦黑的皮肤也燃出火苗时，就准已呜呼哀哉，或者无知无觉，丧失神志了。但他没有。

他还活着，感觉敏锐地活着，焦黑的燃烧的皮肤下面，是一颗活人的心脏，是一只消化能力超强的还在不停蠕动的大胃。这也就等于说，他死了也没有脱离痛苦，而且是一千倍于受火刑的痛苦，应该是最为难熬的痛苦。就从这一点来说，他认为自己无比伟大。那些丧命火中的布鲁诺呀，贞德呀，都没法跟他比。

20

事实证明，我们的工会副主席龚建东先生不光具有一个超强的大胃，还有一种更加超强的耐力。这时候，他的神经猛地松动了一下。他想到了这是不是他的一项优点呢？他差点张口说话了。还好，他及时地克制住了自己。他不想张扬出去。而他不事张扬，是不是也可以列为一项优点呢？他的答案是肯定的。一瞬间，他列举出了自己的好几项优点，但他都没有说出来。有这么多优点的人即使不说出来，也有资格为这些优点高兴。于是，他就高兴起来，有了些飘飘然的感觉，但身子还是静止不动的。

会议室里的每个人都闻到了一股浓浓的肉香，甚至能够分辨出哪是烧头发的气味，哪是烧指甲的气味。他们还听到了轻轻爆裂的声音，并且肯定这是燃烧的骨头所发出来的。最初的时候人们还没能想到这是龚建东在燃烧，人们怀疑气味来自临近街上的一家烤鸡店，一家烤鸭店，和那些烤羊肉串的火炉。突然，人们发现会议室的窗户一直就是紧闭着的。某某年初春的天气忽冷忽热，这几天就冷到了零摄氏度左右，天空阴沉沉，欲雪不雪。

气味只能来自会议室内部。但只要朝龚建东看一眼，谁都不会否认他是在受炮烙之苦。万恶的便秘呀！但谁也替不了他。他们也只有向他投去同情的钦敬的目光。整整一天，他们给予他的，也只有这种目光了。下班时间到了，他们才又蓦然一惊。看龚建东的神情，是已经到了很高的境界，就像练武功的人，提升到了所谓武侠的最高境界，静而不静，动而不动，言而不言，忧而不忧，喜而不喜，活而不活，死而不死，等等。但众人才这样想时，龚建东却有了强烈的屁意，以为便秘的痛苦即将缓解，不料那屁却又回去了，狗咬尿脬，空欢喜了一场，而且也没能再回到那种境界里去。他重又是那个被严重的便秘所折磨的男人了。

柴会卡又在招呼他上古局长的车回家，他轻轻呻吟着，正欲“恭敬不如从命”，就看见一个人在角落里暗暗朝他使眼色。他便忙谦逊地对柴会卡说：“我自己走吧。”柴会卡不好勉强他，只好随他去了。他不易被人觉察地跟那个给他使眼色的人走在了一起。

“古泊生退不了。”那个人小声说。两人并没有相互转过脸去，在别人看来就像他们根本没有说话。他们都在看着前方。

“你怎么知道？”

“我去派出所查了，派出所还有错？古泊生是共和国的同龄人，最少还有一届的干头。”

“这不更好吗？论政策水平、工作能力，古局长都是佼佼者，这样的好领导，得让他干到一百岁！”龚建东说。

两人各走各的路。龚建东轻叹了一口气，就像便秘不知不觉间消除了似的。他朝那个人看去，见他已经跨上了自行车，正朝大门口骑去。那人就是他在花局的心腹。

21

告诉谁，谁也不信，这天晚上最难受的不是别人，而是柴会卡。柴会卡在这两天里失去了很多次机会，他总有时间跟古泊生局长独自待在一起，但他总是欲言又止。回到家里，他甚至拨通了古泊生家的电话，还没等对方拿起话筒，就又挂断了。从晚上八点起，他拨了挂，挂了拨，光算听到振铃声的就有五次。他也是有老婆的，他老婆见状就说：

“这是给谁的电话？看把你小心的！”

他也不想瞒她，就吐露了心底的苦恼：

“我的那个同学裘益甘，说话没个正经，倒是个靠得住的人。我只不过给他打了声招呼，他就想法把古局长的年龄改小了，减了整整五岁！”

他老婆没容他说完，就打断他：

“古伯伯知道没有？”

“还没有。”

“那还不告诉他！”

谁知柴会卡却叹了口气，说：

“我看没这么简单。在办这件事之前，我就没敢跟古局长商量。他要知道了，非得训我不可。”

他老婆不以为然：

“哼，我倒觉得他会高兴也来不及呢。”

他却直摇头，仍是面露难色。他老婆就推测道：

“别看我没跟大人物打过多少交道，但我很会揣摩大人物的心理。有时候你别光注意他表面上的反应，他要真的不高兴，并不一定张口训你。如果你把这件事告诉他，他训了你，证明他心里是高兴的。你又一回给他立功，他不可能忘了你。”

柴会卡冷笑道：

“你这是什么奇谈怪论！我听着那些大人物倒像一只只老狐狸了。”

“可不。”

柴会卡还是没有勇气拿起电话。他老婆再催他，他就说：“算了吧，我这么一遍遍拨古局长家的电话号码，肯定打搅了他的休息。我这么晚再打过去，很容易被他疑到我头上，倒像我在骚扰他。”他站了起来，伸伸懒腰，“睡觉！明天再说。”

这时候已是晚上十点多钟，他老婆也困了。夫妻二人更衣上床，可他老婆千不该万不该忽然想起什么来。

“会卡，我还是觉得不妥，”她说，“你拨古局长的电话，古伯伯没能接到，他要在意起来，肯定会被惹得睡不好觉。古伯伯这么大年纪了，你怎么忍心？我看这也算是一件大事，晚一点儿给他打电话，他也能谅解的。我记得那一回你出差回来，都十二点了，还给古伯伯打了电话，也没听你说过什么重要的事。”

柴会卡仔细一想，老婆说得很有道理。他翻身坐起来，心里感到非常不安。他老婆还以为他就要下床了，但他只是坐在那里发愣。总之，他还是缺乏勇气。一方面是他没勇气拿起电话，一方面是古局长在家中不停踱步的情景在他眼前联翩闪现，几乎让他认为这是他一生中受到的最大的难为。后来他扑腾一声躺下来，但眼前还是古局长不住地打量电话机的情景。他知道古局长家有两部串线的电话，一部在客厅里，一部在卧室里。而古局长几乎忘了卧室里也有一部电话。古局长也是有老婆的，他老婆一遍遍地催他睡觉，但他总想着这个给他打电话的人是谁，打电话是什么事情。看样子只要电话铃声一响，他就会马上扑上去，激动地把话筒拿起来，动作比羚羊还快。柴会卡这时候想到的就是这个。可他还是没勇气。

整整一晚上，他就处在犹豫不决的状态中，他要能睡好觉，那就见鬼了！

22

这样，柴会卡就像龚建东没能想一想自己有什么优点一样，也没能想一想自己的缺点。按照规定，花局的每个人都应该在星期三说出自己的一项缺点的，古泊生也不例外，当然柴会卡也不能例外。不过这天的情况有些改变。

在过去的几天里，基本上是由柴会卡主持活动。今天不同了，花局这么多人，都有同一个感觉：这古泊生局长比在场的任何人都更显得年富力强。那周副局长、王副局长、纪检书记等与古泊生坐在一起，差不多成了爷爷辈儿的了。

古泊生说起话来声音洪亮，容光焕发，腰板儿笔直，动作有力。这就是说，他已经不像人们记忆中的古泊生那样了。在人们的记忆中，古泊生总是正襟危坐，不苟言笑，莫测高深，任何一个胸有城府的大人物都是他的那个样子。但现在，他仿佛回到了年轻时的岁月，人们也仿佛看到了他年轻时代的迷人风采。周副局长、王副局长、纪检书记等人跟他相比，不仅显得老朽不堪，还像一只只丑陋的令人恶心的癞蛤蟆，围在一只大红冠子公鸡或一匹骏马、一头大象周围。

而柴会卡曾经自以为继承了古泊生的衣钵，这时候也免不了自惭形秽起来，似乎浑身上下都是屎。他想到了自己纯粹就是只推粪球的屎壳郎，自己纯粹是条钻臭屎的蛔虫，自己纯粹是头在猪圈里打滚的臭猪，纯粹是条在地上舔屎吃的野狗。他还想到自己就是软体动物，被泡在一摊肮脏的黏液里面。最后他就想到自己是一种让地瓜生炭疽病的病菌。他无话可说了。

实际上，古泊生局长无形中成全了他。他用不着说话了。古泊生局长本身就是一场庆祝节日的盛大烟火，少放几只爆竹也减低不了多少节日的欢乐气氛。柴会卡无精打采，像只哑炮，在沙发上静静地坐着，谁也不知道他在想什么。

果然如古泊生、柴会卡最初所料，花局还真有不少学习积极分子，规定让每人说一条缺点，有的人却非要多说。多说两条就罢了呗，却说起来不散伙，同时还说得痛哭流涕。像龚建东，那样子简直就是痛不欲生。

这些积极分子无疑占用了大家的时间。中午下班前，古泊生估计要每个人都把自己的缺点说完，一天的时间根本不够用。他只不过这么默想了一下，就有眼光明亮的人看出了他的心理，一起提议，牺牲中午午休，饿着肚子也要人把缺点说完。如今生活水平提高，谁肚子里也不缺油水，饿上一顿，能饿死你！古泊生却心疼大家，怎么能让人饿着肚子呢？那位龚建东就及时发话了："都掏三块钱，咱们去街上买盒饭，同志们边吃边说。"立刻就得到了古泊生的首肯。

23

在机关工作的人都有一份误餐补助，以往几乎也没误过餐，但误餐补助照拿，这一回要大家拿三块钱吃盒饭，合情合理。

盒饭买了来，刚开始怕有不郑重的嫌疑，都不肯下箸，支着耳朵听人说缺点。过了十二点半，肚子就不答应了，心想，都不吃，古泊生局长好意思吧嗒吧嗒地吃吗？自己饿了肚子不要紧，让古局长也跟着饿肚子，那谁过意得去！自己饿肚子只是自己的事情，而古局长饿肚子，或者带累古局长不能按时吃饭，万一饿出了毛病，那可是全花局发展的责任呀！——吃！

大伙儿不约而同地埋头吃起来，古局长也吃起来，当然，轮到谁检讨自己的缺点，谁就在人们的吞咽声里检讨好了，谁也不用担心没人在听，大家的耳朵也还在支着，甚至比没吃饭时支得还长，像只驴耳朵，但比驴耳朵要敏锐得多，基本上等于兔子的耳朵。

午休时间就这样被花局充分地利用了。从十一点半到下午两点整，两个半钟头，就解决掉了十五个人之多。而下午两点整刚一到，柴会卡的神情就猛地一振。别人也能感觉得到的，此时的柴会卡好有一比，好比那小豆芽芽钻出了泥巴，第一次展露在了明媚的阳光下，那个美呀，那个幸福呀！

又好有一比，在美丽的花朵里，肥胖的雌蕊受了精，紧密的子房细胞正处在急速分裂的前夕，勃勃生机在有限的体积内奔突、冲撞。

24

总之，柴会卡跟上午比较，真是判若两人。他跃跃欲试地等待着古泊生的目光转向他，他虽然不敢自许为学习积极分子，他也并不打算多说几条缺点，但他相信，这一条缺点的陈述所体现出来的精彩，绝对地冠压群芳。他有十成的把握。可是，活动继续到现在，第一次出现了波折。宁小虎不是刺儿头，但宁小虎不大聪明，突出表现为不识时务。

25

笨人就是这样，该多心的他不多心，不该多心的他反而多心起来。

全花局那么多人，都能主动地踊跃地检讨自己的缺点，为什么就你不行呢？再说，让你讲优点时，你怎么就顺从地讲了呢？常言道，人无完人。就算你百分之九十九点九正确，那还有百分之零点一的错误呢，连这点错误都不想承认，我看你是老虎屁股摸不得！你很完美，是不是？你很完美，你怎么三十多岁了，还仅仅是一个普通的小职员，连个芝麻大的副科级干部都没混上？你怀才不遇，这个社会埋没了一位超级人才。依你这么说，那些知名科学家，那些大学教授，那些商海弄潮儿，那些作家、艺术家，都不是人才了？你很完美，你是神仙吗？你是神仙，你飞一个给大伙儿看看。你变一个，给大伙儿开开眼。你也不用飞到星星上去，你只要能飞两米半高，也可以了。你也不用变狮子、老虎，你变个兔子，也不用非常像一只兔子，只变出兔子的短尾巴，怎么样？你飞，飞不了两米半；你变，变不出兔子那样短的尾巴，你还逞什么屌能！让你说一项缺点，你想当积极分子就多说两句，不想多说，也不过是一句话，啰唆点儿就顶多是七八个字的事，可他没等大伙儿把目光转向他，就像被戳了屁股的老虎,猛地咆哮一声,站了起来。他眼里射出熊熊烈火，逼视着会议室里的每一个人。应该说逼视每一个人是不可能的，但他那种极其愤怒的样子却给了每一个人受到逼视的感觉，当然包括古泊生局长、柴会卡主任、周副局长、王副局长、纪检书记、龚建东副主席等人。他的目光是那样可怕，使每个人都不由得惶悚起来，胆小怕事的人裤裆里还悄悄滴答出了几滴尿。话又说回来，宁小虎有什么可怕的呢？日本鬼子比他厉害吧，不也被赶出了中国？蒋介石也比他厉害吧，不也被赶到台湾去了吗？这样，宁小虎的愤怒就忽然变得非常滑稽了。他要再不乖乖地坐下，真要惹得人们捧腹大笑了。但是，在人们眼里变得异常滑稽的宁小虎没有坐下，他怒气冲冲地叫道：

“姓古的，别给我兜圈子了！你们都别给我兜圈子了！你们给我兜了这么大的圈子，不就是想让我给你们承认错误吗？哼，我告诉你们，我弄虚作假，你们砍了我的头算了！通过这种方式要我给你们承认错误，那是妄想！我还要告诉你们，你们只是一帮……”

柴会卡忍不住打断他：

"宁小虎同志，我们不是一再强调过吗，这次活动并不针对……"

"你们只是一帮……"宁小虎憋得脸色通红，他反复地说着，"你们只是一帮……"他在试图找到一个适合的词汇，但这个词汇就像一粒小米，遗失在一大堆黄沙里。

"坐下坐下。"古泊生一点也不生气，他和颜悦色地安抚宁小虎，"你误会了。"

"伪君子！"宁小虎终于喊着说了出来,但他就像仍不解恨似的又说，"污水！废气！沙尘暴！电脑病毒！白色污染！烂菜帮子！一堆狗屎！"舌头简直像把剁菜刀。

这样的话在每个人听来都很不好听。古泊生拉下脸，其他人也都跟着拉下脸来。人们站起身子。种种迹象表明，人们也都生气了。那宁小虎还在拧着脖颈，嘟嘟囔囔。宁小虎开始从人堆里往外挤了。宁小虎长得五大三粗，虎背熊腰，又在愤怒之时，要不是人们实在无法挪动位置，早闪开一条道，放他走了。他这样没轻没重地往外挤，被撞到的人无不龇牙咧嘴起来，但都把呻吟声留在了齿缝里，这就使得会议室里一时间悄无声息，仿佛成了存放蜡像的仓库。

忽然，一声大叫石破天惊：

"宁小虎，你个二半吊子，你以为组织上还治不了你了！"

只见龚建东一下子从沙发上跃起来，高高地越过人们的头顶，扑到宁小虎身上。那宁小虎劲儿虽大，也被冲击得打了个趔趄，幸好他即使想摔倒，也不可能。他的脑筋来得比别人稍慢一些，就任凭龚建东像只皮球一样地悬挂在了自己的脖子下面。那龚建东还在说着：

“哼哼，你真以为治不了你了。”

宁小虎反应了过来，他要把悬挂在自己身上的赘物弄掉，这在平时根本不被当成一回事，他轻轻一拨拉，就能把龚建东拨拉掉。也不必用整整一只手，他一根手指头就能把这件事给办了。但现在，他使了很大劲儿也没起作用。似乎龚建东的力气也挺大，实际上是借助了众人的力量。他被宁小虎拨拉得肋骨生疼，但他顾不了这些。他没能被宁小虎拨拉掉，也使他产生了更大的勇气。他的声音也就更大了：

“宁小虎，你想跑是不是？老和尚做梦娶媳妇，你想得也太美了！你以为你不想说，我们就撬不开你的嘴了！”

龚建东不是说着玩儿的，谁都能听得出来。宁小虎心眼儿不多，但宁小虎也听了出来。龚建东说着，就腾出一只手去抠宁小虎的嘴，宁小虎堂堂男子，岂容别人对他做出这样的举动？但他也不能张大嘴，咔嚓，把龚建东的手指咬掉！毕竟是一个单位的同事，把人家的手指咬下来总的来说是有些过分。宁小虎要避免羞辱还有一个办法，那就是马上告饶，然后回到座位上，说出自己的缺点。

但要宁小虎告饶，比骆驼钻过针眼还难。宁小虎其实也不是非常蠢笨，脑子一时间转得飞快。他也似乎看见自己的脑子像股龙卷风，铆足了劲儿地往上盘旋。忽然，他感到自己的体重越来越轻，脚尖儿只不过稍稍一用力，就让他弹了起来。也可以说，他飞了起来。他携带着肥胖的龚建东，一点一点地升高。所有人都睁大了眼睛，这宁小虎该不会真的是神仙吧。

事实证明宁小虎并不是太笨，他连自己只能飞升一米半高的自知之明还是有的。在他的头颅刚刚接触到会议室的屋顶时，他知道自己也不可能再飞了。这时候他的身体仍旧很轻，但龚建东很重。

龚建东无力的双臂无法支撑自己沉重的躯体，就扑通一声，坠落下来。而那宁小虎在天花板下非常巧妙地一屈身子，趴在了人们的头顶上。

宁小虎一刻也不耽搁，马上向会议室门口匍匐着爬去。但见众人不堪重压，形成了一片人头的波涛。那宁小虎在这汹涌的波涛里忽上忽下，颠簸不已。这时候就连古泊生和柴会卡等领导同志也都站了起来。他们屏住了呼吸，瞠目结舌地注视着这惊心动魄的一幕。

可是，宁小虎突然不见了，而人头也渐渐不再攒动。宁小虎就像一艘触礁的航船，沉落在人们的脚下，没有谁能弯下腰去，将他擒住。并不算太大的会议室里有这么多人，动一动都是很困难的。当然宁小虎一旦沉落，也绝无重新站起身来的可能。

一个不祥的念头使古泊生猛地打了个寒战。这样闹不好会出人命的！宁小虎即使有这样那样的缺点，也不能把他踩死呀！古泊生非常着急，却说不出话来，只是一次次地朝门口指着，柴会卡并不能领会，只是干着急。但他还是讲不出话来，柴会卡竟误以为他要自己守住门口，以防宁小虎逃脱。正要吩咐处在门口的季国庆把门锁紧，才意识到古泊生指的是门口上的“安全出口”几个字。但是古泊生已经能够说话了。

“疏散！”古泊生叫一声。

柴会卡一个箭步冲上去，把愣在门后的季国庆推到一边。他打开了门，就示意人们有秩序地向门口靠拢。好在这时候人们也镇静了许多，除了一些女同志还在一惊一炸地呼叫，都有意挺直着胸脯，像一根根栽在地上的木桩，这也是怕将宁小虎踩在脚下。那离柴会卡最近的一个人正要顺从他的手势退出门去，却突然一跳。

人们的下肢部分总是有些空隙的，谁能料到宁小虎竟学钻人裤裆的韩信侯，从那些林立的下肢之间钻了出来。宁小虎一弓腰，就直起了身子，差一点儿把那个跨着他的脖子的人掀翻。他也顾不得拍拍手上的土，就朝门口冲去。

宁小虎有着多大的劲儿啊！柴会卡是个胖子，论体重也不比他轻多少，他就一下子把柴会卡从门内像一床棉被似的给顶了出去。咚的一声响，柴会卡重重地撞在走廊的墙壁上。同时又听得哎哟一声呻唤，就只剩下宁小虎“噔噔噔”跑下楼梯的脚步声了。

26

柴会卡被摔得太厉害了，他躺在地上，半天也没动一动。很多人都拥出会议室，但大家都站在那里观望，没有一个人上前扶他。为什么？关键是大家被吓愣了。人们没想到宁小虎会有冲撞柴会卡的举动。等大家反应过来，宁小虎早跑得没影儿了。柴会卡还是没动静，古泊生一脸的难过劲儿，眼里似乎掠出了一道泪光。他第一个走到柴会卡跟前，那柴会卡只用眼看着他，嘴唇紧紧闭着，那是怕自己呻吟出来。古泊生知道柴会卡这下摔得不是一般的厉害。他转头吩咐一声，人们便抬起柴会卡要去医院。

古泊生跟在后面，柴会卡的一只胳膊从人们的身体之间无力地耷拉下来，给人一种已死掉的假象。古泊生的心里一遍一遍地念叨着，会卡，你不要死！会卡，我的好学生，你千万不要死！我的好同志，好部下，你怎么能死呢？你不能死，你要活得好好的，我把你当儿子看待。你就是我的儿子！

他觉得自己是那样的脆弱，从来没有过的脆弱。这样的情感体验陌生而又强烈，几乎使他变了一个人。他的脚步踉跄，有些追不上了，其实他的速度飞快，他只是有些恍惚罢了。所以，一旦稍微清醒一些，就发现自己仍旧走在柴会卡的身边。人们就要把柴会卡往车上抬了，可柴会卡一下子抓住了车门。他还不能说话，两只眼睛像在搜寻着什么。

“刘出纳！”龚建东正一迭声地喊。

就见局财务科的出纳员刘翠玲手拿一只鼓鼓囊囊的小包，颠颠地跑过来。但柴会卡并没有松开自己的手，他的眼睛还在搜寻着什么。只有他自己心里知道，他希望不能因为自己而中断了花局的学习活动。等他确定了局会议室的方向，他就直勾勾地朝那里看着。

“上车吧。”龚建东催他。

他看着那里，摇摇头，急得什么似的。

古泊生已经看出他的心理，他故意拉下脸来，厉声说道：“柴会卡，我命令你马上上车！”

柴会卡还要坚持，古泊生就伸手在柴会卡脸上摸了一下。也许可以说是打了一下，含意一点儿也不明确。说摸呢，动作有些重。说打呢，又有些轻。反正他做了一个暧昧不明的动作，柴会卡就顺从地躺到了车上。

学习活动当然被中断了。柴会卡在车上也觉不出特别的痛，因为有古泊生守在身旁，他全身上下热乎乎的。他一次次地从眼里流露出对古泊生的感激，但古泊生总是把脸转过去。

龚建东也在车上，他突然全身僵硬了，只有嘴角轻轻搐动，而且越来越搐动得厉害，被马蜂蜇了似的。坐在前排的年轻出纳员刘翠玲回头一看，吓了一跳，下意识地藏起小包，里面装了足够在医院支出的钱。但她又猛地觉得自己可笑了。她把龚建东当成什么人了？龚建东是抢匪吗？耳朵里却听到，哇！龚建东咧开大嘴，号啕大哭起来。

龚建东涕泗滂沱，一会儿工夫就把衣襟溅湿了。

他这么哭着，惹得车里的人都转头看他，也没谁问他为什么哭。

车子一拐，进了医院大门，龚建东擦擦眼泪，不哭了。

检查证明，柴会卡的确被摔得很厉害。这使得古泊生等人暗暗庆幸当时他是背对着走廊的墙壁，如果面朝墙壁，那就不仅仅是皮下组织挫伤了。总之，没摔折骨头就算万幸。

龚建东在门诊楼里跑上跑下，根据古泊生吩咐，找熟人把入住病房的手续办妥了，可是柴会卡说什么也不愿在医院里停留。古泊生只得又板起脸来，命令他。这一回他竟对抗起来，继续推托。

“不碍事的，不碍事的。”他反复地说着。

古泊生脸上的神情仍未缓和，龚建东忙说：“柴主任，我就斗胆把你的缺点说出来吧。你看你这局办公室主任当的！处处都怕花钱。这世上还能在哪儿找到你这样的红管家？刘出纳，你说说，哪儿还有柴主任这样会过日子的红管家？”

刘翠玲千伶百俐地附和，表示赞同。

古泊生也不好再命令他了。买全了药，看着那些医生、护士都忙着换下白大褂，准备回家，就知道下班时间到了。龚建东也要亲自送柴会卡回家，古泊生却不上车了。他们谁也不能理解古泊生的心情。古泊生不上车，柴会卡也过意不去，从车里探着头，还要请古泊生上来。古泊生就说，我要在街上走走。又催他们快回家。他们也只好把他丢在了医院。

27

天空开始灰暗，又有了凉意。古泊生的家离医院并不远，柴会卡、龚建东等人做梦也没想到，古泊生朝着与家相反的方向走去了。

古泊生的心情非常不好。他有意避开别人也无非是想大哭一场，但他没有哭，没有眼泪，他只是一再地叹气。天色很快就变暗了，他不断地把叹息遗落在身后，也没有谁认出他是一名局长。就这样，他几乎走出城去。

城外很黑，大地仿佛一个广大无边的湖泊，而城里的道路最终都要中止在湖岸上似的。他没有再朝前走。他坐在一条还蒸腾着阳光余热的石凳上，静静地凝视着那黑暗湖面上的粼粼波光。忽然他觉得自己不存在了，他融化在了茫茫夜色里，伴着那种隐隐的波光，四处飘荡着，永远也不会消失似的。也就是说，他跟永恒连接在了一起。

刹那间，他却重又感到了自己的身体。这已不是刚才的那个身体，这是一个庞大的也是永恒的身体，因为它包括灵魂，都已经渗透进了永恒。最后，他站起身来，再一次朝着那古老的大地一望，果决地向城里转过面孔。

古泊生突然出现在了柴会卡的家中。

柴会卡趴在床上，脸上倒没显出什么，但他的老婆却受宠若惊，忙不迭地端茶送水，浑身上下没一处不痒，对古泊生客气得什么似的。

古泊生神色平静，仿佛刚从远古走来，也仿佛刚从未来返回。

"小柴，"古泊生轻轻地说，"我不能不埋怨你一句，你怎么能那么傻呢？宁小虎要跑，随他跑好了，可你偏要拦他。你躲开他，也不会受这份罪。"

"可是……"柴会卡激动地望着古泊生，他尽量抬高着上半身。

古泊生示意他重新趴下。"安心养伤吧，"古泊生又安慰他，"记住了，以后再不要这么实心眼儿了。这个缺点一定得改。"

柴会卡只觉眼窝一热，泪水哗地下来了。"古局长……"他哽咽着。

"好了好了。"古泊生语气温和。

"局长……"柴会卡还是泣不成声。

古泊生又转向他的老婆：

"这几天请你对小柴照顾得更好一些。我代表全花局职工谢谢你了。"

柴会卡老婆忸怩着说："你看古局长，那还不是应该的？"一边却向柴会卡使眼色。

古泊生准备离开，却发现柴会卡似乎有话要说。"有什么要求，尽管提出来。”

“古局长，”柴会卡已经不哭了，“我……”

“你就说了吧。”他老婆催他。

“我……”他又吞吞吐吐了一阵，“古局长，我就说了吧。”不知为什么，脸上蓦然一红，像是害羞一样，“古局长，请你千万不要生我的气。”

“我不生气。”

“前几天，我瞒着你做了一件事，”柴会卡艰难地说道，“我擅自改了你的户籍。我找人把你的年龄改小了整整五岁。”

古泊生面无表情。

柴会卡不由得一慌，就忙加快了语速。“古局长，我真的希望你能在局长的岗位上再奉献几年，”他说，“我不止一次想过，你会再为我们局工作二十年、三十年。我也知道你不放心就这样退下来。但现实就是这样。我不得不想出这个更改年龄的办法来。可是我也只能做到这一步，我不认识组织上的任何人，无法再更改一下您的组织档案。如果您能……如果您……”

“不要说了！”古泊生摆手制止了他。

古泊生面朝着墙壁，过了好大一会儿才转过脸来，对着他的老婆。夫妻两人仍旧看不出古泊生脸上是什么表情，他们听到自己的心跳得非常厉害。

“快休息吧。”

古泊生的声音很低。

“古伯伯……”柴会卡的老婆胆怯地叫道。

古泊生慈蔼地望了她一眼。

“天不早了，快休息吧。”

古泊生离开了柴家。

28

“我敢打赌古伯伯没有生气！”柴会卡老婆说。

“那是因为我受了伤。”

“不！你就是不受伤他也不会生气。”柴会卡老婆仰着脸，歪着头，思索着，“古伯伯像是早就知道了。”

“我又没告诉他……”

“你想想他在局里有什么表现？”

“他，他很高兴……”

“我敢打赌他早就知道了！”他老婆高声说，可她又不禁疑惑起来，“他应该显得很生气的。他心里高兴就该装着脸上生气。可他……他怎么会不显得生气呢？”她在竭力挽救着自己业已受到无情颠覆的理论。这种理论难道不适用于她所万分爱戴的古泊生局长吗？难道古泊生不是狐狸精？他不是狐狸精，他是什么？猪精？驴精？骡子精？她这么想着，就仿佛看见户外的黑暗里，有一种神奇的形象变化不穷。

柴会卡把她的困惑看在眼里，悄悄抿嘴一笑，但疼痛马上袭上心头，就止不住哎哟一声。他老婆抚摸着他肥大的屁股。老婆的手掌像块速效消疼膏药，摸上去就不大疼了。过了一会儿，他老婆又蓦地想起一件事。“季国庆怎么没跟过来，古伯伯该不是自己走来的吧。”她猜测道，但没等柴会卡答话，就十拿九稳地肯定：

“古伯伯一定是自己走来的！”

柴会卡也才想了起来，也便又一次隐隐地受到了感动。

“这会儿，古局长该到家了。”他自言自语似的说。

“我没看出古伯伯生气……”他老婆却又歪起头来说。她的疑惑是那样严重，不消说，这个晚上她是绝对睡不着觉的了。

但是古泊生没有回家。虽然夜已渐深，古泊生仍旧走在了通往市委祁书记家的路上。他的脚步匆匆，却有一股说不出的坚定意味。他可是再也不想耽搁下去啦！

29

第二天，人们等到了八点半，还没见古局长来上班。

花局的周副局长、王副局长、纪检书记等高层领导，都背靠沙发，一动不动，像是睡着了。人们都渐渐有些急躁，突然之间才发现整个会议室里人人都在喧哗着。这在过去的几天里几乎是不敢想象的，只有宁小虎那样的二百五才敢恣意妄为，不管不顾。而现在，似乎人人都有了大声交谈、吵嚷的权利和自由。他们仿佛走进了小学教室，而且也一个个变成了嗓门尖厉的小学生。

会议室里顿时人声鼎沸，差不多能把屋顶掀掉。但即使如此吵闹，也没能影响到周副局长、王副局长等领导的假寐。看他们的样子，好像他们真的睡着了。

“嘘——”

超级马屁精工会副主席龚建东站起身，把手指竖在嘴上，示意人们静息下来。

所有人都看着那几位领导，谁也没理由怀疑他们真的睡着了。周副局长的嘴角往下撇着，使他的脸上呈现出了一种深深厌恶的神情。那王副局长却在响亮地磨牙，像在吞吃一种美味而耐嚼的东西。纪检书记分明是在咯咯地低笑呢。

的确没有理由怀疑他们睡着了。而睡意却是那样的容易蔓延，人人都在座位上打起了哈欠。好像这一天过后，就是长达一千年的失眠，人们毫不迟疑地进入了梦乡。一时间会议室里鼾声四起。

龚建东也难耐困乏地坐下来，缩起肩膀，猝然垂下了硕大的头颅，几天来第一次沉沉入睡了。

这时候却有一个人突然睁开了眼，他就是好心的办公室副主任曹佩奇。他仍旧是困倦的，但他强打精神，竭力撑开着粗涩眼皮，用随身带着的手机拨通了宁小虎家的电话：

“喂，宁小虎……”

“我做了假树叶，要杀要剐随你们！”

是不是？宁小虎这个夯货绝对不可能在家里闭门大睡！显然他的神经在曹佩奇打电话之前一直绷得紧紧的，他没能听出曹佩奇的声音。

“快上床睡一觉吧，小虎。”曹佩奇希望宁小虎能够冷静一下听听自己是谁，但困意是那样厉害，使他昏昏沉沉，口齿不清，而且还使他感到呼吸急促，“古局长没来，柴主任在家养伤，今天的活动总会补上的，将来有的是时间……”

“要杀要剐……”

宁小虎仍旧没能理解曹佩奇的好意。

但曹佩奇又被凶猛的睡意攫住了。

“睡吧……”他含糊地说着，眼皮一碰，就那么突然地睡着了，仿佛一块石头，扑通，坠进沉寂的水潭里。

第二部　花局与人

第一章

1

这天是星期四。早上，国锦玲正要出门，电话响了。是王树单位的电话。

“每人五百元的东西，快来拿吧！”

国锦玲一听就有气，坐了一会儿发现要迟到了，才匆忙往外走。凑巧王树回来了，国锦玲看也不看他，说：“你还回来呀！你单位分东西了，刚打来电话。”

王树迟疑了一下，就转身从门前走开了。他穿着一件臃肿的军大衣，国锦玲怎么看都不像是自己的丈夫。但她已有悔意，外面天气这么冷，他刚回来，就让她挡在了门外！不就是五百元东西吗？不要又能怎样？

“王树！”她冲着空荡荡的楼梯喊，“王树！”寒风呜一声顺楼道冒上来，国锦玲下意识地用戴着手套的手捂住了鼻子。

王树来到花局，一眼瞅见大门口的地上放着一大堆东西，里面有桶装的精制油、冻成块的刀鱼、袋装的大米，等等，十分的丰盛。

局办公室的办事员小曹看见了他，说：“你很及时呢，我上班前给你家打的电话，你老婆说你还没回来。”马上把东西分好了，摆在一边。

王树瞅瞅办公楼，说：

“这么静呢。”

小曹袖着手，在地上跺着脚，抱怨说：“在开迎二〇〇〇年元旦茶话会呢，哼！说是把这些东西放在楼道里不好闻，吃到嘴里怎么不嫌呢？偏让我站在这里受冻！”又朝王树笑了笑，“你在村上也不会受这份洋罪吧？听说胡兰村的老百姓心地朴实，一到冬天都争着给你送柴取暖。过去有个八路军伤员冻伤了脚，胡兰村一位十七八的大闺女二话不说，解开扣子就把那脚揣进了怀里。王树，哈哈哈。”他笑得更厉害了，“你老实交代，胡兰村有没有黄花闺女给你暖脚？村长女人，哈哈哈，也是不错的，哈哈哈！”

王树不再理他，去了办公楼里，果然连个人影儿都看不着。上了四楼的楼梯口，听见从会议室传出了古局长的声音，就知道茶话会才刚开始。古局长在发表新年贺词。王树顿时收住了脚步。

2

国锦玲早早从班上回来，发现王树已经在家里坐着了，但他姿态生硬，好像坐在别人家里。她很为自己早上的态度不安，一来就忙着到厨房做菜，王树走过去帮她，她也不让。饭后，国锦玲脸上腾地一红，对王树说：

“我下午不上班。”

不用再说什么，王树就去开了热水器。他在卫生间洗澡的时候，国锦玲就把碗筷洗了，还铺了床。王树从卫生间出来，腰上裹着浴巾，她看一眼就觉得自己不知什么时候已经融化了，正像一朵绚烂柔媚的云在忽悠忽悠地飘。她也要去洗一洗的，卫生间里还残留着王树的气味。那是一种什么味儿呢？很显然，是一种盐碱味儿，是胡兰村的味道。

国锦玲的兴致几乎就要低落下来。她只要一想到王树在胡兰村包村就会生气。五年了，市里在各地包村的工作组都换了好几批，可王树仍然没有抽回原单位的迹象，而现在再过一天就是二〇〇〇年元旦！当初单位选派王树下去包村时，她和王树还都以为这是王树将要得到提升的信号，很是兴奋了一阵子。但王树迟迟不能返回单位工作，他们就觉得包村跟充军发配，甚至跟右派分子蹲牛棚差不多是一回事。单位就像已把王树遗忘了，没谁去关心他在那里生活得怎么样，就连逢年过节单位分东西，明知王树在村上，也不安排人送过来，都是打电话让国锦玲去取。国锦玲每次去领东西都忍不住要跑到王树单位领导的办公室去闹一场，可一想到王树将来还要在人家手下工作，还要尽力谋求个一官半职也就按捺住了。那些东西简直就像一堆狗屎，可她还要手提或雇车弄到家里来。她心里哪能好受？

更让国锦玲不好受的还有王树。胡兰村是一个偏僻小村，条件艰苦简直难以想象。在那块严重盐碱化的退海之地上，村民们种一葫芦收一瓢，长年累月喝的都是些坑塘里的积水。王树到那里的头几个月每天都拉肚子，后来肚子倒不拉了，身上却一个劲儿地起皮屑，回家洗一次澡几乎能洗出半斤盐来。他的神情相貌也在浑然不觉中变了，哪里还是原先那位整整齐齐的机关公务员王树，地地道道一个土得掉渣儿的老农民！国锦玲焦急无奈，王树不来想他，来了就觉得心里没好气。

不过，国锦玲说什么也不能再对王树没好气了。这可是二〇〇〇年的前夕哩，全世界都在庆祝千禧之年，她一家要再满脸的受苦受难那不是把全世界都当成了敌人吗？加入全世界狂欢的队列里来，而且还要比汤加基里巴斯的狂欢早上一天零六个小时，在东八时区一九九九年十二月三十一日正午就把这场狂欢给狂欢喽！

国锦玲无边地亢奋起来，飞快地擦干了身子，一阵风似的跑出卫生间。

王树仰躺在床上，目光直直地看着天花板。国锦玲哧溜钻进了被窝，马上缠住了他。他很惊异她的急迫，无疑也被调动起来。国锦玲哼哼唧唧的，像蛇一样扭动着。但很显然，与她的热情相比，王树做得还远远不够。她止不住睁眼一看，王树脸上一副苦大仇深的模样。凭她以往的经验判断，王树只要出现这副苦大仇深的表情，就证明他已找到了感觉。而此刻他明明……看似卖力，却总让人感到虚飘飘的，又没节奏，又搔不到痒处，像在偷懒。国锦玲正想提醒他一下，他却猛地一打寒战，噗！像只气球被刺破，不前不后地完事了。国锦玲恨得一扭身，也不收拾，就躺着不动了。躺了半天，听见王树也没动静，心里回不回头地斗争着。终于回头了，就发现王树还是一脸的苦大仇深。

“你怎么啦？”她克制着自己，问他。

王树不吭声，目光僵直。

她就又问了一句。

“唉……”王树长长地叹了一声。

国锦玲本来没能达到狂欢的境界，心里窝火，这时候就忽地爆发了。

“以后要回家就先把气在胡兰村叹了！”她翻身坐起来，说，“人家谁不是欢天喜地的，你就这样过二〇〇〇年元旦吗？你想怎样过随你，可你还要我跟你这样过！”一边说着，一边拿卫生纸把自己擦了擦，扑腾，又重重地侧身躺下，一把扯过被子，把头蒙上了。

王树意识到了自己不该这样只顾自己。想想国锦玲也真不容易，在过去的五年里，说她每天都在守活寡一点也不为过。这都是因为自己无能才带累了她。记得他上次回家已是一个半月之前的事了，不说国锦玲在家怎么样，他自己可是在这些天里跑过好几回马呢。刚才不怨国锦玲感到不满意，他也是感到不尽如人意的。可不知怎么，他总是像脱离了这个身子，一点也管不住自己。

心里愧意上来，王树就准备重新表现一次。摇摇国锦玲，国锦玲不动，拉她蒙头的被角，却发现她在里面把被角攥在了手里。

“锦玲，我还行的。”王树小声说。国锦玲没动静。等了一会儿，他就索性坦白了自己的心事：“我在想今年的元旦该怎么过。往年逢年过节都要去古局长家，今年还去不去？上午我到单位，正赶上局里开迎元旦茶话会，古局长的讲话我听到了。他说这次过元旦不让局里的人去他家了，三百五百的东西他也看不到眼里，谁要去他家他就给拿到局里。你看看，你看看，他该不是嘴上说说吧。他要真把人挡在门外，或是把东西给拎到局里那可就难看了。我原来计划在元旦到他家坐坐的，我在胡兰村待了五年，局里也该把我抽回来了。唉，还让你跟着受苦。”

国锦玲在被子里抽动了一下，王树就以为她在哭呢。可国锦玲突然把被子从脸上掀开，并没有哭。王树放了心，目光却看着别处。

“再说，我也到了要提副科长的年限了，局里应该考虑这件事。”

国锦玲也替王树感到为难。王树说着就又沉到了自己的担忧里面，浑然忘了刚才埋怨他的话。这么坐着，没提防国锦玲一下子把他扑倒了。

“你怎么不死呢！”国锦玲牙咬得咯咯响，“你死在胡兰村就能成孔繁森，你成了孔繁森也能让我跟着舒口气。你怎么就不死呢！”国锦玲母虎似的压在了他身上。

很显然，他们两口子的狂欢就要输给汤加基里巴斯了，国锦玲真的不甘心就这么输了。

3

荒野里的简易柏油路只通到下镇。坐车到下镇的人在路上都有这样的感觉，那就是觉得自己在朝天的尽头进发，而要到胡兰村还得走十几里的土路。王树下了车就去镇政府骑他回家时寄放在那里的自行车。这镇政府，其实就是在白花花的盐碱地上兀起的一座普通院落，跟当地农家没有大的区别，只是房屋的墙体半是泥坯，半是红砖，那红砖已显出了被盐碱侵蚀的痕迹，像码起的坚硬的腌肉。

王树走进去，镇政府认识他的人就告诉胡兰村的胡金牵来找镇长了。王树没问胡金牵来干什么，就说：

“这辆车子怎么没让他骑回去？那么远的路不得走两三个小时吗？”

“胡村长知道你要回来的，”那人说，“他把车子骑走了，你不也得走着回村？”

来到镇外，四处一片白光，明晃晃的刺得人眼疼。冬季干旱，盐碱都泛了上来，厚厚的一层，从一些枯黄的野草中显露着，整个大地就成了一块蒙着灰尘的银子。天苍苍，野茫茫，枯草像是秃子顶上的几根毛，支支立立的，傻傻的，百折不挠的样子。偶尔的一群羊在地平线上出现，跟大地一个色儿，干透的坷垃似的。

就这地儿，兔子都不来拉屎，王树却一下子在这里生活了五年。有时候王树觉得自己就要被吹过盐碱地的阵阵咸风吹成了一条咸鱼，就要像一棵树在盐碱滩上叶萎根枯，最终变成一根干柴。可是，即使这里如此不宜于人类的生存，在方圆几十里的地界里，却散布着十几个像胡兰村那样的小村子。村子里的人在这里生活的时间不长，也有百十年的历史了。想到这个，王树心里的失衡也便得到些微调整。

路上并不好走，亏在下镇王树受过胡金牵的感染，心情也还稳定。自己骑的这车子还是胡金牵村长的呢。胡兰村也就为数很少的几辆自行车。过去有什么事王树经常借胡金牵村长的车骑，他早就想在离开胡兰村之前一定给胡村长买辆新的。这辆车已经很旧了，挡泥瓦都没有，钢漆掉光了，灰溜溜的，骑起来一路生涩地响，但也说不出它原来就是这样，还是骑旧的。五年了，即使当时是新车，又能怎样呢？这一路豁豁啷啷的繁响伴随着王树，像在报告王树的归来。果然，还没到胡兰村口，就远远看见蹲在墙根底下的老人都已向他转过了脸，一直等他走近。

“来了，王组长。”他们招呼他。

可是王树心里却陡然悲凉起来。他离开胡兰村前后四天，城市的每个角落都洋溢着新千年到来的喜庆，而这里，别说是公元两千年了，就是说它还处在公元千年都能让人相信。瞧瞧这些老人脸上的那份沧桑，身后的黄土墙，杂乱排列着的几户农家小院，就是兀然听到一声“俺们大宋皇帝”你都不会觉得奇怪。时间仿佛在这里停止了，老人们本来是闲散地聚集在墙根下的，却让王树看着是那么的滞重，差点一口气没喘上来。

王树胡乱应着老人，慌慌地来到村委会自己住的一间小屋。他感到很累，刚在床上躺下，胡金牵就赶来了。胡金牵是个中年人，黑脸膛上刀刻的一般。把他当中年人看的时候你会觉得他老，把他当老人看你又觉得他不大稳重。腮帮子一鼓一鼓，浑身铁铸似的，都是坚韧有力的肌肉，举手投足虎虎生风，对一位老人来说，的确是很不相称的。

“王组长，”胡金牵进来就说，“黑镇长也同意了，镇上也要出一份请功书，村上的我找人写好了，今天我让村里人签上名，明天一早我就去下镇寄出去。”

王树一听，身上汗津津的。“我说老胡，这事就算了吧。”

“怎么能算了呢？”胡金牵坐下来，说，“请功书上没有一句夸大。市里要是不相信，可以来调查的。”

王树支吾着说："这……这没用的。村里以前也写过，可是……"

"上边什么时候受惊动，我才什么时候不写！"胡金牵说，"二〇〇〇年春节前上边的人不来给个说法，我天天写。"果不其然吧，对胡兰村来说一九九九年还没过去呢。

王树显然受了感动。"老胡,这很不好的,上边会以为是我……"说着，低下头。他想说胡金牵这样做会使他有唆使村里给市委组织部写请功书的嫌疑，却没说出来。他又抬起了头，脸上平静着："再不要写了，你这是赶我走吧，我还没在胡兰村待够呢。"

"瞎说！"胡金牵打断他，"胡兰村是啥地方，我还不知道？早在五十年前，这里是匪徒的窝点！不是罚劳役谁会到这里来？咱村的这些人，往上数两代，哪有几个身世清白的？咱生在这里，那是没办法。咱就是这儿一撮土，一捧碱，一墩黄蓿草、刺蓬棵。你呢？你是机关里的干部，在大学里读过书的人，胡兰村又怎么能耽误了你的前程？"

"看你说的，胡兰村怎么耽误我的前程了？"王树笑着说。

"还没耽误？五年了！"胡金牵站起来，拉起王树的手，"走，城市里兴过元旦，到家里我也给你道个喜。你嫂子已经准备下了，我就知道你要来的。"走到外面推起了车子还不放王树的手。王树没法也就跟他去了。

4

盐碱地上，无风的日子，目无遮拦，看那天空像块玻璃，连点线头似的褶子都没有。但刮起风来，尘沙弥天盖日，那风干冷刚硬，好像专门钻人裤裆，刀子割一般，人是出不了门的。王树来到胡兰村头两天是好天气，村子人没事干都聚到空地上看公羊抵架。胡金牵几次让王树回去，说村子里一到冬天就整天都是元旦了，犯不上留在这盐碱窝里受罪，还让弟妹跟着挂心。可王树哪会答应！想想计划中的要为胡兰村开挖引黄灌渠的事，就说，咱去地里看看。这里正要出门，风就来了。呜呜的，哇哇的，嗞嗞的，啪啪的，什么怪声都有。这风一刮啊，王树就想没个三四天停不了。人却说大风不终朝呢。三四天过去了，风果真有了停息的意思。天空露了一下脸，嚯！那可真叫蓝啊。纯得没丁点儿杂质。没等出门，风又刮起来，这下子又是三四天。

风刮完了，王树急着邀上胡金牵就朝村北走。远离了村子，这世上除了蓝天和大地，差不多什么也没有。王树忽然兴奋起来，脚步也加快了。胡金牵不时瞧他，他发觉了，胡金牵就说：

“你有什么喜事吧，王组长？”

王树一愣：

“我有什么喜事？”

“你脸上红红的，可能就要有喜事了。”胡金牵说。

王树摸一摸脸，觉得很热。

“我敢说你就要有喜事了。”胡金牵语气肯定，又猜测道，“莫不是咱这两封请功信起作用了？”

王树就想把话题岔开。“唉，”他把目光投向远处，“我要能争取一笔支农资金就好了，也不至于这灌渠二〇〇〇年也没修。”

“咱村的不管用，也许镇长的那一封管用。”胡金牵说，“镇长孬好是个官儿，咱可屌嘛不是。”

王树把他落到了后面。“我想喊一声。”他头也不回地说。

胡金牵跟上来。“那你就喊呗。”

“我想对着这天和地喊一声。”

“那你就喊呗。”

王树拉开了架势，运足了气。可又把气泄了，看看胡金牵。“我喊不出来。”他讪讪地笑着。

“我喊，”胡金牵说，“这还不容易？我张嘴就来！”

胡金牵双手叉着腰，朝前挺着肚子。嗷号——他喊，“老天你听！日头你听！大地你听！草棵里的小兽你听！咸水沟的鱼儿你听！所有会跑的，能喘口气的你听！快把话儿传到上边人的耳朵里。上边的大官小官你听，快把王组长接回他该住的地方！”

王树怔着。刚才他仅仅是有了一股对着空旷的苍黄天地大吼一声的冲动，很显然胡金牵也并没有真正理解他的这份感动，可是现在他的确是让胡金牵感动了。天和地都在抖似的。王树不由得鼓起了胸膛，里面有充沛的气在猛顶，但到了嘴里，却只是轻轻的一句话。“你喊，你喊，”王树对胡金牵说，“让上边的人拨下钱来，咱好修引黄灌渠。”

胡金牵看看他，停下来，认真地说：“求神可不能贪得无厌。能把你的事给办了也就行了。胡兰村多年都这样过来了，就还能过下去。”收了姿势，说什么也不再吆喝了。

要再走，就远远发现有人从后面一溜儿小跑地追过来。

“村长！王组长！等等！”那人挥手叫着，跑近了，气喘喘地说，“回村吧，王组长单位的车来了，要叫王组长回去上班呢。”

胡金牵止不住把脸转向王树。王树像是一时没反应过来，胡金牵就意味深长地笑着对他说：“老天不聋吧。”

返回村里，看见一辆白色中巴车停在村委会的院子里，小曹则站在院子外面东张西望。胡金牵上前热情地握住小曹的手，就要往村委会拉，还一迭声地叫别人去弄饭。可是小曹的眼睛仍在四处乱瞅，敷敷衍衍地说：“我们还要赶回去。”又转向王树，“快把你的行李搬到车上吧。”

“那怎么能行呢？”胡金牵忙说，“怎么也得吃了饭再走。”

小曹坚持要离开，胡金牵也就只好叫人帮着收拾。

“这太急了点吧。”胡金牵说，“王组长五年都在这里过了，这顿中午饭都不吃就要走吗？”

小曹望着王树一笑。“我倒想吃了饭走，但车没空。”他对胡金牵说，“下午单位还要用车。”

胡金牵无奈放弃了挽留。“唉，王组长突然要走我还真舍不得。”胡金牵又忙对小曹说，“王组长在我们村上了很多致富项目。村里家家都养了小尾寒羊。那家伙！长得牛犊子似的。还有人搞了苇编。孤寡老人现在也有人照顾了，偷鸡摸狗的也没有了。王组长正准备组织村里人开挖灌渠，我们刚才还在……”

“都搬光了吗？”小曹突然问别人。

胡金牵哑了一瞬，下意识瞥瞥王树。王树一言不发地站着，他就又转向小曹。“王组长给我们村做的事……”他说。

“走吧。”小曹对王树说。

王树上了车。

王树麻木似的，垂着头。

车子开出村委会大院，开到街上，在村子里留下几道很显眼的车辙。车子颠簸着，但一会儿就出了村子。王树垂着头也知道小曹正在乱瞅。王树终于把头抬起一点。村口站着很多人，但要看清胡金牵村长已是不可能了。小曹忽然哧的一笑。

“我怎么没看见女人？”小曹说，“胡兰村的女人都到哪里去了？给你暖脚的女人到哪里去了？哈哈哈！王树，喂喂，王树，我看你是不大乐意回去呢，你是不是还想留在胡兰村？你是在想胡兰村的女人吧。”

5

他们赶到单位，王树才猛然意识到自己已经远离了那片白花花的原野。下班时间已过，单位的人几乎走光了。古局长比别人迟一步，正要上车就看见王树到了。王树在默默地往地上搬行李，锅碗瓢盆却咣咣啷啷响成一片。

“王树。”古泊生局长主动招呼他，他停下来，直直地站着，“你很辛苦的，在家休息休息，明天再来上班吧。”古泊生局长平易近人地说。可他一眼看见了地上的行李。“这是怎么回事？”他厉声对小曹说。

小曹支吾着。“局长，”小曹说，“张青还要……”张青是这辆中巴的司机。

古泊生的脸色很难看。

“搬上去！”他说，“你会不会办事啊！”说着，猫腰上车了。

古泊生局长的车开走了。小曹烦躁地对王树说：

“搬吧。”

王树就又搬上去了。

“快点快点！”来到王树住的楼下，小曹不停地催促着，“快搬下去！我和张青还要去东方商场，我老婆在那里看上了一套组合沙发。张青你看这辆中巴能装得下吧。”

“我看没问题。”张青目测着车里的空间。

行李重又堆在了地上。中巴呼的一声开走了。王树在地上站半天，才拎起一只白铁锅往家里走。

国锦玲满脸的惊异。“你……”国锦玲目光停在那口锅上，“把锅烧烂了就扔了呗，用得着往家拎？”她有些生气。

王树一声不吭地走到沙发前，坐下，手里依旧拎着那口锅。

“我吃过了，”国锦玲说，“饭还热着，你自己去吃吧。”要往卧室走。

“我回来了。”她听到了从王树身上发出的低低的声音。她收住脚步。可是，王树陡然痛哭起来，开始时像是长风吹过苍茫的原野，有一份说不出的壮阔和流畅，渐渐地就声噎气堵起来，让国锦玲陡然色变。她走过去，但她并不敢去抚慰他，似乎他随时都有可能摇身一变，成为一头暴怒的雄狮。他在剧烈地颤抖着，整个身子都在抽动。在国锦玲的眼里，果真有根根刚毛直直地立了起来。她止不住有些退缩，任他撕心裂肺似的哭着。他的头低低伏在那只空锅上，又使哭声发出了回音，国锦玲就觉得其实那是自己也在跟着痛哭。

王树的哭声终于低了。“我白在胡兰村待了三年，”他抽泣着叙说道，“我三年前就可以回来了，可是……可是，我却被扔在了那里，古局长压下了组织部下派办的通知。要不是胡村长他们把请功信写到了下派办，花局还不会想到让我回来。”

“去告他！”国锦玲脱口叫了一声。她身上哆嗦起来，喘喘地说，“去，去！去告他！这太欺负人了！”泪水唰地下来了，但她立刻又忍住了，眼里冒出了火。

王树已经比刚才平静多了。他把头从锅上抬起来。

国锦玲气冲冲地要朝外走。

“你去哪儿？”王树又抽泣了一声，问她。

“告他！”国锦玲走到了门口。

王树忙站起来。“别，”他说，“算了吧。”

“不行！”国锦玲神情坚决地说，“你惹他了吗？过去哪一年的春节元旦你没到他家看过他？你挣的那点工资，够给他家送礼的吗？他怎么能这样？”国锦玲百思不得其解，“他怎么能害你！”还要往外走。

“看你说的，他……他怎么能害我呢？”王树上前阻拦妻子。

“那他到底是为什么！”国锦玲的确怒气难消。

王树一脸困惑。“他为什么呢？”他费劲地思索着，“他是懒得告诉我吧。”

国锦玲更加愤怒了。“哼，他懒得告诉你！他凭什么？就凭他是当官的？”一甩头，“我就是要去当面问他！”

王树紧紧拉住她的胳膊。“算了，锦玲，你问烦了，我这三年的苦岂不白吃了。”

国锦玲胸口起伏不定。“我要让他这个局长当不成！”国锦玲咽不下这口恶气，但仍然停下了，“要让他当不成！”

“唉，”王树也不知为什么觉得自己的胸襟无比宽阔起来，就像压根儿没有痛苦过，“那不是跟他过不去吗？也许吃这份苦是有好处的。”

国锦玲就向他转过脸来。“你说算了？”

王树点点头。“反正已经熬过去了。”他说，“我再也不用回胡兰村了。”

国锦玲低下头去，好大一阵才又抬起来。“他欠了你的，他得感到愧疚，”国锦玲说，“他见了你得感到愧疚。”

王树没想到妻子会表达得这么深刻。他不由得会心一笑。

“我去给你把饭热热。”国锦玲吁了口气，说。

6

王树重新回到自己科里上班。同事们愤愤不平。

“局办公室这些王八蛋，也太狗眼看人低了！”同事们已经得知小曹昨天接送王树时发生的事情，“王树，你得让古局长狠剋他一顿！他是难看还没挨够。你不知道，元旦晚上这小子提着几瓶酒到古局长家去，让古局长堵在了门外，他放下就走。星期一古局长做的第一件事就是把他的酒给拿到了局里，劈头盖脸给了他一顿好训。元旦茶话会上古局长明明说不让人到他家里去的。王树，你到古局长那里告他一状，他肯定吃不了兜着走。”

王树怎么可能跟一个小小的办事员过不去呢？王树抿着嘴笑笑，一言不发。同事们这才感到经过五年之久的下乡锻炼王树已非往日的王树，看他脸上淡淡的笑容就能知道他该有多么的沉稳理智，多么的宽宏旷达。忽然他们也笑了起来，简直越看王树就越想笑。你说说这不是很逗的吗？同一批下乡包村的人早在三年前就一个个回来了，该提的提该调的调，可唯有王树还继续留在一个能把人腌成咸鱼的盐碱滩上。要不是局里忽然想起他来，他都有可能在那里待上一辈子。瞧，整个人黑黑的，皮肤都毛糙了，手上结了老茧，指关节也突出起来。别说是一辈子，就是再过三年他也能被村里人同化掉！可是他今天一来就对每个人微笑、点头，就像他从来没在那片盐碱地上待过两年又比别人多待三年似的，就像他一直就在局里上班似的。看来下乡也真的能锻炼人。花局没人能拿古局长怎么办，但像小曹那样的小办事员，给他脸不要脸，就索性不给他脸才对。同事们如果不认为王树是宰相肚里能撑船，那就无法解释王树何以从一上班微笑到现在。五年的下乡生活，可把王树锻炼到家了。他们科里不缺科长，也不缺副科长，但谁又能保证下一步王树不被提升为副科长和科长呢？

不过他们仍然看着王树感到好笑。科里的笑声驱散了王树久别五年之后可能产生的陌生感。他觉得自己一下子跟科里的一切融合在了一起，他是这个科的一块肉，一根骨头，一泓血，这个科反过来也成为他身体的一部分，甚至还是他灵魂的一部分。推而广之，他就成了这个局的一部分，反之亦然。他该是多么快乐呀！他真想跟每个人热情拥抱，跟每个人热情贴脸，真想招呼每个人都站过来，亲密地相互把胳膊搭在肩膀上。可是他分明知道这样做不到，他就一个劲儿地用手指揉着自己的眼窝，仍旧微笑。

中午下班的时候科里的人为王树接风洗尘，凑份子在街上一家饭店定了一个单间。因为下午还要上班，花局规定不准午饭时喝酒，大家也就举着盛满水的酒杯对王树说了很多情深义厚的话。唱了几首卡拉 OK 歌曲，看着要到上班时间了，才从饭店出来。在街上发现每个人脸上都红红的，就像喝了酒的样子。

“这就怪了，怎么像喝了酒呢？”大家疑惑地说，并有些担心，“让领导看见会以为咱们真的喝酒了呢。来，闻闻有没有酒味儿。”

一位同事抱住王树的脖子闻，王树身上暖洋洋的，就像提前感受到了春天。

“没有。”这位同事说。

“你什么也没闻到吗？”别人问他，一睐眼睛。

“一股柴火味儿，”他心领神会地说，又煞有介事地摇摇头，“不，王树，该不是你在身上撒了盐吧，你怎么咸乎乎的？”

同事们忍俊不禁，笑起来。王树脸上讪讪的。忽然大家都不笑了，神色庄重了好大一会儿。

“那是古局长的车吧，”大家说，“鲁×，0-0-9-8-5，古局长的车过去了。”

大家又渐渐放松了。那位给王树开玩笑的同事为表示歉意，一把搂住他的肩膀，一伙人就快乐地簇拥着到局里去了。

因为没有午休，同事们都觉得有些疲乏，在办公室坐下来，谁都不想动。王树看看墙下的两只热水瓶，就走过去，刚要伸手就听见有人说：

“王树，你放着吧！我来打。”

王树已经把热水瓶拿在了手里，但仍然被他抢过去了。王树眼看着他走出门去，自己却坐不下来。环顾一下，发现地上散落着纸片和瓜子皮，就又要去扫地，不料仍然被人拦住了：

“王树，你歇着吧！我来扫。”

整个下午王树都被科里友爱的气氛感动着，他几乎不想离开片刻。下班了，他有意留在了最后。拾掇了一阵，正要走开，科长却转了回来，搭眼一看心里就明白了。科长是要拿一份文件的，他在桌子上忙乱地翻寻着，让王树等他，两人好一起走。可找了半天也没找着，王树也替他着急，在旁留神看着。终于找着了，科长舒了一口气，连说：“就是它就是它！”王树也舒了口气，他简直觉得自己这一天过得太完美了。

出了局大门，两人就要各自乘坐公共汽车回家。王树真有些对局里恋恋不舍，也有些对科长恋恋不舍。科长转身朝另一个方向走了，他还在后面注视着，就没想到科长又停了下来。科长发现了他在一直看他。

“王树，”科长莞尔一笑，说道，“我问你，胡兰村的请功书是怎么写的？”

王树就不由得一怔。

“听说那份请功书把你夸成了焦裕禄、孔繁森，”科长说，“真有你的！”

王树脑子里嗡地一响。他知道科长误解了，很多人肯定也都误解了。显而易见，在很多人眼里那封请功书是在他的指使下写成的，说不定还是他亲自写的呢，最起码他也是直接参与了这事。

科长见他哑口无言，便又宽和地一笑。

“没什么，”他说，“做出成绩来自己不提，谁还会提呀。你总不能在村里待上一辈子吧。”拍拍王树的肩膀，一声“明天见”走了。

王树在原地愣了半天。街灯唰地亮了，团团的光晕连在一起，严严地罩着城市，夜空都仿佛不存在了。这就是区别！那张夜空，在胡兰村他都不知看过多少遍了，每一颗星星都会尖锐地提醒他，他正生活在一片远离都市文明的旷野。此刻，王树眼前亮堂堂的。灯光就像厚厚的一层棉被，紧裹着这座城市，像裹着一个婴儿。寒冬腊月里，王树怎么一点都不觉得冷呢？王树迈开大步向前走去。他的心里怦怦直响，这生的鼓动，与都会的脉搏，在打着，在吹着，在叫着，在喷着，在飞着，在跳着……

7

将近春节，花局的各项事务紧锣密鼓地进行着，而新春气象也随之透露出来，人人都是满脸笑意。可是突然，这脸笑意凝固了，大有些人的脸色竟变作灰黑，像局办公室的小曹，已经显出了一副丧魂失魄的模样。——王树觉不出什么。

王树不想让人们看出自己觉不出什么，处处谨慎着，仍终于有人对他说：

“啊，王树，你是不怕的。”

这一天上午，科里人也这样对他说。

“王树，古局长叫你！”局办公室的小曹在门口一探头，就缩了回去。

王树疑惑着。

“你有什么好怕？”科里的人说，“你是不用再去了。你还会怕再让你在村子里熬上五年吗？”

王树镇定下来。

王树来到古局长的办公室。古泊生局长热情地起身相迎。“坐下坐下。”他和气地说。

“你找我，古局长？”

“有事要跟你商量。”古局长说着，叹息一声，王树听出了遗憾，但听不出歉疚，“小王，很对不起，”他接着说，“在你上个阶段的包村期间花局对你关心不够。你是不是有什么想法，可以对我谈的。”

王树矜持万分。“我有什么想法？我没什么想法。”

古局长欣赏地点点头，笑道：“看来锻炼锻炼是对人有好处的。小王，想必你已经知道了——”

王树一下子从座位上挺直了腰，但他又马上取消了自己的怀疑。

“上边又给了我们局下派的名额，还是包下镇的胡兰村，”古局长继续说，“局党组研究过了，鉴于你上次的表现，还有你对胡兰村是熟悉的——”

王树腾地站了起来，瞪圆了眼，僵直地望着古局长。古局长不由一慌，忙示意他坐下来。“你好好考虑考虑，烈火见真金。这一次包村时间短，才一年半，”古局长有些说不下去，“结束后我们是该提拔的提拔，你们科还需要一个副……”

“嗷！”王树猛地大叫一声。

“你要干什么！”古局长神色突变，身子向后一仰。

王树却惶乱地低下头，像是在地上寻找什么。看样子他马上就要坐下了，但他一扭头跑了出去。

古局长松了口气。刚才他的确是被王树异常的表现吓了一跳。他还以为他就要向他扑过来呢。他叫人可能来不及了，他的反应很快，当时就决定如果出现不测，就先把桌子上的那块镇纸拿在手里。

现在办公室里只剩下他一个人，但王树的大叫却似乎还没有消失，让古局长怎么听都不像是从一条人的嗓子里发出的。再倾听一下，除了这声喊叫，四处静悄悄的，他竟然什么也听不到，就像整个局的人都死光了。他的心情烦躁，隐隐感到将有一个世纪之久的更年期眼看就要远远地来到了。但是不大一会儿一种微小的动静就响了起来，并渐渐地增大着。陡然间，整个局都像解除了符咒似的苏醒过来，迅速恢复了往常的景象，空气里也重新透露着欢乐的新春气息，嘈然有声。

国锦玲下班后没见王树回来，还以为他工作忙在花局加班或者去参加什么场合了，就没放在心上。到了晚上也没见着他，就免不了着急起来。打电话给王树的同事，也没得到明确的解释。她在家里忧心如焚，却不知道王树已经远在胡兰村了。那里的人们上溯三代，不是杀人越货的强盗，就是被官府通缉的要犯，然而他们却是二十世纪末共和国最为卓越的良民。

几天以后国锦玲在胡兰村见到了满面尘灰的王树。这是她头一次来这里。

“我想过了，姓古的是要堵住别人的嘴。”国锦玲一针见血地说，“他要以为这样能堵住别人的嘴那就错了！”

“不就是一年半时间嘛，很快就能过去。”刚刚跟胡金牵村长从野外回来的王树这样宽慰妻子，又独语似的说，“一年半时间，灌渠就能修好了。”

国锦玲暗暗决定不再从王树那里寻求支持。她当天就离开了村子。

穿过原野的时候国锦玲自始至终都没有看到一棵树。四处白花花的，她要是栽在盐碱地上的一棵树，土壤里浓重的盐碱就会杀得她的脚疼，而她也陡然感到脚疼起来，她差不多就要叫出声了，她就要变成一棵树了，但她仍是她自己。

国锦玲没有叫，她果决地把视线从原野上移开，并想到自己回城做的第一件事应该是告状。既然饶恕是无效的，那就甭信邪了！

第二章

1

上帝已婚，还有一个八岁男孩。

那孩子在他婚后整十个月出生，好像在他结婚的当天，就被他种上了。有人曾见他爷儿俩，沿着贯穿城市的铁路散步，发现孩子脸色苍白，有些营养不良。星期天该他在花局值班，他也会把孩子带到局里来。那的确是一个瘦弱而沉默的孩子，像株生长在水泥缝隙里的小草。铁路横陈在他们局办公楼后面，火车从窗外驰过，发出巨大的轰鸣声，孩子常会胆怯地靠在父亲腿上，睁大惊恐的眼睛。

看上帝的样子，很像是没有女人的，身上总要有一两颗纽扣，拖着一寸多长的线头，耷拉下来，或者拉链只能拉到半截。

其实，他像没有女人，并不表现在他衣着邋遢，四时不当。而主要是他脸上那种晦暗的神气，让人感到绝望。

上帝赶来上班，也总像是从风中走来。瞥他一眼，都能想象出，他在大风中竭力奔波的情景。大风吹乱了他的头发，把他坏掉拉链的衣襟，吹到背后，像两只折断的鸟翅。

上帝的女人苏桂兰，是泰东化工公司下属肥皂厂的工人。

在他们家里，肥皂厂当节假日福利发给职工的肥皂，堆积如山。最初，上帝会把苏桂兰分来的肥皂送给同事，看同事似乎也不放在心上，就不送了。后来，肥皂厂又研制生产了一种高级肥皂，上帝就又送了一阵，还说自己亲自在家做过试验，把这肥皂放进鱼缸，鱼都不会死。

上帝以前不知道肥皂也会像人一样瘦下来，也会像馒头一样发霉。

床底下，阳台上，墙角里，处处塞满了这种瘦瘦的发霉的肥皂。只有才分到的肥皂放在门后，预备随时送给别人，但最后还是免不了被拿到墙角，等待变干，发霉。那是它们在上帝家里唯一的命运。

苏桂兰在班上很辛苦，有时候还要上夜班。大小商店里，肥皂多得卖不了，厂里为什么还要坚持让自己的女工上夜班，这的确是件怪事，上帝一直都想从苏桂兰那里搞明白，却从未张口问她。

苏桂兰在床上能够倒头就睡。上帝直绷绷躺在苏桂兰一旁，在塞满枯瘦的肥皂的铁床上面，紧紧抓住自己。如果用力持续而适中，很快就能松弛下来。为了不弄出动静，他要事先憋住一口长气，然后缓缓地一点一点地吐出来，吐在肥皂发霉的气味里。

上帝的经验绝对可靠。当然，这也不好跟人交流，只有上帝自己相信罢了。

上帝屡试不爽，对着午夜的黑暗，一丝得意的微笑，在嘴角若隐若现。

2

上帝过着狼狈不堪的生活，三十七岁的生日，仍然如期而至。

是一个欲雪不雪的天气，上帝没有回家。他在街上找到一家生意清冷的小饭馆，给自己点了五两水饺，一盘蒜黄炒肉，一盘炝土豆丝，还要了两瓶啤酒。

上帝喝得很慢，吃得也不快，水饺没吃完就凉了，老板娘主动从桌上给他端进去，热了热。因为生意清冷，老板娘的态度很好。通过聊天，上帝甚至知道了老板娘名叫祁秀红。

给自己过完生日，上帝辞别老板娘，迎着阴冷的北风，两手捏着衣领，缩起整个身子，回到家里。

苏桂兰和孩子都已经睡下了。上帝摸索着爬到他和苏桂兰的床上，低头瞅了她一眼，却只发现一个黑色的不规则的阴影，不像是有人躺在那里，倒像堆放着一摊泥瓦匠用具。他就知道自己这是醉了，可他明明只喝了两瓶啤酒，而且用了将近五个小时的时间。

他带着很深的疑问，躺进被窝。冰凉的手，搁到柔软的肚皮上。

次日早上，上帝醒来。窗外亮得刺眼，原来下雪了。正想着要不要在自己的羽绒服里面再加上一件毛衣，雪就停了，露出了湛蓝的天空。

苏桂兰带着孩子走出房门。她去肥皂厂上班要经过孩子的学校，正好顺路送他。上帝发现她还是像往常一样，一脸倦容，目光阴郁。

“我三十七岁了。”上帝说。

苏桂兰一言不发地和她的孩子从门口消失了。

上帝看着门，独自愣了一会儿，也离开了家。

街上覆盖着厚厚的积雪，车辆驰过，雪粉就会从车轮下飞扬起来。

上帝挤上公共汽车，从车里往后看，街道中间的雪已大部分被压实了，像一道冰凌盔甲。

一个骑自行车上班的人穿越道路，忽然就摔了一跤。自行车依靠惯性滑了足有五步远。这人不顾疼痛，忙四肢着地，挣扎着爬起来，还没站稳，就又摔了一跤。

上帝忍不住扑哧乐了，但他马上收回了视线。

在同事们印象中，这似乎是上帝破天荒不像是从风中走来上班的。

机关里的生活就是这样，中间不忙两头忙。点卯签到后，扫地擦桌子，现在不用提水了，都使用了饮水机，有净化水公司的工人给扛上来矿泉水。一阵忙乱过后，就开始悠闲了。

上帝工作的这个局，对整个社会来说，并不是一个要害机构，平时来局里办事的人很少，谁也不用正襟危坐，一脸严肃，以致把自己弄得面部肌肉僵死。

一列列火车，准时从窗外隆隆驶过。什么时候的火车开到哪个城市，花局上至局长，下至看门的，都能说得很清楚，甚至比列车时刻表还要准确。

下班时间到了，大家都急着回家，或出去应酬，才又像忙乱起来。也就说，只有到了这时候，才又像有了些事做。

上帝来到花局，——三十七岁的男人跟三十六岁的男人有什么区别吗？上帝自己也认为肯定不会有太大的区别，但他们的周局长却一下子就注意到了他。

周局长是一个副局长，一九六五年出生的，是属小龙的吧，才比他大一岁。周局长两根手指捏着一个信封，向他走过来，叫他：

“小上，你去一趟一个局，找一个姓田的……”

上帝就像一架机器，突然生了锈，胳膊在伸向门后拖把的半道上停住了。在花局，除了打杂的事，向来没谁安排他来做什么的。这成了规矩了：

打杂的事儿有上帝。

可是，刚刚三十七岁的上帝，突然就被人委以重任了，而且还不是一般的人，不是他们科的科长、副科长，不是科级科员、副科级科员，也不是在科里惯于指使别人的女同事鲁林娜。

此时周局长就站在上帝的面前，两根手指，捏着一个褐色牛皮纸信封，让他亲自送到一个局里去。

上帝的迷惑只持续了很短的时间。

上帝心里猛地对周局长充满了无限感激。他止不住双手的颤抖，将那信封接过来。再想起看看科长、副科长的脸色时，已经走在用砖和水泥砌成的楼梯上，脚步也快得简直收不住了。

3

上帝走出办公楼。

从四面八方刺来的雪光，给人一种神经错乱的感觉。上帝不由得冷静了一些，他是从楼上下来得太匆忙了。

周局长一定还有别的吩咐，而他的确应该听周局长把话说完。

只有上帝手中的那封信，能够证明周局长的确吩咐他去做事。

显然，很多必要的问题，他没有搞清。

周局长让他去一个局，这倒不假，有这封信为证呢，但这个姓田的到底是什么人？

上帝应该弄明白他的身份，至少也应知道他是在哪个科室，——一个局，是他很生疏的地方，他不知道一个局都设有哪些部门，而且说不定这个姓田的就是一个局的副局长。他这样冒冒失失地赶到那里，是看轻了周局长对自己的信任。

原则上讲，这件事，副局长应该安排政工科的人去办。如果这封信极为重要，就可以去叫政工科的孙科长；如果稀松平常，叫政工科的办事员小王去就可以了。

但周局长偏偏不叫别人，周局长目的明确地直直地向上帝走过来，没有一点含糊地把信封递给了他。上帝感到受宠若惊，极为正常，而且，即使不是那种容易想入非非的人，也能看出在这件事的背后，似乎还隐藏着某种特别的意义。

上帝再次想到这是他三十七岁的第一天，巨大的战栗就猛地向他袭来。

但上帝没有耽搁，抬腿踩在雪上。

雪下的冰碴,发出碎裂的声音。他的步子很大,不一会儿就来到街头。回身再看，花局的人举着铁锹、扫帚，一齐拥出办公楼。上帝一点也没想到自己没参加扫雪有什么不对。他甚至有些庆幸。他不想让人看到他还没走开。

显然上帝绝不会走回去，再把任务向周局长详细询问一番了。在单位，常常是这样的，一个人说出上半句话，别人马上就能准确猜出下半句话的意思。共事久了，出现这种情况不足为奇。

领导就更是如此，上帝没有理由不能领会周局长的话，哪怕周局长只对他哦一声，他也应该清楚周局长让自己去干什么。周局长的眼神、动作、姿态，无一不在传达着某种不言自明的信息。

如果上帝跟领导达不到这种默契的程度，过去他在花局所受到的种种不平等待遇也就没什么可说的了。打心眼里，上帝不愿意承认自己的迟钝。别人能做到的，他也能做到。他相信自己的确是领会了：

周局长把一封信朝他眼前一晃，不用多说一字，他就知道这是让他送到一个局里去，找一个姓田的科长……似乎只要他走进一个局，迎头就能碰上这个姓田的人。

上帝看到自己圆满完成了任务：他丝毫不感到局促地走进周局长办公室，就像走惯了一样。当面向周局长汇报一个局之行后，周局长则向他投来满意的微笑。

仅仅充当了一次信使，他的生活就从根本上得到了改变，谁也不会再把他当成一个无足轻重的人看待了。上帝重新有了宝贵的前程，三五年之后，也如愿成了一科之长，也领了三五个兵，地位不算多高，但比上不足，比下有余。他并不期望更多，哪怕当上个副科长，也心满意足了。这叫知足常乐。但上帝就怕什么也不是，就怕在任何人眼里，有这个人，跟没这个人一样，自己以为是个人，却只是个影子。实际上，上帝已经怕了多少年了。上帝每天都在承受着这种惧怕的煎熬，也从未看到过出头之日。

空气一点也没有因为阳光照耀而温暖起来。上帝拉紧了一下衣服，放慢了脚步。

他有十二分的必要去郑重地做这件事。再说一个局也不是一般的单位，哪能这样随随便便地闯进去呢？

上帝摸摸自己的头发，发根粗硬，因为寒冷，变得几乎扎手。他记得上次洗头是在两个星期前，这几天头上瘙痒难耐，今天早上他还想过洗一洗，却转头就忘了。

过去也是这样，睡觉时头发总是被弄得翘了起来，像竖起的几撮鸡毛，怎么压也压不住。他还是一个小伙子时，曾经为此事苦恼过很长一阵子，后来才不在意了。

现在，上帝知道头顶的头发翘得更厉害，但显然已没有工夫去梳理它们了。

再往身上一看，就觉得更为不妥。

羽绒服是棕灰色的，只有两块很明显的油渍能看出来，其他地方倒看不出有多脏，但衣服上的拉链，似乎从来就没有顺顺当当地拉上过，不是卡在了半道上，就是刚拉到领口，下面跟着就挣开了。

上帝想过很多办法，在拉链上打过蜡，上过油，用钳子矫正过，但都不管用。其实坏掉拉链的羽绒服，并不妨碍穿着，上帝只要用手将衣服裹紧，其保暖性能一点不差。上帝就常常裹着衣服，在大街上行色匆匆，活脱脱一个进城务工的民工。

一旦留意起自己的衣着，上帝就感到实在穿不出门去，但他确实是正走在街头。

他都想把自己藏匿起来了，但他远远地发现前面路边有个钉鞋摊，就忙走过去。

上帝让鞋匠看了看衣服上的拉链，鞋匠告诉它链齿已完全坏掉了，无法再修，只能更换。上帝问他多大会儿能换条拉链，鞋匠很有把握地说：

“五分钟。”

上帝想想不过五分钟时间，就把衣服脱下来，交给他。他冷得打了个寒战，就走到避风的地方等着。

从这里可以看到市政大楼，上帝的目光越过街道，落在矗立于楼群中间的市政大楼的顶端，它在晴朗深远的天空下闪闪发亮。一股崇敬之情马上攫住了上帝的心。

据他所知，一个局就设在这幢大楼里。它跟自己是那么近，只要跨过街道，不走左边的铁路桥，直接从铁路上走过去，估计也不过十五分钟路程。

在那里，有一个姓田的人，上帝暂时还不敢期望他是名副局长。他只不过是一个普通工作人员，就使上帝去一个局的重要性够大的了。万一他是一名副局长，上帝还没认真想过，他怕自己的心脏因承受不住那种意外的刺激而遽然碎裂。

上帝强迫自己移开目光。他听到自己怦怦的心跳，有力而急促。

“好了。”鞋匠回头叫他。

上帝把羽绒服穿上，新换上的拉链的确很好用，锁头像小火车似的，一下子冲到了他的下巴底下。他满意地对鞋匠点点头，就走开了。

他的手按在左边胸口，在那里，羽绒服里面的兜里，放着那封珍贵的信件。

一辆出租车,在他面前戛然而止。他想都没想地拉开车门,钻了进去。

4

在车里，上帝看不到市政大楼的楼顶，感到市政大楼就像平白无故地消失了。

这几乎是上帝头一次打的，他下意识地盯着计价器，司机一眼就看出来他怕自己绕道,笑着说:“我抄最近的路走,你放心吧。”上帝脸一红，掩饰说:“这是急事，局长让我去一个局。”司机噢一声，眼神似乎多了一份尊敬，他马上就感觉了出来。他也不再看那计价器，神色随着郑重了许多。

司机没走铁路桥。平心而论，上帝认为司机选择了一条捷径。很快到了市政大楼附近，上帝这才放下心来。但司机把车停住了，说：

“对不起，就到这儿吧，他们不让开过去的。”

上帝下了车。他有一些遗憾，车子能开到市政大楼的楼下就好了。那样，大楼里的人从办公室一探头，就能看见他是乘出租车来的，这就好比他举行了一场隆重的进入一个局的仪式。

可是站在市政大楼又高又长的台阶上，上帝忽然觉得自己那么渺小。别说他是坐出租车来的，就是他坐了一架飞机，也不会有人注意到他。刚才他走下出租车时，也没看出市政大楼有多气派，现在走近了，才知道这大楼下面就是一道无底深渊，人虽是站在台阶上的，但其实已经被吃了进去。

上帝甚至连仰头看看的勇气都没有，市政大楼也不再是一座建筑物，而是一位居高临下的君主。

上帝克制不住战战兢兢起来，等走到大楼门口，才回头看了一下。他走过的台阶，仿佛道道圆环，把他跟整个城市隔开了。

圆环之外，楼房像鸽笼子，灰暗地排列在一起，街上行人如蚁，车辆也只像些不停窜动的甲虫。

这却是上帝生活过多年的世界，他在那里压抑困窘，沮丧的心情，是他唯一的兄弟，总与他形影不离。

上帝果断地向市政大楼转过头去，就像他已把过去的生活，远远地抛在了背后。

市政大楼是那种豪华气派的电动门，门旁笔直地站着一个卫兵，像根木棍，却时不时咔一声，向贸然走入的人来一记敬礼。还有一张桌子摆在旁边，后面坐着两个武警，管来访人员登记。上帝没有出入证，就主动走过去。

可一问，就知道麻烦了，自己身上什么证件也没有。武警示意他躲开，别挡住后来的人，他一急，就从兜里取出信来，说：

“我要去一个局送封信。”

那武警的目光落在信封上，他的目光也落在信封上，可是上面一个字也没写。他明白这样的信是说明不了什么问题的，但武警沉吟了一下，点头说：

“一个局在 11、12 楼。”

上帝知道他同意了，忙向他表示感谢。

总的来说，上帝走进一个局是很顺利的，毕竟事先毫无准备。后来上帝就知道了，并不是每个人都像他这么幸运的。

这市政大楼里有很多部门，以左尊右卑的观念来分，左边是党委系统，右边是政府系统。

大楼中间，左右分别两架电梯，一边是遇双不停，一边是遇单不停。摸不清内情的人来了市政大楼，都不免要走许多冤路。一个局属政府系统，但一个局为了保持独立，堵上了从电梯出来通往 12 楼的通道，要去 12 楼，也得从 11 楼右端一道小楼梯上去。

上帝不知道这些情况，见电梯门打开了，也不管左边右边，就钻了进去，但幸好上帝钻进去的是右边的电梯。11 楼到了，往右一拐就是一个局的办公室。

也许正是由于太顺利，上帝就大意了。上帝进了办公室，就看见窗下坐着一个姑娘，白白净净的。这也怪了，明明办公室里有好几个人，上帝偏偏注意到了这姑娘。上帝走过去说：

“你好，我来送封信。”

姑娘看了他一眼，他就感到，坏了。

姑娘的态度是冷淡的，搭眼看上去，模样还有些像苏桂兰，可绝对没有一种熟人的感觉。上帝这才注意到，在她对面还有一个小伙子，但后悔已晚。

小伙子把头埋在一份文件上，好像什么也没听见，上帝显然不好转而打搅他。

“把信放在这儿吧。”姑娘说着，就哗哗啦啦地在桌子上翻检起来。

上帝看看桌子，上面杂乱地堆积着各种各样的文件，还有许多报纸，就有些怀疑。他张口解释：“我找一个姓田的……”姑娘猛地停了下来，好像着恼了，一点也不客气地打断他：

“告诉你了，放在这儿！”

上帝天真地想到自己并没有做错什么，还要解释：

“周局长说的，要我亲手交给一个姓田的……”

姑娘皱着眉头。“你怎么这么啰唆呢？”姑娘说，“你不是要找姓田的吗？田局长出去了！”

上帝这时候如果把信留下来，事情或许会好得多。但上帝心想，自己把信放在文件堆里，万一弄丢了，怎么办？

上帝不放心，他准备等一等。

那姑娘把脸转向了窗子，看样子不想搭理他。

他在门后的沙发上坐下时，才想到自己错了。自己不光不知道姓田的什么时候回来，而且显然违背了姑娘的意愿。屁股往沙发上一坐，就等于堵塞了一条在一个局的通道。

上帝紧张得浑身出汗，头上也在往外冒热气。办公室里安着中央空调，温暖如春，但他又不好把羽绒服脱下来，只有悄悄拉开拉链。

他忽然想到，自己的动作是那样的小心翼翼，仿佛怕碰坏了什么。他也不得不承认，自己在这座办公室里丝毫没有反抗的能力。他的停留，绝对是他的失策。他的确是大意了，假如他在走进办公室之前，能够考虑一下措辞，情况可能会好些。

办公室里人来人往，上帝也分不清哪是一个局的，哪是前来办事的。他发现那姑娘的情绪一直没提上来，就想也许因为自己惹了她。也许在他来之前，她就很不高兴。

上帝非常希望她再次注意到自己，他应该相信一个局的办事效率，只要这姑娘一张口，他把信丢下就走。

可是，在姑娘眼里，就像没他这个人。姑娘有两次站起身来，他还以为她要撵他走，她却走进了旁边的套间里。不用问，上帝也知道这套间是办公室主任办公的地方。姑娘不过是个公务员，进领导办公室也没改变一下表情。

上帝本来还期望有不知缘由的人来问他一声，但就像姑娘已跟所有人串通好了，不光没一个人问他，甚至看都不看他一眼。

上帝没想到坐下来这么容易，要站起来却如此之难。

他身上已经湿透了，内衣粘着皮肤，很不舒服，生了虱子一样。他试着调整一下姿势，就发现同坐在沙发上的一个人悄悄对他一笑，他也报之一笑，但那人马上就又恢复了互不相识的样子。

又等了好大一阵，那姑娘开始收拾自己的东西了。

姑娘这是要下班了。姑娘的脸色已经缓和下来，在上帝眼里，就像换了个人似的。他有些纳闷，同坐在沙发上的人悄悄扯一下他的衣服，他就忙在脸上堆起笑容，目送姑娘穿上大衣，拎起小包，走出门去。

“小聂，我走了。”那人站起来，谦恭地对一个局的姑娘告辞。

上帝也跟着点点头。两人退着走出办公室，上帝看着他的眼色，一同来到电梯门前，都没有说话。

5

出了市政大楼，两人都松了口气。

积雪的反光，在中午的时间里，润泽了许多。空气虽然还是非常寒冷，但上帝倍感清新。

他们下了市政大楼台阶，就快步向前走，一直走到上帝来时下出租车的地方，上帝都下意识地没让自己转头。他停下来，考虑中午是回家还是去单位，那人就邀请他：

“他们下午一点半上班，我还得去等田局长。一个半小时，不好熬的，你陪我在街上随便吃点，好不好？”

上帝忙问：

“姓田的是局长？”

“据我所知一个局姓田的有三位，其中一位还是个女的，你找哪一位？”

上帝支吾道：

“大概也是局长吧。”

那人就笑了，说：

“看你肯定是个不大出来办事的人，连要找谁都闹不清楚。”

上帝觉得很不好意思。他已经决定跟这人一起吃午饭，就问：

“大哥怎么称呼？”

那人说：

“我也姓田。”

上帝愣了一下。

“不骗你的，”那人说，“我叫田玉华。”

上帝觉得自己最好也介绍一下，就说：

“我姓上，我叫上帝。”

这回轮到田玉华发愣了，连看他的目光都有些像看上帝。愣了一阵，田玉华就说：

“幸亏你没说自己叫上帝。你要说你叫‘上帝’，准得叫小聂轰出去。哼，你是谁的‘上帝’呀！”

上帝就委屈似的说：

“其实这是我爸爸给我起的名字，村里人也没谁知道‘上帝’是干什么的。我长大了觉得这名字也算别致，就没改掉。”

田玉华说：

“这名字是好，改了多可惜。”

“可是，”上帝心里的感慨被勾引起来，“可谁知道我虽然名叫上帝……”

田玉华搂住了他的肩膀，说：

“走，到前面那家小饭店里去。我要请请‘上帝’的客。”

田玉华显得很兴奋，哈哈笑着，推着他就朝前走。被踩实的积雪很滑，田玉华使的力气大了，差点把他给推倒，他只好小心着脚下，什么也顾不得说了。

小饭店外表一般，里面却整洁得很，房间也很大，还有用木板挡起来的小隔间。上帝和田玉华走进去，在门后的一块塑料毯子上蹭掉鞋子上的雪，马上就有一个服务员拿笤帚扫起来，弄干净了。他们拣了最靠里的一个座位坐下来。

“我虽然……”上帝说。

“上个羊肉火锅，”田玉华倚在隔板上吩咐服务员，又对上帝说，“我们只喝啤酒吧。下午还要办事，让他们看出来喝了酒，不大好。”

上帝看他已经摆出请客的姿态了，就说：

“今天我做东。”

田玉华伸手制止他：

“你只管坐着。”

在田玉华跟服务员说话的工夫，上帝才开始细致观察了他一番。他的身材粗壮，脸孔扁圆，颧骨突出，不像个城里人，但衣着打扮却算得上讲究，从呢子外套的领口里，露着端正的领结，有些像企业里的购销员。

火锅咕嘟咕嘟地冒着热气，被服务员小心地端了上来。看得出田玉华胃口很好，脱了外套，挂在旁边墙上的衣帽钩上，就往火锅里放羊肉片。

上帝觉得自己跟他萍水相逢，就接受他的邀请，还有些不好意思，暗暗决定自己一定要让他留下联络方式，以找机会谢他。

也不知为什么，他一下子想到了昨天去过的那家饭馆。他还像看到了那家饭馆的老板娘祁秀红。因为生意不好，祁秀红坐在柜台后面，一边跟寥寥无几的顾客聊天，一边织着毛衣。

公正地讲，祁秀红的饭馆比这家饭馆差远了，上帝却没想到在她的饭馆里请客会掉面子。

田玉华见他不动筷子，催他：

“尽管吃。这么多菜，够我们吃的。”

上帝就说：

“下次我请你。”

田玉华说：

“你还是客气了。”

上帝肯定地说：

“真的。我们有缘分，碰在一块了。田大哥告诉我你是哪个单位的，以后我好跟你联系。”

田玉华在小碟子里拌着调料，说：

“要是真有缘分，我不告诉你，也有可能碰到。没有缘分，我告诉了你，也白搭。我请你吃饭，不是为了让你再请我一次。”

上帝就知道他是不想让自己回请，不免感到有些失落。又想，他可能是小看了自己，就说：

“我是花局的……”

田玉华笑一笑：

“这没用，现在我们都是到一个局办事的人。你看我很有心情不是？其实我也顾不了许多。说实话，田局长我也没见过，从我一踏进一个局的门儿，我就很怕。我怕什么？怕他年轻。我给你说说这里面的道理，这年轻的人，干到了一个局副局长，将来就有可能升到正局长，也可能升到组织部长，闹不巧升了市长、书记。将来官会越做越大。他就不会像年老的人，只能看到自己退休，眼光再长远一些，能看到自己死掉。你说我跟这样的人打交道，能不怕吗？我的事情眼看就到了田局长这一关了，一不小心，前功尽弃。前面那些关口，都是好过的吗？不说别的，首先就市政大楼那门，你就不好进。”说着，停下来，问他，“你怎么进去的？”

上帝把自己走进市政大楼的经过说了。

“这就是你运气了，”田玉华嚼着羊肉，说，“别说你什么证件也没带身上，你即使带了，也没那么简单。登记后，把门儿的还要先给你要去的部门打电话，部门的人不想见你了，告诉把门儿的人不在，你给把门儿的磨破了嘴皮子也没用。好在我没惹一个局的人生气，才算是顺利，但他们怎么对待别人，我是亲眼看过的。”

上帝听了，背上出了阵冷汗。

田玉华又往火锅里续些羊肉，举起酒杯，说：

“喝酒。你办的是单位的事，也无所谓的。下午我可以给你把信捎过去，放小聂桌子上就行了。”

上帝面有难色。

“这是一封很重要的信吧。”田玉华问他。

“是……是很重要的。”上帝迟疑了一下，点点头。又说，“田大哥，你为什么不问问这田局长多大岁数？”

田玉华撇嘴说：

“老弟，看来你那局真是没人求靠过。哼，还是在机关上班的人呢。不管你在自己局里怎么样，反正在这一个局，他们不告诉你什么，你最好就别问什么。实际上他们并没有什么权力，权力是你给的。你不去那里办事，他们对你来说，就是一泡狗屎。——抱歉，抱歉，吃饭时胡说了。”

上帝有些坐不住了。“我吃好了。”他说。

“不急，早着呢。”田玉华说。

上帝站起来。“后会有期。”上帝说，“我得走了。”随手从兜里掏了五十块钱，放到桌上。田玉华又要拿给他，但他已经急匆匆地走出了店门。

6

在回家的路上，上帝已经想好了下午的行动计划。

这是在同一天里，上帝第二次乘坐出租车了。

出租车的确很方便，不到十分钟，就把他送到了他家所在的住宅区门口。上帝付了车资，撒腿就往家跑，他慌张的样子引得不少人停下来看他。

苏桂兰正要出门，迎面碰上他，板着脸问他一句："你中午去哪儿了？"他答也不答，一头闯进屋里。苏桂兰满腹疑惑，看着他在抽屉里乱翻。"你找什么？"她又问。本来苏桂兰是好意，却像惹起了他的怒气，心想，怎么想起来关心我了？还是不回答。

抽屉翻过了，又要翻检书橱。一拉橱门，灰尘就扑了下来。但他忽然又像想起什么来，也不收拾掉在地上的书，转身就往外走。

上帝第一个来到花局，刚在办公桌后面坐下，同事们就进来了。上帝忙让自己镇定下来，在跟同事打招呼的时候，悄悄拉开抽屉。他看到了躺在里面的工作证。在他看来，工作证绿色的塑料皮是那样悦目。

科长也来了。上帝以为会有人问他去一个局送信的事，但没人问他。他的嘴角露出一丝嘲讽的微笑，他相信自己看透了他们的内心。周局长上午派他去一个局送信的事实永远不可更改，谁爱酸谁酸，把自己酸成醋缸，也是自取其咎。

同事鲁林娜来晚了，进门就忙着解释缘故。鲁林娜一来办公室里气氛就活跃，连科长也从自己的办公室里出来，听鲁林娜跟同事们说话逗乐。

痛苦慢慢在上帝脸上汇聚着。他能看得到自己此刻的模样，就像眼前有面光滑明亮的镜子。

但鲁林娜猛地把头转向了他。

"小上，"鲁林娜说，"去一趟一个局怎么用了一上午？是不是办自己私事去了？”

上帝脸上的痛苦凝滞下来。“没有。”他紧皱眉头说。但实际上鲁林娜这样问他，他是很高兴的。

“没有？”鲁林娜并不放过他，“不就是一封信吗？要我去，来回一趟，半小时用不了。”

“哎哟！”上帝突然呻唤起来，两手抱住肚子，“哎哟！”

“怎么啦？”鲁林娜一慌。

“肚子疼。”上帝说，看样子痛苦到了极点，“我要去医院。”他已经偷偷把工作证拿在了手里。

同事们安静地看着他，几乎动也不动。鲁林娜的神情还像在后悔自己刚才问了他什么。

上帝佝腰曲背地走出办公室，嘴里不停哎哟着。他想，你们也会肚子疼，到那时我也要这样一声不吭大睁俩眼地看着。他相信要自己变成一个文件橱是很容易的，至少他也能变成一根拖把。这时候他甚至想让自己的哎哟声显得更夸张一些，但一列火车奔驰而过的声音，把整个办公楼都淹没在了里面。他知道这是一趟去武昌的火车，他曾从窗子里观察过，车上的乘客总是东倒西歪，疲惫异常，好像通宵未睡。他哎哟不哎哟，以及哎哟的声音大小，都已经不重要了。无疑所有人都在倾听着火车的轰鸣，感受着火车带来的强烈的震动。

上帝来到楼下，火车驶了过去，忽然耳根就没有声音了。整个世界死寂一片，上帝哈哈笑起来，就连他自己也感到笑声那样突兀，那样尖厉。忙收了声，匆匆走到街上。

现在，他脸上痛苦的神情荡然无存。

他无法形容自己心底的快乐，不知不觉地在街上奔跑起来。

7

上帝估计，自己赶到市政大楼附近也就用了不到十分钟时间。

他放慢脚步，市政大楼在他眼里亲切无比。他走过去，好像忘了自己上午在这座大楼里的遭遇。他感到自己的确没有必要惧怕什么，羽绒服里面的兜里，放着周局长让他送给一个局田局长的信；外面的兜里，放着他的工作证。两样东西，都足以让他在市政大楼畅通无阻，也许他根本就不用出示自己的工作证。他毕竟是上午来过一次的。

但上帝是一个遵守规矩的人，他仍旧主动走到负责登记的武警跟前。他有些拿不准他们是不是上午的那两个人，他想，这没关系的，反正他有证件。

一个武警接过他的证件，又让另一个武警看了一下，然后就询问他有什么事。

上帝说：

“我找一个局的田局长。”

武警一点也不像上午那样好说话，又追问他：

“什么事？”

上帝就说：“去送封信。”他已经确定他们不是上午的那两个人了。

但武警还没有放行的表示。上帝以为有必要再次把那封信拿出来。“就是送这封信。”他说。

“请稍等。”武警说，按了电话号码。“喂，下面有个 ×× 局的要找田局长。”武警把电话挂了，告诉上帝，“田局长不在。”

上帝忙说：“我可以进去等他。我真的是来送信的。”又要武警看他的信。

武警看也不看：

“谁知道这里面装的是什么？以后再来吧。——下一个！”

上帝只好让出位置，让后面的人来登记。他很想不通，自己显然不是暴徒，不是恐怖分子，作为一个堂堂正正的共和国公民，却连人民政府的门槛都进不去。这种道理很不对头，或者可以说这很不是道理。

上帝还想再给武警说说，上午武警也没问田局长在不在，就让他进去了。既然那时候能让他进去，就还能让他进去。可是，他看到两个武警都是一副公事公办的神情，就预感到再说什么也白搭，索性退到一根门柱下面，一边等候，一边看着要进市政大楼办事的人，在两个武警面前的种种形色。他觉得很有趣的，但很快就站累了。

地面光滑可鉴，台阶也很干净，上帝却觉得坐上去的确不大雅观。这时候，上帝才发现大门两旁增加了门卫。不是一个，而是四个，腰里也都别着枪。他觉得假使自己再多停留一下，他们就会向他走过来，吧嗒给他一枪也说不准。

上帝陡然感到气氛紧张起来。

市政大楼里该不会发现了什么意外吧。朝远处一打量，就看见很多人正聚集在一起，被一些武警挡在了二百米开外。他心里咯噔一下，猜想那是些上访的人。刚才怎么没注意到呢？上帝断定自己来的很不是时候。再看那些上访的人，眼光里不光有了埋怨，甚至还有了仇视。

市政大楼门口是不能再待了。

上帝虽然想到要尝试一下找一个姓田的科长，但也只好作罢。后来他还想过这个问题，自己其实是不愿意自己要找的人是一名科长。如果这个姓田的仅仅是一名科长，就不值得他费这么大周折。上午见一个局的人态度不好，把信往桌子上一丢，就算了。

从上访人群旁边经过时，上帝都有了劝说他们离开的意思。但他不过在一个中年妇女跟前迟疑了一下，就听到一个武警呵斥道："你是干什么的！"他忙走开了。

8

上帝在市政大楼附近的理发店理了发。

出了门，远远望见上访的人还没散去。他们像是挤成了一团。

上帝脖子后面猛地一凉，发觉天又冷了一些。他戴上羽绒服帽子，向市政大楼走去。可是，他又停了下来。不知为什么，他突然认定田局长还没有回来。去让市政大楼的警卫告诉自己一次，无疑是再经受一次失望。上帝相信自己有的是时间。明天一早，他就赶来，一定能碰上田局长在。即使耽搁了自己的上班时间，也不大要紧。他见过了田局长，别的事就都是小事了。

上帝不想这就回花局，因为他是装病出来的，回去让人一看，却去街上理发了，也不好解释。

凭良心说，这些年来，上帝一直严格遵守单位规章制度，迟到早退的时候很少，无故旷工的事几乎从没发生过，可他并没有因此获得过赞誉。现在上帝就想，自己旷次工又算什么呢？今天即使不去上班，顶多也只能算是早退。

上帝又踅进了一家公共浴池。

洗完澡，天就黑了。回到家里，人显得异常干净整洁。

很快苏桂兰也回来了。上帝的感觉是对的，苏桂兰并没对他多看一眼。上帝原想着再出去的，他可以去找祁秀红，一顿饺子大餐花不了一二十，他还消费得起。可是，上帝又不准备动弹一下了。他要坐在自己家里，他想看看一个女人，看到自己的男人浑身清洁地坐在自己面前，到底会有什么反应。

果然不出他的所料，整个晚上，什么事情也没发生。苏桂兰脑袋一沾枕头就睡着了，他还想着她这是装睡，她在期望他碰她一下，但她突然打起了轻鼾。

上帝转瞬之间化成了一摊冰凉的水，渗透了床板，滴落在床下干瘦的肥皂上。

9

苏桂兰醒来时，上帝还在睡着。他在睡梦中感到有人在打量自己，一惊，就醒了。苏桂兰马上转过头去，若无其事地往自己身上套毛衣。上帝希望再多睡一会儿，这也是他通过艰苦的奋斗所争取到的权利。

婚后最初几年，每逢早上，苏桂兰只要一醒，就会闭着眼睛，狠蹬上帝一脚："做饭去！"上帝揉着眼睛爬起来，迷迷瞪瞪地打开煤炉门，等火旺了，就开始做饭。也有不想做的时候，或者炉火迟迟旺不起来，他就到街上买些豆汁油条。

苏桂兰在被窝里蹬他，表现得理直气壮。他一直都感到诧异，诧异一个女人结了婚突然就变得粗俗不堪。他终于不想再忍受了。他记得那也是一个冬天的早晨，就像他在等待苏桂兰那一脚蹬过来。他一下子跳下床去，向她叫道：

"为什么要我去做早饭？"

苏桂兰愣了愣，说：

"你不吃吗？"

上帝就说：

"我不吃。告诉你，我有七八年没吃过早饭了，从我上大学那天起，我就不吃早饭。"

苏桂兰翻身坐起来，说："那好。这是你说的，你不吃早饭。"苏桂兰穿好衣服，走进厨房。

上帝重又躺到床上。他把脑袋蒙在被子里，听着苏桂兰做好了早饭，自己吃起来。他想，女人也真是太不讲道理了。依他的理论，他做好了早饭，她就能吃。而她做的饭，他却不能吃了。

本来早饭吃不吃对于上帝也没有什么，一连两个星期，苏桂兰坚持了下来，上帝也坚持一口早饭也不吃。等到苏桂兰想妥协的时候，已经停不下来了。从那时候算起，上帝不吃早饭差不多有五六年了。上帝有时也发现苏桂兰会把饭碗有意留在饭桌上，但他的确没有一点食欲。

今天，上帝的睡意被苏桂兰的偷窥驱散得一干二净。他想，苏桂兰可能意识到发生了什么。他有意调整了一下姿势，尽量把脖子从被窝里伸出来，完整地露出修剪过的头颅。很多人都怕在自己闭着眼睛的时候被人看到，但上帝不怕。上帝自认为自己的形象不差，大学时候，他还曾是一个普通女生的偶像，说不上英俊，但最起码也算中等以上。

苏桂兰穿好了衣服，又招呼隔壁的儿子起床。

上帝相信苏桂兰的确没意识到发生了什么。

他睁开了眼，看着苏桂兰披头散发，端着尿壶，打着哈欠，在朝外走。

上帝含混地说了一句：

“苏桂兰，你为什么不提出离婚？”

苏桂兰没有听清楚，她迟疑了一下，转过脸来。

上帝已经坐在了床头上，他清清嗓子，又说：

“你为什么不提出离婚？”

苏桂兰听清了。她站在那里，瞪着他，像是发怔，其实是愤怒。

“上帝，我看你这是烧的！”她陡然叫出声来，身子跟着晃荡了一下，上帝以为尿壶里的尿液会溅出来，但没有。她把尿壶抱在怀里，分明是在克制自己的怒气。

上帝却非常冷静。

“我说的是实话，”上帝不紧不慢地说，“我没说我要离婚，我只是说你为什么不提出离婚。”

“你让我提出离婚，你这是想甩掉我！”苏桂兰目光如炬地说，“可我看你烧得不轻！”

上帝不动声色。“我这是为你着想，”上帝说，“快五年了，我都不想碰你。你以为这样的夫妻关系，维持下去还有什么意义吗？再不能这样下去了。你和我马上就要老了。我们成不了一对晚年幸福的老人。任何晚年幸福的老人，都拥有共同的回忆，他们年轻时曾经快乐地玩耍过。但我们没有，我们的晚年将会非常悲惨。”

苏桂兰紧紧盯着上帝。她语气沉沉地问道：

“你想怎么办？”

“我不想怎么办。”上帝说。

苏桂兰向他走过来，尿液在尿壶里咣当咣当响着。上帝有些担心她会突然把尿液倒在他的头上。那都是她的尿，他晚上基本上是不起夜的。每天早晨起来的第一件事，就是去厕所撒泡长尿，现在他感到有点鼓胀，不过，他更感到担心。

苏桂兰停了下来。“只要你答应我不用上班，你去做饭，你去送孩子，”苏桂兰说，“我这就可以躺下来，你愿怎么着都可以。”

上帝叫一声：

“荒唐！上班的女人，送孩子上学的女人就不过性生活了吗？”

“我这就脱衣服。”苏桂兰不理他。

上帝一眼瞥见儿子自己穿好了衣服，一声不响地站在了卧室门口。上帝躲开儿子的视线。

“晚了，”上帝说，“我们结婚九年了，房事却只有数得过来的几遭儿，你总是回避，你实际上压制了我的性趣……”

不料苏桂兰哇的一声大哭起来。“我给你生了儿子，我每天累得腰疼，你还要戳我！上帝呀，你摸摸胸口，你还有良心没有？”苏桂兰数落着，“我生毛毛差点把命丢掉，可你满脑子只想你的龌龊事儿，你简直就是畜生！哼，我知道，我知道你这是把我骗到手了！”

上帝迅速穿着衣服。“没什么好谈的了。”上帝说，“既然你不提出离婚，那我只好提出来。你不为自己的晚年着想，我还要为自己着想呢。我还要争取为自己的晚年留下一点快乐的回忆。”

“你这是烧得！”苏桂兰哭着吼叫，“你烧得不知姓什么了！”

上帝趿拉上鞋子，就朝外走。他忽然觉得应该给儿子表示点什么，就伸手在儿子脸上摸了一下。儿子的脸蛋凉凉的。

“你应该可怜爸爸。”上帝对儿子微微一笑。他向房门走去。

“上帝！”苏桂兰突然嘶哑地号叫了一声。

上帝下意识地往后一扭头，没等回过神，就有一股浊黄的液体，像条游龙，向他呼地飞来。他机警地屏住了呼吸，闭上了眼睛，却来不及躲开。伸手在湿漉漉的脸上抹了一把，朦胧的视线就发现苏桂兰拉着孩子，冲到门外。

“哼，烧死你了，烧死你了。”苏桂兰嘴里不停地嘟嘟囔囔，一转眼，就跟孩子消失在了楼梯口。

上帝终于憋不住了。上帝张大嘴，深深地将苏桂兰在尿壶里贮存了一夜的尿臊味儿吸进肚里。

此刻，上帝站在四处横流的尿液里，心情却像一件重物，在急速坠落。他觉得自己再也不能从这个家中走出去了。

10

整整一个小时，上帝都在椅子上，僵硬地坐着。上帝一动也不想动，尿臊味儿充满了他的头脑，浓郁得像是凝固了，化都化不开。

一个小时之后，上帝才试着活动了一下，他感到浑身酸痛，像是被人暴打了一顿。

毫无疑问，苏桂兰的一壶尿，打乱了上帝的计划。

上帝扭头看了一下挂在墙上的钟表。现在已经是八点十分了。上帝一点也不指望在这样的时间里田局长还会待在办公室。他懒洋洋地站起身，把脏衣服一件一件地脱下来，随手扔在地上，就去卫生间连头带脸地清洗了一遍，又到卧室打开衣柜。里面乱糟糟的，看不出哪是他的衣服。翻检了一阵，才找了一件棉袄。

这件棉袄是他母亲做的，因为样式陈旧，他只穿过一次，就不想穿了。

他拿在手里，还能闻到棉花清新的气味。

母亲慈祥的面孔，马上浮现在了他的面前，他隐隐感到一阵激动。捧着棉袄，像是捧着母亲的面孔。一颗眼泪吧嗒就掉了下来。他擦了一下眼睛，想想街上正流行唐装，就不再迟疑，马上穿在了身上，又在外面套了件灰色的夹克。他自信这个样子可以出门了，但情绪依旧提不上来。

在他走出卧室，又一眼看见地上尿液蒸发后留下的大片污渍时，沮丧的心情如同潮水，再一次把他淹没。

上帝强打精神离开了家。

但他哪里也不想去，就想在街上溜达。

母亲的棉袄温暖着他。一层棉十层单，这话确实不假。看街上行人的样子，天气比昨天还要寒冷，但上帝却一点也觉不出来。他相信是母亲的棉袄拯救了他。

渐渐地，他能够思考今天所发生的事情的来龙去脉了。他并不后悔自己的所作所为，跟苏桂兰的婚姻早已死亡，离婚是他考虑过多次的问题，只是没有对苏桂兰说出来罢了。

如果没有周局长让他去一个局送信这件事，也许他一辈子也不会说出来。实际上他非常满意这种向苏桂兰提出分手的方式，他只是没想到苏桂兰会变得如此暴躁。如果他具有足够的防备之心，苏桂兰甭想把尿液泼到他身上，而他如果因此而放弃了自己的希望，他才真是愚蠢透顶了。

上帝一抬头，发现自己竟在祁秀红的饭馆附近站了许久。他忙转过身去，在路边招呼了一辆出租车。

途中，上帝按着自己刚才的思路又想了一阵。离婚后他还是要找女人的。这个女人一定要是一个能跟他一块快乐地玩耍的人。别人离婚大多都有第三者，但他没有。

他继而想到祁秀红算不算第三者呢？他要找一个像祁秀红那样的女人可不可以？他跟祁秀红不过是一面之交，但祁秀红留给他的印象如此之深，两天来他不知有多少次想到她了。他断定祁秀红绝对不是一个死板的人，从她的眉眼里就看得出来。

随便换一个女人也比苏桂兰要强。他娶了苏桂兰，是他倒了八辈子的霉。上帝很有信心，好像看到了新生活的曙光，忍不住低低笑了一声。

司机审慎地看他一眼，他忙收敛了笑容。

“城市变化真大啊。”他掩饰着，赞美道。

心里却想，把信交给田局长，马上就去找祁秀红，但不知祁秀红是不是一个单身女人。

上帝有种预感，祁秀红没有丈夫。这就是说，祁秀红或者是个寡妇，或者是个离异女人。上帝比较倾向于后者，做寡妇是被迫的，离异的人如果是主动的一方，就更好了。只有两个都在期望生活幸福的人，才有理由得到幸福，才能更珍惜自己跟别人的第二次结合。上帝想到这里，就又笑了一声。

“瞧那个蹬三轮的，傻样儿！”上帝指着车外说。

司机让自己面无表情地直视着前方。

11

市政大楼到了。上帝首先留意到市政大楼附近没有上访人员。他忽然感到阳光明媚，市政大楼在他眼里熠熠生辉。他昂首挺胸地向它走过去。

门口登记的人不多，上帝刚从台阶上走上来，两个武警就都看见了他。他们远远地向他点了一下头。

上帝的心情舒畅极了。他相信他们就是第一次放他进去的两个武警。这一回他要好好看看他们，以记住他们可爱的面容。

“你好！”上帝主动招呼了一声。

两个武警都笑了。笑容灿烂。一个长脸，一个圆脸，全都非常顺眼。也可以说，这是两个非常英俊的小伙子。

“你又来了。”他们对他说。

“这信非得我亲手交给田局长不可。”上帝说，语气是一种谦虚和自信的混合物。上帝准备把工作证和那封信一同拿出来。

长脸的武警说：

“你叫上帝是不是？”

“你们认识我了？”上帝说，上帝又把工作证和那封信放在了兜里，他觉得不用拿出来了。他要拿出来，显然辜负了两位可爱的武警的信任。

“我们怎么能不认识你？”长脸的武警说。圆脸的武警只是笑，好像不会说话。长脸的武警又说："你是来给一个局的田局长送信的。"

上帝觉得还是应该把工作证和那封信拿出来。他的手重新伸进衣兜。但长脸武警的语气一转，说：

"我看你还是回去吧，我敢说一个局的人这是不想见你。"

上帝忽然就没有了一丝力气，他疑惑地看着两个小伙子。"不……不会吧，"上帝嗫嚅着，"我只是……我只是来送封信。"他从两个小伙子脸上看到了怜悯的神情。

"我们放你进去过一次了，"长脸武警说，"他们没把信收下来。"

上帝就说：

"田局长不在，这是要亲手交给田局长的。"

"但我们也没办法，"长脸武警说，"一个局的人告诉我们田局长不在。"

"你可以直接给田局长打电话。"上帝机警地说。

长脸武警为难地说：

"我们做不到。按规矩只能通过办公室……"

"嘘——"圆脸武警迅速给长脸武警使了个眼色。

上帝看到从门口走出一个高大肥胖的官员，那人目光严厉地看着他们。官员只不过停留了一会儿，就回去了。但两个武警已完全又是那种公事公办的样子了。"下一个！"圆脸武警叫道。

"田局长一定会同意我进去的，"上帝试图说服他们，"你们只要给他再打一次……"声音像是呻吟。

"什么味儿？"长脸武警忽然响亮地抽了下鼻子，又转头问同伴，"小于，你闻到了吗？”

“谁尿裤子了？”圆脸武警说。

长脸武警扑哧一笑，又马上沉下脸来。“请让开。”他对上帝说，他的脸显得更长了。

上帝的嘴唇动了动，就开始沉默地往后退去。上帝差点在台阶上踩空。

这时候，上帝才真正意识到自己遇到了一个重大的难题。

上帝在台阶边上摇摇欲坠。

12

上帝想不出自己是怎么从市政大楼下面离开的，但他肯定自己没有再让武警登记，这也不是他相信了武警的话，而是他缺少勇气。

跟那个站立在门口的守卫相比，管登记的这两个小伙子更显得让人亲近些。他已经观察到了,两个小伙子脸上稚气未消,几颗大大的青春痘，被户外的寒风，吹成了紫黑色，看上去不过二十岁。

他是在十九岁考上的大学，他在二十岁的时候，还只是一名大学生。但他对两个小伙子充满了畏惧，不光怕看到他们，还怕被他们看到。

上帝在街上跌跌撞撞地走着。忽然，他听到了自己说话的声音。“不让进去就不进去呗，不让进去就不进去呗……”他边走边说，而且语速极快。

他吓了一跳,冷汗呼地冒了出来。随后可怕地想到,自己这是怎么了?拍拍自己的脑瓜，一点也没感到发热。不但不发热，还有些冷。

在他的印象中，自言自语常是神经错乱的征兆。难道他发疯了吗?哦，不会的。

上帝想来想去，断定自己听到的只是思想的声音，怪不得听上去含含糊糊，像嘴里咬着颗热茄子。

上帝决定什么也不想了。上帝这就去上班。

现在迟到已是定局，但迟到总比无故旷工要强，迟到不影响年终拿到全勤奖。他们科的鲁林娜一年之中要迟到二三十次，年终还常被评为先进工作者。有一年鲁林娜只无故旷工过一次，全勤奖就给她扣了。大家都以为她不会善罢甘休，但始终没听她说什么。上帝倒不是很在乎这个全勤奖，而是觉得别人都得了，唯有自己不得，会显得自己特殊。

事实证明上帝的思路还是非常清晰的。上帝暗暗感到欣喜，却同时又想到了不妥。

这次回去意味着什么?很明显，上帝连给人送封信这样的事都做不好，别人怎么还能指望他干别的?

上帝试着寻找推卸责任的借口，但他的确已经为此事耽搁了快两天了。如果他把信偷偷毁掉，隐瞒没有把信送到的事实，但真相也总有一天会水落石出。周局长不用费事，一个电话就能了解田局长有没有收到他的信。

想到这里，上帝眼前一片灰暗，似乎母亲的棉袄，也抵挡不住阴冷的北风了。这种可怕的思路，具有无数倍于北风的力量，遒劲地贯穿了他的全身。

上帝绝对不能没事人似的回到花局去，而且情势已经变得异常紧迫。

一天半的时间，不仅白白过去，他还实际上断绝了进入一个局的通道。

首先是一个局办公室里的小聂姑娘。他断定小聂姑娘对自己没有好感，后来发生的事，足以证明小聂跟别人串通过了。其次是市政大楼的警卫，他们记住了他，拒绝给他通报。

上帝有必要寻找新的途径。他已不能再作更高的期望，能把信丢到一个局办公室的桌子上，也算自己交了差。

上帝一下子想到了祁秀红，再次证明祁秀红给他留下的印象之深。

他确信祁秀红会帮他。祁秀红看上去是一个很善良的女人，就从她能够主动给他热饺子这件事上就看得出来。祁秀红去了市政大楼，就说自己是另外一个单位的人。只要人能进去，信就能放下。反正信封上也没有任何文字说明，小聂姑娘也不能随意断定还是自己拿去的那封。

事不宜迟。上帝这就去找祁秀红。只要信送到，得不得全勤奖就不重要了。况且他完成了任务，事后说起来，也情有可原。

13

上帝迅速赶到祁秀红的小饭馆门前。他特意在自己身上嗅了嗅，没有嗅到尿臊味儿，心想，即使能嗅出一些，也比不过饭馆里的味道，早冲淡了。上帝一眼就看见了祁秀红。

“客人来啦！”祁秀红也看见了他，她端着茶壶，热情地迎上来，“您请坐，”她说，“这就下班啦。”

上帝不想让自己显得太过于匆忙。他定定神，坐下来。“哦，我早出来了一会儿。”他说。

祁秀红给他斟上茶水，说：“先喝杯茶，暖暖身子。”又柔声细语地问他，“外头怪冷的吧。”

多么美妙的声音！

上帝不由得微笑起来。“是有点冷，”他搓着耳朵说，“老板娘，我想告诉你我的名字。”

“那就说呗。”祁秀红在他对面坐下来，认真地看着他。

“我叫上帝。”上帝说。

祁秀红抿嘴一笑。“谁说你不是‘上帝’呢？你就是我的上帝。”她说。心里却想，这个人这样说话，真是很怪。

“我的名字叫上帝。”上帝一本正经地说。

“这是我头次听说还有姓上的呢。”祁秀红知道自己误解了。

“可我虽然名叫上帝，过的却是地狱里的生活。”上帝脸色沉痛地说着，叹了口气。

祁秀红便郑重问他：

“大哥有什么心事吗？承蒙你信得过我，可以给我说说的。”

“唉，一言难尽。”上帝又叹。

祁秀红笑着给他宽解：

“大哥放心，没有过不去的门槛。”

上帝望着她。“你说对了，”他说，“我来你这里，也不想瞒你，这道门槛，我……我是过不去了。”

祁秀红问：

“上先生这么颓丧，到底什么样的门槛把你挡住了呢？”

上帝接着就把要托她帮忙的事说了出来。

祁秀红听了，沉吟了一阵。“我看这也不是什么难事，”她说，“我就答应给上先生跑一趟。只是我连工作证也没有，只有一张快用了十年的身份证，不知在门卫那里管不管用。”

上帝说：

“我问过了，只要是能证明自己身份的证件都行。”

“那么，”祁秀红停了停，又提出疑问，“上先生怎么知道这封信是交给田局长的？如果是要交给田科长，或是别的姓田的，不把你们周局长的事情给耽误了吗？”

上帝想了想，发愁道：

“也是。”

“我有一个办法，”祁秀红说，“把你那封信拆开，看他是写给谁的。”

不料上帝马上反对：

“这……这可是周局长的信。”

祁秀红看他紧张的样子，就说：

“还没见过上先生这样前怕狼后怕虎的人呢。你拆开了，你不说我不说，谁能知道？又不是什么大不了的机密。”

上帝支支吾吾：

“私拆他人信件，不大好的。”

祁秀红就忽然异样地看了他一眼，一甩手，说：

“算了，我交给田局长就是了。不是他的，他也不会把信留下。”

上帝咬咬牙。“其实我也顾不了那么多！”他说，“你到了那里，万一再找不到田局长，也不要多问，索性还是把信搁在他们桌子上，让他们自己去确定吧。”

祁秀红却直摇头。“听上先生说过了，办公室文件成堆，他们万一给压住了，这姓田的不总也看不到这封信了吗？”她说，又忽然想起什么来，就问上帝，“我这辈子烧香也真没烧到过一个局这座庙，不知道那里除了办公室里的人还有什么人？”

上帝说：

“科室很多，具体我也说不上来。”

祁秀红就爽快地笑道：“这就好办了。那么多人，我去了问谁不行？非得问办公室里的？一个局既然有这么个人，还怕找不到他！上先生放心吧，我到了那里看情况而定，绝不会再把信带出来。”说着，向上帝伸出手来。上帝一愣。“把信给我，”她说，“这么点小事儿，看把你愁的。这也叫一道门槛！”

上帝听了，不禁愁容顿扫。信交给祁秀红时，止不住留心打量她一下，清楚地发现她的脸庞上还残留着青春的影子，就听心里咯噔一声，手也跟着一颤。恰巧有个小姑娘背着书包从外面走进来，他就随着转过脸去。

“叫伯伯。”祁秀红对小姑娘说。

小姑娘看上去跟他儿子差不多年纪，很听话地对他叫了一声：

“伯伯好。”

“客人就要来了，”祁秀红起身说，“我下午去吧。”

上帝忙说：

“多谢老板娘了。”

祁秀红却笑起来。“一口一个老板娘，一口一个老板娘，我是谁的老板娘？”她嗔怪地说，“好了，我去后面看看。”叫柜台里面的服务员，“小青，来伺候客人！”

上帝敢肯定祁秀红是个离异女人，该叫她祁老板才是。上帝轻易就找到了一种恋爱的感觉。他坐在餐桌上，眼神迷离。中午来吃饭的客人不少，祁秀红忙着里外招呼，也没再跟他说话。那个叫小青的服务员把他要的菜端上来，他也不知道自己到底有没有吃到口里，就觉得满嘴余香，一鼻子芳馥。过了一阵，看有客人开始离去，想自己也该吃饱了，就表示要结账。

小青可能看他饭前跟祁秀红交谈过那么长时间，误以为他是祁秀红的熟人，就指着一盘子菜说：

“这个一筷子也没动的，菜钱就免了吧。”

上帝正色道：

“哪能呢！难道还能再端给别的客人不成？”

小青就顺水推舟说：

“先生很大方。”

上帝付了账，他倒想过要不要给小青付小费，又觉得在这样的小店里，可能没这样的讲究，就作罢了。结了账，还占着座位，也不大好。

祁秀红见他要走，就过来说：

“上先生放心，我记着呢。”

上帝忙说：“我怎么不放心呢？”说着，又一愣神。

祁秀红就问：

“上先生还有什么吩咐的？”

上帝回过神来，脸红了一下，摆手说：

“没有了没有了。”

“再坐会儿吧。”祁秀红说。

“我该上班去了，”上帝说着，走出小饭馆。他听祁秀红在后面说“不送了”，可他竟没有回头。

走了百十米，才停下来，再望一眼小饭馆，祁秀红早走进去了。

小饭馆很不显眼，门面没有刻意装饰，招牌上画着两盘菜，笔法拙劣，色彩暗淡，但那却是一家温暖如春的小饭馆，上帝不过是刚从那里出来，就又渴望走回去。

一种感觉新奇而陌生，上帝不可置疑地相信，这的确是一种恋爱的感觉。好像这是第一次，好像他从来就没有恋爱过。它已在他身上停留了好一阵了，他暗暗地细细地体味着。

突然，他感到自己仿佛一条盘伏已久的僵死的巨蛇，向着广阔的天空势不可当地昂起头来，并发出咝咝的声音。

上帝再次向前走去，步履矫健，容光焕发。

14

这一回上帝上班早了。

刚在办公室里坐下，就听到一列开往哈尔滨一棵树的列车正从窗外呼啸而过。列车是十二点五十五分的。也就是说，现在离上班时间还有三十五分钟。如果他去了家里，他就能跟苏桂兰协商两人的离婚问题。

不过，上帝又一想，欲速则不达，这事也不能太急，应该给苏桂兰留有足够的时间，让她好好想想。她想通了，什么都好办。她想不通，肯定要费很多周折。当代人应该有些风度。大家好合好散，毕竟两人还有儿子，将来不管判给谁，他都是自己的儿子，还有的是交道好打呢。

上帝接着想了一阵苏桂兰在家里的情景。……苏桂兰清扫了地上的尿液，但苏桂兰不会给他洗涤那些脏衣服。苏桂兰满脸厌恶地把它们当垃圾一样，堆放在墙角。两人就要分手了，苏桂兰已经没有给他洗衣服的义务。苏桂兰还会无比愤懑地在那些衣服上踢上几脚，再吐上几口唾沫。但事情的确已经没有挽回的余地，她得接受现实。或许苏桂兰会以为他在给她开玩笑吧。

有拿离婚开玩笑的吗？她要以为他在开玩笑，那笑话可就大了。

随后，上帝的思路，自然而然地离开他的那个塞满干瘦的肥皂的家。

思路像一颗星体，停留在祁秀红的小饭馆上空；也可以说像一颗灯泡，照耀着祁秀红的小饭馆。

这时候，上帝感到自己再也不会回到那个毫无欢乐的家里去了，好像他已把离婚手续办妥，所有问题都处理好了，甚至在他每周一次把儿子从苏桂兰那里接出来的时候，苏桂兰都痛快无比。

上帝分明正跟祁秀红生活在一起。他们争取每分每秒在一起尽情玩耍，为两人幸福的晚年储备更多快乐的回忆。他紧紧搂着祁秀红热腾腾的躯体，一遍又一遍地亲吻，两人你贪我爱。每个夜晚都燃烧着生命的火焰，他们甘愿让这熊熊的火焰把自己烧焦。等两人玩够了，玩累了，就相拥相抱着入睡，全身充满甜蜜的困倦。他还会迷迷糊糊地想到，如果不离婚，这辈子就真的白活了。

祁秀红是多么好啊！感动的泪水不知不觉地顺眼角流下来，把枕头都濡湿了。枕头在夜里那么舒适，仿佛娇嫩的花瓣。可他以前躺在打着轻鼾的苏桂兰身旁时，却不是这样的，那只是一个普通的枕头，里面装着一团团劣质的人造丝棉。脑袋靠上去，无着无落的。这一切都是什么带来的？上帝一清二楚。上帝绝对不能怨恨一个局。不光不能怨恨，还得感激。没有他去一个局送信这件事，他的幸福依旧遥不可及。因此，他还得感激周局长。

怎么感激周局长呢？上帝就想，他一定一如既往地尊敬领导，坚决服从领导安排。而眼下，最重要的是要把信送到一个局那位姓田的人手中。他得对得起周局长。归根结底，是周局长给了他将来幸福的可能。

现在也可以说，那幸福是他和祁秀红一起创造的。

下午上班时间一到，祁秀红就会拿着那封信去一趟一个局。祁秀红是个机灵人，他得承认，她比自己强多了。祁秀红肯定马到成功。

记得在小饭馆跟祁秀红告别时，自己愣了一下神。这并不是因为自己看到祁秀红可爱，他早就发现祁秀红非常可爱了。他是想告诉她，小心别惹了一个局的人，自己就是因为粗心大意，才招来这么多不必要的麻烦。假如当时他能考虑周全一些，小聂姑娘告诉了田局长不在，他就把信放下，回来跟周局长说明实情，也不算没有完成任务。即使他想亲手交给田局长，自己多说几句好听的，先说下以后再来，谅也没什么不妥，而他竟一屁股坐下了。他以为一个局这地方，就那么好坐的吗？以后出现这种糟糕的局面，不怨自己怨谁？

祁秀红八面玲珑，上帝相信祁秀红随机应变的能力。他用不着反复叮嘱她，像个老婆婆。

上帝又觉出自己对祁秀红的感激。毕竟只是到祁秀红的小饭馆里吃过两次饭，就张口托她办事。

不是一个好心的女人，会答应他吗？上帝这也算是命里有贵人相助。开小饭馆的女人难道就不算贵人了？依上帝看，很多有身份的人都比不过她。

本科室的鲁林娜跟她比，那简直不叫个人。只是上帝有些拿不准祁秀红会不会因此而小看他。她要以为他无能，那就不好了。上帝以后一定要向她解释，这只是特殊情况，一个局有多牛×，管人。在中国，还有比管人的单位更牛×的吗？这才是一个局，要是组织部，上帝想都不敢想。周局长要是让他把信送到文化局、文联、社科联、史志办，人到不了门口，那些局长、主席、主任就得伸出大手，远远地向他迎出来。以后周局长要是再让他去组织部，他认为自己还是要多些自知之明，斗胆对周局长说，免了吧。祁秀红听了他的分析，就不会小看他了。

况且，他也没有感到祁秀红在小看他。祁秀红真好。

15

上帝沉浸在自己美妙的思维当中，连办公室里进了人也没发觉。忽然看见同事们都来了，就吃了一惊，像是办公室被人挤满了。

“我问了你三遍！”

科长面无表情地站在他的面前。

上帝急忙坐直了，下意识地哦了一声。

“你上午没来上班，”科长说，“你也没有请假。”

“我……”上帝反应过来，“有个亲戚搬家。”

“这不是理由。”科长说，“电话总可以打来一个的吧。”

上帝理屈词穷，嘿嘿笑了。上帝听到一个不以为然的短促的女声：“哼！”

科长转身回到自己的办公室。大家都在自己的办公桌后面坐下，办公室里就安静下来。上帝松了口气，他连说一句话的欲望都没有，只想再次沉浸在自己独特的幻想世界里去。他要透过眼前的层层阻碍，看到他亲爱的祁秀红。

一列火车通过，下午一点四十五分，列车终点，江苏徐州。

四周又安静下来，是强烈的喧嚣过后的安静，寥落空虚。但它非常切合上帝的内心。上帝希望这样让自己在想象的空间里浮游着，安静地度过整个下午。

但又一个声音打破这种安静。接着，上帝听到了一片声音。

“这是尿臊味儿！”先是一个姓潘的副科长断定。

“是，是，是尿臊味儿。”另外三四个人齐声附和。他们抽着鼻子，在空气里嗅来嗅去。他们忽然不约而同地把脸转向上帝。

上帝慌乱了一下，但他马上镇定了。他不假思索地站了起来，向鲁林娜走去。鲁林娜手拿一块雪青色的小手绢，轻轻堵着鼻子。别人都不知道上帝要干什么，都沉思着看他。

上帝不动声色地走到鲁林娜跟前，张口就说：

“鲁林娜，你尿裤子了吗？”

鲁林娜的脸唰地变成了她的手绢的颜色。别人也都愣住了，等意识到办公室里发生了什么的时候，也都不寒而栗。

果不其然，鲁林娜像头暴怒的狮子，丢掉手绢，张开十指，猛地扑向上帝，并破口大骂：

“你个草包，也敢欺负老娘！”

其实上帝也说不明白自己为什么非要惹鲁林娜。他本来可以对办公室里的任何人说那句话的。他自己也不禁愣了一下，就被鲁林娜趁机在脸上抓了一把。但他马上决定反击，就使劲捣了鲁林娜一拳。鲁林娜比狮子还要凶猛，不过打了个趔趄，就又嗷嗷叫着反扑上来。两人厮打在一起，互不相让。鲁林娜骂起人来，充分体现了一个女人的恶毒，上帝嘴拙一些，但在丧失理智的情况下，也不管不顾了，想到什么就骂什么。

同事们都已反应过来，却也不去劝解，一齐嗵嗵地敲起了桌子。只有科长站在自己办公室门口，一遍遍地发布命令："都给我住手！都给我住手！在办公室打架，像什么样子！"但往日的权威显然已经不起作用。

别的办公室里的人也被吸引了过来。他们堵在了门口，兴奋地惊异地朝里张望。谁都能看出鲁林娜很厉害，但上帝似乎比鲁林娜更厉害。上帝抓住了鲁林娜的头发，使鲁林娜无法还手，只剩两只胳膊胡乱挥舞。

"长舌妇，三八婆，扫帚星，母夜叉，叫你骂！"上帝狠狠地说着，"看我不把你的嘴撕烂了！"

鲁林娜发出一声声绝望的号叫。突然，她抬起脚，毫不留情地朝上帝的胯下踢去。上帝随着呻吟了一声，人们以为他马上就会松开鲁林娜的头发，但他依然抓得很紧。人们就断定鲁林娜踢得不重。鲁林娜的头，被按得太低了，当然使不上劲儿。她又号叫起来，已经掺杂进了悲愤无奈的哭声。

同事中间也有好心的人。就听有人说：

"小上，快放手吧，好男不跟女斗。"

上帝心里却想，这鲁林娜还算女人吗？还是不放手。

但鲁林娜揪住了他的衣服，正拼命把他向自己身边拉近，几颗纽扣从他身上滚落下来。他马上看穿了她的险恶用意，一把将她推到墙角，自己躲到桌子后面。鲁林娜喘都不喘，一咬嘴唇，又向他冲过来，这一回鲁林娜不想抓他的脸了。她只剩下一个明确的目标，那就是把上帝的生殖器抓在手里。上帝也不敢大意，全力保护着自己的下身。

于是，一场很激烈的打斗就有了滑稽的意味。眼看鲁林娜就要抓住了，上帝迅速扭过身去，使她落了空，脸孔贴在了上帝的屁股上，引得大家轰一声笑了。

“简直胡闹！”周局长的声音从人群里传出来。

同事们不好再袖手旁观了，就纷纷上前把他俩拉开。

鲁林娜嘴里还是不停地骂着。上帝自知理亏，一声不吭。

“他以为去了一趟一个局就他妈了不起了！他装肚子疼，他无故旷工，”鲁林娜狠狠地跺着脚，不停地大声嚷嚷，“哼，他了不起了，他有了靠山了，他就调戏我！”因为受了委屈，还要去扑打上帝。

周局长严肃地说：

“这事一定要严肃处理！都给我反省一下自己！”

鲁林娜毫不客气地顶撞周局长：

“你偏向上帝！我要去找王局长！你们不能公正处理，我死给你们看！”

周局长很理解她的冲动，也不在意。别的女人为了缓和情势，就走过来，要把鲁林娜拉到别的办公室。鲁林娜又哭又叫：“凭什么该我出去！凭什么该我出去！他欺负我，他要强奸我，你们看他强奸我好了！”但抵不过女人七手八脚，就被架了出去。

上帝沉默地擦着脸上的血迹，等候周局长处理。但周局长只对他看了一眼，就对科长说：“给他好好谈谈。”就转身走了。

“过来。”科长拉长了脸，说。

上帝顺从地跟在科长后面。他听到门外有人议论：“小上怎么变了呢？”语气里的赞赏似乎多于指责。

科长把自己办公室的门关上了。

上帝垂着头，坐在一张椅子上。他没有看科长的脸色。他决定不管科长说什么，他都丝毫不做反驳。但科长头一句话就让他疑惑地抬起头来。

“上帝呀，也不是我批评你，工作中哪能这么冲动呢？”科长说，科长的态度出人意料地温和，“特别是对女同志，更要学会忍让，克制。——拿着，你的纽扣。”

16

为避免上帝和鲁林娜两人再碰到一起，科长果断地让上帝提前离开了单位。

上帝来到街上，发现自己的情绪一点也没有因为跟鲁林娜打架而受到影响。他的心情舒畅，好像吐出了窝憋在肚里多少年的污浊之气。此刻，他最想见到的当然是祁秀红了。

刚才过去了一趟三点十分的火车，祁秀红如果在一点半去了一个局，就该回来了。上帝准备尽快地赶到祁秀红那里，就站到路边拦车。一辆红色夏利开过来，他伸手去拉车门时，身上却猛一哆嗦，心里也禁不住怦怦直跳。

“上车吧。”司机催他。

“对不起，不了。”他摆手说。

司机就不满地马上把车开走了。

上帝刚才感到有些害怕。他害怕很快赶到祁秀红那里。等心里慢慢平静下来，上帝就徒步向前走去，好像并没有目的。在走过前面一家时装专卖店时，他才想起来自己应该去儿子的小学校看看。小学校离他家不算远，一二年级的时候他常常抽空接儿子放学。儿子升了三年级，他还一次没接过呢，都是儿子自己走回家里。儿子才八岁，还很小，这路上车辆来来往往，多不安全。上帝就有些愧疚。他觉得即使能去看一眼小学校，愧疚也会减轻一些。

上帝又随之想到，或许自己今天应该再去接儿子一次，以后跟他妈离了婚，不知还能不能接他呢。上帝马上打定主意把别的事全都放下，先去接儿子。

因为才三点多钟，上帝就慢慢地走，就当消磨时间。他脸上的伤口在办公室清洗过了，寒风一吹，就火辣辣地发疼，他也顾不得会被儿子的老师看在眼里。

到了小学校附近，发现街上有一群交警正在处理交通事故，但并未过多留心。

正要向小学校门口走，忽然觉得什么东西有些眼熟。又转过脸去，就看见一辆夏利车歪歪扭扭地翻在了路边，不由得出了身冷汗。

他断定那就是自己刚才想要搭乘的车子，就忙走进了校门。

可是校园里静静的，像是没人。他想先找儿子的班主任刘老师谈谈，就朝办公楼走去。正巧刘老师下来，招呼他：

“上先生。”

上帝很感激她还认得自己，就说：

“怎么这么静呢？”

刘老师告诉他：“下午没上课。学校里有活动。”说着，推出自己的自行车。

“上晓伟最近情况怎么样？”

“这孩子学习倒可以，只是不大合群。”刘老师边走边说，“这需要校方和家长积极配合，培养孩子参加集体活动的兴趣。”

上帝就为难地说：

“孩子他妈工作忙，平时孩子也都是跟我，可我又……”

刘老师忽然朝上帝脸上看了一眼，却像什么也未发现，又向前转过头去。“以后我们细谈吧，我还得去教委教研室。”说着，骑上车子，走了。

上帝望着刘老师远去的背影，不禁有些失落。上帝意外地看到校园的花坛里，有一株叫不出名字来的花还没掉光叶子，植株在寒风里瑟瑟地抖动着。

17

上帝不想耽搁，决定马上去找祁秀红。

可是，还没走到小饭馆跟前，就大吃了一惊。小饭馆的招牌从墙上耷拉下来，上面的两盘菜翻了个底朝天。再走近一些，就发现门窗上的玻璃都碎了。他不知不觉地加快步伐，赶到那里，推门就叫祁老板。

饭馆内一片狼藉，桌椅东倒西歪，地上躺着几个破碎的啤酒瓶子，还有一截折断的木棒。祁秀红独自坐在饭馆的幽暗里，乌黑的眼睛看着他走进来，却一言不发。

“怎么回事？”他紧张地问。一眼看到祁秀红脸上有两道很明显的指痕，心里就隐隐一痛。

“你没告诉我实情，”祁秀红声音呆板地说，“你在闹离婚。你跑到我饭馆里来吃饭是因为你闹离婚。”

上帝忙说：

“我只是今天早上才提出来，可我来找你的确是为了那封信的事。”

祁秀红沉默着。上帝焦急地看着她。祁秀红顺手从旁边拿了一根烟，放在嘴上，吸了两口，又吐掉了。

“你老婆找来了，”祁秀红说，语气柔和了许多，“你离开不久她就找来了，带了四五个男人。来了什么也不说，乒乒乓乓一阵乱砸。我这时问他们想干什么，就被你老婆在脸上抓了一把。你老婆警告我，不要我勾引她的男人。我只说了一句‘你男人是谁’，她就掴了我两个耳光。自始至终都没说自己是谁的老婆。他们打够了砸够了，气汹汹地走了，我就想我到底勾引了谁的男人了？最后我想到了你身上。我觉得她肯定是你的老婆。”

上帝气得浑身哆嗦。“泼妇！泼妇！”他骂着，又问，“你为什么不报警？”

“我累了，”祁秀红突然心灰意懒地放低了声音，“我什么也不能做了。我只能看着他们把我的饭馆砸烂。”说着，泪水夺眶而出，但她没有发出哭声，只是抽泣了一下。不过一会儿工夫，就自己掏出纸巾把泪水擦干净了。再看上帝时,已完全恢复了常态。“她又带人打你去了吗?”她问。

“没有。”上帝说，不由得把头转向一侧。

“你脸上怎么弄的?”

“我跟一个女人打了一架,”上帝有些不好意思，“是我们单位的一个女人。”他站起来，神色郑重了，“对不起,”他说，“我连累了你。我们在这里说话她这是看到了。你放心，你有多少损失我照赔不误。”

“别提这个了,”祁秀红马上阻止他，“这小饭馆我早就不想做了，砸了就砸了吧。我还很对不起你呢。你托我的事儿我也没能给你办。”

“不办就算了吧。”上帝说。

“怎么能算了?”祁秀红说，“我想过了。这件事对你既然那么重要，我不能给你耽误了。我只是一个开小饭馆的女人，也没见过多大世面，走到一个局那种大地方，不一定不慌了手脚。我想起一个亲戚来，就在市政大楼里上班，官不大不小，可能是一个科长。都在同一座大楼上班，一定经常跟一个局的人碰面。我求他把信捎去，肯定万无一失。”

上帝肚子里虽有千言万语，却一句也说不出来，使了半天劲儿，才蹦出两个字:

“谢谢。”

祁秀红白他一眼:

“又客气了。”

“你……”上帝又使着劲儿说，“你真好。”

祁秀红就笑了:

“快回家去吧，晚了怕门也进不去了，看你在哪里睡觉!”

可是上帝不动。

祁秀红拉亮了灯，又催他：

“看外面黑了。”

“我陪你去！”上帝突然开口。

祁秀红想了想，点头说：“也好。”就去厨房里取了现成的饭食。

上帝问她：

“别人呢？”

祁秀红告诉他：

“让他们都走了。”

上帝停了停：

“孩子呢？”

祁秀红说：

“我打电话让她姥姥接走了，学校里下午没上课，幸亏她走得早，没碰上那伙强盗。”

上帝暗暗断定自己的儿子跟她女儿同在一个学校，说不定还是同班呢。但他也没再问。

18

吃完饭，两人稍停就出去了。坐出租车来到祁秀红亲戚所住的楼下，正要朝黑暗的楼道里走，祁秀红突然挽住了上帝的胳膊。上帝身上不由一颤，就听祁秀红呼吸急促起来。

“我告诉你，上先生，”祁秀红喘息着小声说，“这人是我高中同学，参加工作时还追过我。”

话音刚落，楼道里的声控灯就唰地亮了，把他们吓了一跳。但上帝已经领会了她的用意，就让自己从容地挽住了她。

到了三楼，一楼的灯就在后面灭了。这时候两人才意识到各自的脚步很轻。上帝故意咳嗽了一声，三楼的灯也亮了起来。祁秀红确定了一下位置，就按了西门的门铃，但里面好大一阵也没动静。他们都能感受得到在房门窥视孔里，挤得细细的谨慎的目光。

最后门开了，一个衣冠楚楚的机关干部站在了门内，头上闪着几颗水珠湿润的光芒。上帝一眼就能看出这人临时打扮过自己，客厅里随意坐在沙发上的女主人，跟他形成了鲜明的对比。就听那机关干部很有礼貌地笑着说：

“欢迎二位来我家做客。”

祁秀红对上帝介绍：

“这是许科长。”

许科长就说：“没有外人，还是像在高中时候一样，直呼大名吧。许明友，一个很普通的名字。”说着，向上帝伸出手，“怎么称呼？”

上帝支吾一声，祁秀红替他回答：

“小上。”

许科长跟他握了手。他老婆也懒懒散散地站起来了，给上帝和祁秀红点了头。刚才她正看电视，这时候就把电视关了，去厨房里沏了一杯茶水，端了过来，然后就走到卧室里去。

祁秀红和上帝在沙发上坐下来。这是一套三室两厅的房子，显然装修过，也很整洁，跟他家有很大不同。背投式电视机薄薄的，放在机柜上，像堵矮墙。上帝不过多看了一眼，许科长就又说："来，先看看房子。"

他们就又站起来，依次看了他的书房、厨房、卫生间、儿子的卧室。又走到他自己的卧室门口，上帝发现他老婆正躺在床上嗑瓜子，听上去好像房间里跑进来一只老鼠。再看他老婆，样子也长得的确像只老鼠，就很想笑，又竭力止住了。原来卧室里还有一台小些的电视机，跟上帝家里的那台差不多。电视的声音被那老婆调得很低，他们又转回客厅。

"秀红怎么忽然想起老同学来了？"许科长问道。

祁秀红就说：

"早就想来，可哪有工夫？"

许科长感慨地叹了口气，说：

"我们不如你呀，女大款。我这是两袖清风，家徒四壁。"

"什么女大款？也就是刚能混口饭吃。"祁秀红说。

"上先生哪里高就？"

上帝说了，就看他错愕了一下，又问：

"恕我冒昧，二位是新婚吧。"

"还新婚呢？两三年了。"祁秀红说，羞涩地一笑，"当时也急了些，没通知老同学喝杯酒。这不……你看什么？"

许科长忙掩饰说：

"没，没看什么呀。"

祁秀红就接着说：“这不，才有空来你家里，请你多包涵吧。”悄悄掐了上帝一把，“哎，你不是有一封信要送一个局吗？我这老同学就在市政大楼里上班。明天你忙，拜托许科长顺便捎过去吧。”

许科长爽快地答应：

“好啊。”

“信呢？”祁秀红问上帝。上帝在身上摸了一阵，祁秀红笑道：“你看我这记性，信在我身上呢。”就把信拿了出来。

许科长接了过去，说：“祁秀红真是一个好管家婆。”就把那信颠来倒去地看了看，问上帝：

“这封信是给谁的？”

上帝迟疑了一下：

“是，是给姓田的……”

“一个局姓田的有三位呢。”许科长说。

“是给田局长的。”上帝肯定地说。

许科长就感到疑惑了。“上先生好像闹不清楚该把信送给谁，”他说，“我给你纠正一下，田局长是个副局长，你应该说是田副局长。”

祁秀红就说：“又不是开局长大会，用得着分那么清？”拉拉上帝，“许科长白天也怪忙的，我们再来吧。”

许科长正色道：

“秀红你这就不对了，这一正一副虽不过相差一个字，实际上却差远了。”

上帝说：

“其实我也……我也闹不清这个田局长是正是副。周局长也只说去一个局找姓田的，我给一个局的人这么说，一个局的人就告诉我田局长不在。”

“你去过一个局了？”许科长问。

祁秀红暗暗给上帝使眼色，但上帝仍旧如实说了出来：

“去过了。”

许科长的手像碰到了火，猛地把信丢在上帝怀里。“你还是自己送去吧。”他说。

祁秀红克制着自己，笑着说：“不就是一封信吗？什么大不了的事？照你这么说，邮政局也开不下去了。”

许科长用手擦了擦脑门上的细汗，矜持地说：

“秀红，你不明白的。送信本不算是大事，但要送不到，事情可就大了。你没送到，那是他们不想接收你的。”

祁秀红只得说：

“还不是看在你的面子上……”

许科长止住她：

“我在市政大楼上班就有面子了吗？你太天真了，秀红。”

“我只接触过一个叫小聂的姑娘。”上帝想解释。

“你们都太天真了，”许科长加重了语气，“小聂姑娘对你来说，就代表整个一个局。你以为只接触了小聂，实际上整个一个局都知道这件事了。”

上帝身上忽然冷透了。祁秀红不再掩藏自己的愤懑：

“许明友，你干脆直说吧，你肯不肯帮忙？”

许科长就说：

“秀红，你别生气。吃官饭的最怕这两个地方，一个是一个局，一个是组织部，这种情况可能小上比你了解得更清楚。从这两个地方出来的司机也是二局长、二部长。”

祁秀红还想说什么，一眼看见许科长的老婆走出卧室，正像只老鼠一样站在门口朝他们看，就让自己平静下来。“不打扰了，许科长。”说着，就要走。上帝也站了起来。

“别急嘛。”许科长挽留，他很快摆脱了尴尬，“两口子过日子，关键的是要相互谦让。”祁秀红没看他，他就转向上帝，“男同志嘛，更要胸怀大度，动手打人可就不好了。”

他们向房门走去。许科长只得跟上。他们走到门外，连头也没回。许科长就在后面说：

“小上，我指给你一条途径，你可以从市政大楼的后门闯进一个局。但你必须抢在上班之前，因为只有在那种比较混乱的时候，你才有可能混进电梯。——我说小上，你要去了一个局，就别找田局长。我敢断定你要找的一定是田科长，要么是一个局的小田。如果是要把信交给田局长，你们的周局长就不会说你去找姓田的。”

他们走下了楼梯，许科长的声音就像从云层中传下来似的：

“我的分析准确无误！欢迎再来——走好！”

19

他们一直没有说话。出租车司机在祁秀红的小饭馆门口停下时，才发现两人正抱在一起。

下了车，上帝在身上摸索了一阵，祁秀红猜他这是没钱了，就自己付了车资。两人进了小饭馆，坐在那些东倒西歪的桌椅中间，过了很长时间，祁秀红首先打破了沉默。

“你回去吧，”祁秀红轻声说，“明天别晚了。”

可是上帝直直地看住了她，突然就说：“我，我不走了。”祁秀红暗吃一惊，他就忙又解释：“我可以睡服务员的床。”

“不行！”祁秀红一口回绝了他。

上帝像是没了力气似的，把头垂得很低。

“去吧。”祁秀红的口气变得软绵绵的，仿佛在给小孩儿说话。她起身走过来，轻轻推了他一把，“有话明天再说好不好？”

上帝还是不想动，莫名其妙地使起了性子。

“你不想走吗？”祁秀红一本正经地说，“那我可自己进去了。你看脸盆里，水都结了冰。”

上帝一把拉住她的手，冲动地说：

“秀红，我不想睡服务员的房间了。我要跟你睡一个床上！我们都是成年人了，没必要躲躲闪闪。你知道吗？我有十个月没碰过女人的身子了。你是个单身女人,我相信你不是乱来的人。我这不是说不乱来不好,不乱来不证明没有那种需要。”

祁秀红眼神飘忽,脸上泛起红潮。上帝说着就要把她搂在怀里,但她的眼神又定住了。

“我还没想好。”祁秀红从他身边走开一步。

上帝望着她,浑然不觉地摇着头。他终于没能再鼓起心底的勇气,就一转头,走出小饭馆。虽然没朝后看,他也知道祁秀红没有在后面送他,但不过刚走了几步,就发现不远处有四五条影影绰绰的黑影一闪。街上并不是非常阴暗,建筑物的角落里没有融掉的雪还在发着惨白的微光。

上帝认出那几条黑影中至少有苏桂兰的两个兄弟。他心里咯噔一下,忙跨到街道中间,使人一目了然,他正在确凿无疑地朝家的方向走去。

回到家里,上帝也没有开灯。房间里的尿臊味儿已经散尽了,显然房间经过了苏桂兰的整理。摸黑走到沙发跟前,刚想坐下,就发现沙发上堆满了肥皂。他一时找不到能坐下的地方,站了一会儿,就走到儿子的房间。

儿子睡熟了,鼻息静静的。他在黑暗里分辨着,弯身亲了亲儿子的脸颊。那种柔嫩的感觉像一只温柔的手,给他带来无限的抚慰。几乎没有经过思考,上帝就走到了他和苏桂兰的卧室里去。

上帝在铁床上蜷起身子。困意突然汹涌而至,上帝合上眼皮,可是,他又产生了一种错觉。苏桂兰在笑。

苏桂兰的笑声在空虚的夜色里回荡,仿佛大风从远处刮来。

上帝不听则罢,一听就觉得自己被大风吹得左右摇晃,忽然就被吹到了半空。他慌忙坐了起来。

苏桂兰沉沉地睡着，脸上布满灰暗的阴影。

上帝就跪在床上，对熟睡的苏桂兰说：

“你把我害了。”

苏桂兰的确是在低笑，牙齿上的亮光缓缓地从嘴唇之间闪现出来，又缓缓地在嘴唇后面消失。

“你把我害了，苏桂兰。”上帝喃喃地说，“你这个蠢货，你以为离婚非得要有一个第三者吗？那只是一般人的常规之见。苏桂兰，你害了我，你又有什么好处？扫地恐伤蝼蚁命，爱惜飞蛾纱罩灯。在你苏桂兰眼里，我上帝连一只蚂蚁、连一只蛾子都不如？你听见我说什么了吗，苏桂兰？我在说蚂蚁、蛾子。我真的连一只蚂蚁、蛾子都不如。”

一丝月光从窗帘的缝隙里照过来，落在上帝的手上，很像一只乳白色的小飞蛾。上帝一翻手掌，就捉住了它。上帝高高地托起手掌。

他影影绰绰地看到一只冬天的小飞蛾，从自己淹没在黑暗中的手掌上，轻盈地飞了起来。

20

随着上班的人流，上帝来到市政大楼后面的自行车棚，按捺不住内心的惊喜。

车棚里也有一个武警，但不是负责登记的，是看车子的。市政大楼里的工作人员把自行车放下，就走到电梯门前，等候电梯下来。上帝心想，怪不得市政大楼从前面看上去那么高，原来底下还压着一层。

上帝眼花缭乱，那些人相互见了面，都在不停地点头、招呼。上帝分不清谁是谁，也跟着胡乱点头。他表面上大摇大摆，但心里万分紧张。

武警一点儿也没能看出来。实际上武警根本没有朝他看，武警只看着那些五花八门的自行车。

上帝眼看就要走到电梯前了，竟忽然发现了自己单位的周局长。他甚至也给周局长点了一下头，但周局长并没注意到他。周局长正跟田玉华一起走向电梯。

上帝又马上否认了自己的目光。那个人绝对不可能是田玉华，他只是一个跟田玉华非常相像的人罢了。田玉华虽然跟这人相像，但并没有这人的派头。

上帝猛地想到，也许他就是一个局的田副局长或田科长。就止不住打了个寒战。随后，他迅速做出反应，匆忙往旁边一躲。他不想让周局长看见自己在这里。

但不幸的是，看车子的武警却发现了他。

武警直直地向他走过来。

“同志，你是哪个单位的？”

上帝不由得迟疑一下，武警就又说：

“证件。”

“我……”上帝呆呆地看着武警。

“外来人员一律从前门登记进入。”武警忠告道。

“我要去一个局！”上帝说，却像是在喊叫。上帝不由分说，就向电梯跑去。人们都好奇地回头看他，那些被关在电梯里面的人，甚至还因为不能继续观看外面的一幕，而露出遗憾的神情。

武警追上去拦住他的去路。

“让我进去！”上帝说着，又要往里冲。

武警不客气地揪住了他的衣领。“出去！”武警怒喝。

“我要去一个局送信！”

“别不识相！这不是能进去的地方。”

“刚才我们单位的周局长就进去了。”上帝说。

“你是局长吗？”武警问，很古怪地撇撇嘴，鼻子里哼一声，“有你这样的局长？”

围观的人都笑了。

上帝似乎这才意识到自己的衣领被揪在了武警的手里。

“放开我！”他逼视着武警。

他发现这是一个丑陋的年轻人，长着一颗枣核脑袋，有些贼眉鼠眼。

“我要去送信！”他大声叫着，忽然把那封信掏了出来，“就是这封信！”他说，“误了大事你担待得起吗？”

他举着那封信。

武警把他往后拉了七八步，就松了手，用身子死死地挡住他。他还试图向电梯门靠近，但最终抵不过武警的力气。市政大楼里的工作人员就只能看见他的四肢从武警周围伸展出来，还有一只褐色牛皮纸信封在他手中不停舞动。

“这是个疯子！”他们笑着齐声说。

上帝意识到自己再也不可能走进车棚了，突然就朝武警脸上吐了一口，然后拔腿就逃。

武警半天没醒过神来。“妈的真是个疯子！”他骂了一句,擦了把脸，自认倒霉，悻悻地回到岗位上。

21

上帝已经远离了市政大楼，自然也远离了一个局。

看上去他在街上的行走漫无目的，其实却是在朝自己的单位走去。他不停地骂骂咧咧，脸上一副穷凶极恶的表情。

一股怪异的风吹来，吹落了他手里的信。他马上停止了咒骂，弯腰欲捡，但风又把信携带到离他三四米的地方。还没等他走过去，一辆拉橘子的卡车开了过来。他悲怆地叫了一声：

“信！”

卡车呼啸而过，后面的地上却除了污渍，一无所有。那封信粘在了卡车轮子上。上帝想都没想，就纵身一跃，追了上去。

有很多人目睹了一个衣襟张开的男人在街上疯狂追逐一辆卡车的情景。

上帝的速度奇快，卡车始终没能把他甩掉。后来如果不是一列火车从他和卡车之间穿过，他肯定能把卡车追上。上帝赶到道口的时候，栏杆已经横亘在了他的面前，但他仿佛具备一种能冲破一切阻碍的神力，一下子就站到了闪闪发光的铁轨旁边。这时候，一列火车以庞大的钢铁之躯，宣告了自己无比隆重的到来。

在那极为危险的一刹那，上帝想道：我这样追逐一辆卡车，我疯掉了吗？

另一个念头急速闪现，这是来自何处、通往何方的火车？北京，上海？青岛，西安？上帝确实有些记不起来了。

上帝看见一只肥皂泡又大又圆，飘飘悠悠地升上了高远的天空。

一种虚幻的肥皂气息，陡然充满了他的鼻孔。

“唉，我脑子不大好用了，”上帝无比惋惜地想道，“我的脑子——裂开了。”

第三章

1

小古那年五十岁，因受一位德高望重的部长提拔，至今不敢妄自称老，便乐得年轻。那年时兴跳舞。

五十岁其实不算老，在舞会上邀个女孩跳跳舞，还可以旋得飞快，把女孩带得讨饶，便两个人退下来。小古局长再去柜台上拿两瓶汽水，亲自启开瓶盖，送到女孩手中。女孩欢快地饮着，他再去启自己的，眼却看女孩看得入迷。那瓶盖啪的一声跳开了，白色泡沫嗞嗞响着涌出瓶口，他还不知道。那女孩一笑，手指着他却说不出话，他这才发觉，便说："你呀，我是看汽水流到你领口上了。"接着又再邀她。

场上的年轻人最终累得东倒西歪，只他一如既往，出类拔萃，令女孩子误认他可能虚报了岁数。

小古从卫生间出来的时候，已经发现自己生有一尊大臀，而且臀下火烧一样。他的老婆兰翠催他去看医生，他站着听兰翠说，觉得双腿吃力，只得靠着柜子寻找一点支援。他走开一步，像刚练习走路。出家门时，猛地被耀眼的阳光出其不意地刺激了一家伙，心想这该不是他人生的转折吧。

阳光像把刀枪一样打来，逼他走下坡路。

而痔疮总不如心脏病来得高雅，偏偏医生确诊小古局长患了如此低级的病！鬼使神差上了一辆公交。一路悲愤，一路羞愧，便想在车上找一个不起眼的座位坐下，以防别人注意他。他这时觉得畏怯任何一个人了，仿佛已将素常的雷厉风行丧失殆尽。车上却连一个不起眼的位置也没有，要下车去，车已经开动了，便只好在车上站着。

车内相当拥挤，跟前是一位小伙子，牢牢地站立，还悠闲地点上一支香烟。小古今天才真正体会到香烟不是好东西，它使一个人缺乏修养，不然，那小伙子绝不会成为这种没教养的人的。车开了一会儿，拥挤已相对缓和，但是小古的双腿突然不争气了，膝关节像在发抖。小古清楚，这绝不是膝关节的罪过，实在是那臀造成了负担，使它不得适应。他咬咬牙，心想，绝不能输给小伙！两只手就要去抓身旁稳固的东西，但除了人以外，什么也不见，一抬头，车顶上正横着一根铁杆，便喜出望外地攀附住，与抽烟的小伙对面站着。

小古又觉得自己周围人口稀松，细致一分析，因为自己屁股过大，使许多人不易靠近，才如此萧索的。他获得了这个结论，便以为自己的姿态很适于暴露臀部的特点。发挥了想象，竟以为自己如一只吊起的充足气的口袋。小古便为难了，不知怎么办，豆粒样的汗珠随着焦急冒出来。

小古来到局里才松一口气。小古想闭一会儿眼，像在家里一样。忽然听到办公室外杂沓的脚步声，便立刻意识到这里不是家。他打起精神，在椅子上直起腰坐着，仿佛正在紧张工作。他知道今天下午第一个进来的一定是老鲁。

这个女孩！小古在心里说。

老鲁三十七岁，小古认为她顶多不过二十三岁。他认为这整个花局再挑不出一个赛过这女孩的。她天生一段妩媚，经验又丰富，在知冷知热上，比得过他的兰翠。而且老鲁又似乎具有一股支配别人的魅力，在这局中，全部人都被她调动得围着她团团转。小古不得不佩服。他甘心围着老鲁这样美丽的女孩转，即使受她的罪也是幸福。

有这个女孩在花局，小古的工作积极性便更高了。他认为在局里比家里次不了多少，而实际上，在这里比家里强得多。在家里还要维持那可恶的父道尊严，又拿不出一点架子来，一切都不随便，似乎怕儿女打他巴掌一样。而局里，老鲁的体察人意，女孩子们带着羞怯的活泼，都令小古沉醉。那些羊肉串似的副局长、科长同志，又最会做他的儿子，并不像他真正的儿子，在同父亲交谈时忽然发起怒来：外国的月亮就是圆！小古要是强辩，生性暴躁的儿子又说：我们的月亮全让你们这般家伙瓜分了。小古的态度不由得随着坚决，儿子却拍案而起，怒发冲冠，竟向他直直地抛过去一本书，啪地打在他的脸上。小古正惊愕着，这儿子却神情自若地回到自己房间，又听起英语讲座来。小古便埋怨自己，在家中还要影响儿子学习，不配做父亲。

局中的这些儿子，温柔敦厚，跟小古特别相处得来。小古有时候觉得还是这些人更可亲，便留恋局里。

但是，老鲁称作老，则是因为她是局里最老的女孩。小古喜爱老鲁，正由于老鲁是最老的女孩。他觉得那些年幼的调理起来实在太麻烦，不知要为她们操碎多少心。对于老鲁，一切都是轻车熟路，小古乐得坐享其成。在他眼中，老鲁处处可以称作优秀的。

小古听清办公室门前的是老鲁的脚步声，立刻郑重了。那时，他办公室的门是关闭着的。他怕老鲁看出他今日的破绽来。他想，命运对于自己真是不公。

在人们面前谈论心脏病，你就说不出的尊贵。但这痔疮，只有下贱的男人才可以恬不知耻地论说。他不但要缄口不言，还要努力遮掩才对，最好不令人发觉。他在局里是尊贵惯了的，对于生了痔疮感觉很难为情。这就像部长说，小古，再不要给我送东西喽，你一定要拿回去。他觉得脸上磨不开，但只有死心的份儿，因为这部长的廉洁在整个政界都是出了名的。而他要不是局长，生不生痔疮那倒也罢了。

小古的郑重却带来了一阵伤痛。他觉得保持郑重非常困难，便使脸上抹了一丝笑纹，像春风吹皱一池绿水。

其实进来的是老婆。

老婆是个年轻的男人，在温柔敦厚方面可占首位。这是得之于诗教。一个作诗不成功而且还不甘退却的人，一般都要带些老婆气，所以，局中老老少少，俱将这人做“老婆”。而这种老婆，在世上却不常有，有的都是不少凶悍味道的。老婆应该是过时的“老婆”。幸亏小古也爱些诗文；虽然他不懂，但他爱。所以，对于作诗的人，爱屋及乌，自然要特别关照了。

这老婆一进来，小古便欢喜。将刚才的笑纹充实一些，挥手让老婆坐在对面。

老婆并不坐，他慢慢说：

“局里派车去医院接您了，您却自己来了。”

小古一听便紧张，他脱口说一句“什么”，手落在桌面上，砸得嗵一声响。老婆以为将话说错了，仔细想想，找不出错误的地方，便责怪自己的认识能力差。只好更轻柔了些，再脉脉说：

“医院打来电话，我们便派车接您了。”

小古暗自叫苦，又不懂医院里的人怎么会认识自己。他一边怪医院多事，一边机智安抚他的部下，说道：

“一点小症痛，哦，吹电扇吹过了头儿，受了凉。”

老婆非常感动，他说：

“古局长您要注意身体。”

说着便走出去，一路还想，怪不得我发表不出诗作，实在因为自己缺乏认识能力。

小古见老婆走开，从门中消失后，忽然憎恨起这个年轻的人。他觉得做人，怎么能够像老婆这个样子？即使你会写诗也不行！嗯？

小古想，老婆如果再脉脉，他就该打他的脸。

这时候，小古心情开始荒凉了。

通天下的人俱觉得隔膜，连老婆这样的精于诗者也在胡乱行事，整个世界真是不可救药，地球也他妈的患上艾滋了吧。小古局长想自己并没有开一方良药的能力。这世道的症状如肿瘤已发展到后期，胸膜下扩散，华佗再世也无济于事了。小古消极地想。又怪自己疏忽，忘记了问老婆，医院告诉没告诉局里他得了什么病。这一点才是至关重要。他简直不敢想象自己举高了大屁股，让一位戴大口罩的年轻女医生用小镊子夹着药棉在那龌龊的地方……别人若得知他去医院检查，也必然要同他一样发挥想象，甚至更淋漓些，想他是只脱了半条裤子，或是全身赤裸；是趴在那里，还是四肢撑起，等等。并由此会注意他的臀。可惜这痔疮不是长在嘴上，长在头上这种光明磊落之处，而偏偏生在臀下，使他们的想象自然跟臀连在一起，在研究完了医生的举动之后，又要研究他的臀。那时候，他们一定会大吃一惊，原来他们尊敬的小古局长还拥有着如此丰伟的臀部！他们一定会大吃一惊，因为作为他自己，在今天出卫生间之后已经大吃一惊过了。喜怒哀乐，七情六欲，大家是谁也不少的。小古想，这吃惊，天下或许没有两种货色吧。

小古并不甘心在吃惊上表现得卓越，但这已够他受的了。

小古憎恨着第一个告诉他医院里打来电话的那个人。他想，下次在全局的工作会议上一定要点名批评老婆，说他不务正业，有小资情调。小古一定要在众人面前奚落老婆的诗。什么“啊喔多么”……哼，神经病！小古想报复老婆，而且准备再分房的时候，让他住在第七层。你年轻嘛，不亏力气，也好锻炼锻炼嘛。

其他的人也一定比这老婆好不了许多。因为老婆总而言之还是挺不错的。

小古忽然想起，第一个进来的怎么不是老鲁呢？他明明听的是老鲁的脚步声啊！那声音像在鼓面上跳舞的羊羔。小古对她是再熟悉不过的。

小古怀念着老鲁。

2

这女孩正是部长介绍来的。那正是四月天气，你心里像有一只毛茸茸的幼猫一样。天气温柔得让你掉泪。你一眼看见了她，她就像那只幼猫一样。你就想把她揽在怀里，扒她的眼睛玩，看里面有没有活的小虫子。办公室里只有你和她两个人。她是部长前天打过电话以后才来的，你看出来她也想靠近你。你当时并不敢看窗外，那窗外有一朵怒放的花沉浸在融融的春意里面，正像接受男人爱抚的小妞。你怕一见到那景色，便不可自持，会倒在这女孩的怀里。

小古克制住自己的温情，从桌上端过一杯水来让老鲁喝。老鲁急忙伸手去接，一下子碰到他的手。两只手经不住那急剧涌来的一阵颤抖，水杯当地落地，摔碎了。

老鲁说："我没抓住。"

小古说："茶杯滑啊。"

小古去撮地上的残片，老鲁也弯下腰去，她忽然说，她当年见过他。

两人便不管地上的污渍，重在沙发上坐下。他很感兴趣地说：

"你见过我？在哪里？——我倒不记得。"

"甸柳一区。我正上高中。你到学校对门的工厂去，那里的厂长送你出来，你说不送不送。"老鲁说，含着深情，"那时候，甸柳一区还没有电视台。"

小古仔细想想，像真有这事。难为多少年还被这女孩记着。他猛然为这事激动了，伸手抓住她的手。老鲁嗔怒地站起，从他手中挣脱。小古受不住，随着起身，向她跟前走，不料正踩在玻璃碎片上，一滑，便急忙攀住老鲁。

老鲁不再动，小古站在她的身后，双手放在她的臀上。这臀是天下女人最美的一个装置，在老鲁身上更为卓绝，圆圆的，饱满丰润。小古尽情地抚摸着，像得到了世界上最珍贵的宝贝。他想单从这臀上讲，兰翠也比不过老鲁。他听见老鲁正哧哧地笑。

不久，老鲁便到花局来上班了。小古清楚地记得老鲁那日的哧哧的笑，在同兰翠行房事的时候，四周的动静也全部像这女孩动人的笑声。

他猛然又听见女孩的哧哧的笑，抬头一望，正有个女孩在他面前看他，用手背挡住嘴，不让笑声完全跑出来。那手指长长的，又白又圆，几片玉兰花瓣儿似的。小古觉得被这女孩瞧见了刚才痴情的神态，心中微微羞愧，便让她到对面坐，自己从容地问她："来了几时？我竟没察觉。"

女孩并不坐，轻轻一跃，将半个身子搭在小古办公桌上，两条腿在下面打着秋千。她两只柔细的胳臂支在桌面上，可爱地偏着头，向小古说："局长，你忘了，叫我什么？"

"妞妞。——我怎么会忘？"小古兴奋地笑着说。小古是一见到女孩便来精神，宛如什么都生在坦荡中，一片适意。他也是很可爱的，他自有他的可爱之处。他接着说，"你的名字也挺好的。"

妞妞也不再说这个，又放出娇憨来，手指弯弯在桌面上来回划着，一划几道白手印。她的手润泽得很，津津地生亮。

“我问你，你可要告诉我啊！人为什么要生病？”

“生病？”小古忽然觉察出一点什么，但立刻镇定地说，“至于生病，不过，不得已吧。”

“你倒会说！那岂是不得已。而且，我是不明白的。”妞妞笑着，但不知说什么更好，神情也便更可爱着。

“谁也不会料到。人活着，几乎，便是为了生病。”

同这样天真女孩说话，小古是一点不觉得不耐烦的。他很想跟她唠，看能不能将今日的不愉快唠去。不过，他一定要准备把话题从疾病上引开。总说这个，似乎不合适的。可是，妞妞偏盯住这个不放，又向他发问：

“可是人为什么生病？活得好好的，又唱歌又跳舞，还要早起锻炼，病怎么会有？”

小古觉得妞妞的提问既愚蠢又聪明，但细致想一想，果真有许多道理，便止不住说出了一些深刻的话：

“像我也是早起锻炼，但也要发热感冒。人中间，有小故障，小故障不是病，渐渐大了，成了大故障，也便是病。可是小故障又是不觉得的，等到大了，觉得了，又没力量。之所以如此吧……”

妞妞像是彻悟了，向他点一点头，说着：

“人总是要活得痛快，但要有病，便没了痛快。健康真幸福。我可不知道在什么时候死了，死了什么也不剩，一片白茫茫，像书上写的似的。局长，我很怕死，也怕病，什么都怕。”

小古觉得妞妞的思想要走入颓丧，便要加紧教育，使她产生希望，更热爱生活。他说：

“死也不过如此。人没了，但要留下东西来。譬如这农民，死了还留下粮食。那工人，死了要留下机器。作家呢，死了要留下书，千年万年的。咱们呢，死了也要，——总之，要有东西留下来，并不是白活与白死。是不是，妞妞？这些事，总要想到的。”

“可是，譬如我，我是什么也留不下的。”——妞妞陷入哀伤不能自拔，“我整天就是，将字打在纸上，让别人去印。这些，别人仍旧会做。又不是我写的，没用。可是，我仍旧怕死，怕病！”

小古自己也觉得没有主意了，想想自己，也竟然如没了根基，像天上断了线的风筝一般，不知要飘向哪里去。他也随妞妞惧怕起来，极力想打断谈话。他想敷衍开了，便说：“只是无奈。”实在没有心绪，话也便模棱。

但妞妞忽然不尊重了，先自笑嘻嘻的，像演习死亡的样子。这年轻人，很容易从忧伤中走出来。她把头低下去，脸几乎蹭着小古的鼻子，就似一个小孩伏在地上，看黑洞中有什么东西。她说：“但要是病，也要得了好病！”

“好病？”小古不由得反问，又摇摇头，道，“没有好病。其实没有。”

“一定要有嘛！”妞妞强横地说，一手打在小古放在桌面的手背上，啪地作响，令小古都吃惊。妞妞也骇了一跳，以为自己下手太重，会引起小古的不快，便更亲昵地现出态度来。

“不是要有嘛。对不对？安乐死，——也有安乐病嘛。”

“那么。有。”

“病得安乐。”

“也便是心脏病。”

小古不期然又说出心脏病。他想，自己这意志力全部松懈了，完全把握不住自己，像自己这个人已不在自己身上似的。可恨命运不公，竟使他对于心脏病可望而不可即，让自己归于下贱之流，害出不能见人的病。他有些羡慕那些教授学者们，据说他们最得这种高贵病的照顾。他的心境十分灰暗，低低头，不想再说话。

“你说生病痛不痛苦？像那种，……对，反正是痛不痛苦？”

妞妞缠住他不放，进一步逼近他。她在说的时候，哧哧笑着，宛如看出了小古的破绽。小古意识到这点，怒气正要发作，再看妞妞的手还在自己手上，便去拿开它。他忽然想，如果没有生病这回事，他真要好好地捏它一会儿。像这种青春的手和你接触，是你的一种享受。你每次都会这样觉得。

怒气虽然上来了，却又不忍去呵斥妞妞，便说：

“病若那么好，人人都要找些病生了。”

妞妞仍旧哧哧笑着，颔首说：

“我也以为这样。”

她一直哧哧笑着走出去。

小古猛然觉得妞妞好像从眼角中看他一眼，那一眼大有深意。小古不住地惶惑，自己已全部暴露在人们眼中了。他弄不清人们，特别是女孩们会怎么想他，但可以肯定的，人们绝不会忽略过他肥美的臀的。他后悔今天又来到局里，但是既然来了，是无法躲开同志们的。

他初次发觉，家中要比局里好许多倍。实质上，局里根本不是他妈的好地方。

他想，现在，他谁也不见。老鲁也不见。

他怕老鲁这时候闯进来。

3

小古却是识破了妞妞的圈套。她的那一堆闲扯终究是为了引他说出自己生病的事，但即使他没有说出，妞妞也了解个差不多了。小古责怪自己平日要求下级不严，以致养成像妞妞这样的打字员也来办公室闲谈的习气。今天他并不要重整旗鼓，他已没有这种力量了。小古完全惶恐与不解，他不知别人怎么会特别关心他的病，明知他不愿说，却一定要关心他。他想，这些人大抵已获知他得了什么病啦。既然知道，那些怀揣深意的人不会放弃评论他的臀部。总而言之是自己完全暴露了，比在医生手下暴露得还要毫无保留。

小古认为一个有诡计的女人万不可亲近，像妞妞那种，说不定会在什么时候坏你的事。因为她的聪明，她可以发现许多别人还没有发现的东西，连同缺点和优点，但一般情况下，人们却是不大注意优点的，更多被人提起的是一个人的缺点。别人的长处使一个人自觉出距离，而别人的短处则会令一个人产生优越感。妞妞这一去，准会闹得满局风雨，但是当他走进同志们中间时，他们一定会哑口无声，一齐从眼角中望他，每一眼都会大有深意。小古这一生还从没有被这种诡秘的鄙陋的目光看过。他觉得，他真会受不住，儿子拿书本打他的脸他受得住，而被这样大有深意的目光观察着，他是受不住的。这里的同志比儿子厉害多了。

他隐约意识到下体瘘管中潺潺向外分泌污秽的黏液。他因此颓丧极了，而又无可奈何，便只好去生妞妞的气。

妞妞算得上老几？没文化，也便没修养；没修养，也便没风采。她只是一只剥了皮的小狗，能做吠状，能做淘气，而已。在小古的局里，年轻的女大学生们有的是。她们才可以和老鲁相提并论哪。她们才一个个真正迷人啦！她们说的话你不懂也爱听。

可是，小古还能够区分出妞妞和她们的另一样区别。妞妞在接受他的爱抚的时候，表现出一种得意，一种甘愿和陶醉；而在他从后面将手搭在那些女大学生的肩头上时，她们会反射性地抖动一下，然后斜斜肩让他的手滑下去。小古觉得她们不喜欢他把手搭在她们的肩头上，甚至有种厌恶。而作为小古自己，他也像在摸一只发怒的刺猬，实在不像手下有那凝脂般的肌肤。小古说："你们，可以到我办公室去啦！"妞妞便马不停蹄地去会见他，女大学生们除了工作上的事务外，一般不去他那里说闲话。可是，小古对这些年轻女孩子全部喜欢，他似乎天生具有一种重视妇女的高贵品质。

这样，也便纵容了妞妞这种女人。

小古觉得像妞妞也会向他布置圈套，简直是对他的一种污辱和蔑视。

这些女孩们真是他妈的不易调教，哪比得上老鲁？他想，一切都是轻车熟路。小古的心情又欢畅一些，宛如老鲁正在他身边，紧紧偎靠着他。

果真他不觉得瘘管里有秽物排出了。他四周干爽芳香，似乎全部健康。

可是老鲁并不见来。

小古想去问一问，是不是老鲁出了什么事。

这时候门又撞开了，进来一个惊喜的忙碌的人。他是局里的一个司机，面庞俊美，显然是他去接小古的。司机进门就嚷道：

“呀呀呀！局长早在这儿了！我一趟好找，问了医生，说你走了。我便以为你在哪个地方休息啦，便慢慢开车，不停向路边看。——再没看见你。”

司机毫不客气地坐在椅子上，揭开短袖衫的扣子，让风往里钻。

小古忽然想起司机的对象可能是医院的护士，怪不得局里会知道他去了医院。那么，司机是得知他患了什么病啦！小古对这司机又恨又怕。要对他呵斥，又觉得不妥，因为司机总而言之是为他效劳的，就像他经常在局会议上谦逊说的“没有功劳，也有苦劳嘛”这话。小古的良心在秤杆上是够数的。

现在，他是不敢再挪动身体了，他怕因此转移了司机的注意力。这时候，司机还沉浸在为小古局长奔忙的兴奋间。

接着，局中一应在职人员陆续拥入小古的办公室里，掀起了探望的高潮。但是，同志们大抵理解小古的心情，并未问及他的病症。小古心中还比较高兴，但当他最后一个从办公室走掉后，他忽然发现这所有的人的目光全部大有深意。这就是说人们明知他得了什么病，却当作不知，全部主动避讳了。

小古心中感激，但又不像这种，心中不安，——也不像。总之，他心间什么滋味也不像。

在办公室冷寂下去的时候，小古觉得魂灵已经一缕一缕地被同志们赚走了。他显得孤单,凄凉。从椅子上起来,能听出椅子的响动,迈出一步，又听到自己软绵绵的脚步声，身体的每一活动的响声完全充斥在他的耳中。

地板轻轻地呼吸。

他想，这样微弱的声音他也听得到了。

小古的听觉差不多赶上了老婆。在老婆的耳间，便是什么都在说话，在呼气的。老婆听觉的卓越，——得之于诗教也。小古正与老婆在诗坛上并驾齐驱。

小古知道花局门口司机正在车里等他。现在是下班的时间，同志们已经离开了。

他忽然要留下来，以独自享受局里的空空荡荡。司机乐意等，就让他等吧，反正他年轻。

细致想想迄今未见的只有老鲁和一位副局长两个。小古可怕地想，老鲁可能背叛了他，她怎么会不见呢？至于那员副局长，上月二十六出差，还没回来，不明下落，像这个世上已没有了他一样。

小古又后悔二十六日自己为什么不去出差，反而让这位副局长去。如若去了，就像没有了人，今天这段事便不用发生。可惜世上只有两种可能，排除了一种，另一种便是必然。出差既已排除，不出差已经实现。眼下就是证明，他正在局里的空间孤零零地苦恼着。

小古想吃醋。老鲁不知跟谁混上了！这个臭女孩,她真是不用调理！

但是，电话响了起来。

这该不是老鲁打来的吧。小古想不去接，他是一员堂堂的局长，怎么会受制于一个三十七岁的女孩呢？

铃声愈响得急了。小古再想不去接，又不忍了。像老鲁这样的女孩，天下能有几个？他害怕起来，担心老鲁在彼岸伤心。

小古的心猛地松了一下子。电话是那位出差的副局长打来的。

“喂，老焦啊，你现在哪里？我以为没有你了。”——小古开玩笑说。

“遥城。”——老焦回答。

小古吓了一跳，不由看看墙上的中国行政区域图，不见有一个遥城，便怀疑这话是假，而那人也是假。小古揭露道：

“我国没有遥城！”

“我国？没有？”——老焦在遥城大笑起来，断断续续地说，“怎么，会，没有？哈，哈！”

“我要追查。”——小古想威严地喝住他，不料又猛想起本城一家高级宾馆，名字就像这个样子，但并不确切。话没说完，便打住了。

“我在陪部长，做一件事。”老焦笑停了，说。

“呵，呵。”小古说。

“听说你进了医院，我心里，很，不，安——”老焦说。

小古从头到脚地凉了。他吞吞吐吐地，说：

“不曾，呵，一点小症痛。无非——不要紧。呵，请代问部长好，呵。”

双方挂断了电话。小古猛然骂道：

“你娘老鲁！”

4

小古今夜决心尝尝廉洁奉公的滋味，对同志们带来的礼物一概退回。小古记得部长曾经这样做过，他一步一步地学，一定能学出成绩来，也挣一份威望报答部长。如他的儿女，其实并看不出聪明，除了一股犟脾气外，一向不机灵，但是，他们一步一步地学，为他们辛勤的老师争光，而且，果真在学校里一直优秀。

小古觉得青岛啤酒可以不喝，脑白金可以不喝，一个人的品格是绝不能丧失。他这一晚上的廉洁奉公，竟让他觉出做人的高亮来，实在是达到了一次飞跃。他看到儿女对他的眼色，便更认为这样做的利益不小，往日儿女最不忿见他接受别人的礼品，而且因此蔑视着他。小古和兰翠一同对客人说："呵，一点小痛症。没什么，没什么。"——儿女们在一旁也便赞赏，只是不说。

妞妞和老婆却是个例外。他们两手空空而来。小古也很高兴，和兰翠一同招待他们。

小古认为妞妞本身就是一件礼品，虽然她是有些诡计的人，但是最终能够令人喜欢。她对小古亲近，会让儿女嫉妒，不过，此间，儿女已对父母放心，便没在跟前。兰翠则视而不见，她认为妞妞真像个小孩子，什么事都像不知道，并没引起她的注意。

妞妞是先来到的。她要走了，老婆才进来。妞妞见老婆进来了，想想，听老婆和小古局长说话可能很有意思，便不去了，和小古共同陪他。

小古以一个长者的身份，极尽对晚进后生的关怀。他让老婆作诗，老婆看了兰翠一眼，觉得是生人，有些难为情，迟迟不开口。妞妞在一旁鼓励他，他才慢慢放出诗情吟出一首来，供大家认真听。

他进门
　　我出门
我进门
　　他出门

小古首先叫好，拍响了手，说："你的诗最终平易了起来，像这首，又好记，又明白。"说着，自己吟诵一遍，竟一字不差。

妞妞在一旁说："呵！局长，你好记性啦，这词儿一个不差。"

兰翠只是点头，觉得似乎妨碍了他们说话，便退出去。

老婆刚才作诗的时候，脸色通红，像偷粮时被人捉住了，拿到人群跟前。此刻他却大方地说："局长，你评价得好。诗若曲高，必然寡和，谁也和不出底蕴来，便不给你发表。不发表便是作诗不成。说到头，又是高品诗不是好诗。"

老婆的话却启发出小古的灵感来。他郑重地说：

"写了便是要人明白。这诗不让人明白，再是高品也不成。发表还不重要，你在局里，写了让人明白的诗，大家读懂了，就说你是个诗人。

至于发表，总要费事，不如就地使诗流传群众中间，传到编辑耳中，使他惭愧。你们诗人，本领也过于大了，死的写成活的，不说话的也要写成说话的,这样的用处并不大,空让人耗脑筋,也将成为疑神疑鬼的。——我说这话对不对，妞妞？譬如这首，我进门，他出门，我出门，他进门。说得清白。进门就是进门，出门就是出门。我就是我，他就是他，十分平易。你一看就想出情景来，两个总走不到一块。”

妞妞和老婆听呆了，没想到局长对于诗有这样的研究，造诣之深比得过，——艾青、普希金。老婆想，艾青也比不过局长。可惜，他却没法见到艾青，否则拉他来比比高低，想必小古不会输过他。此时，老婆已是一副汗颜，一脸的羞愧，像真就偷拿了人家的东西。

小古的雅兴却是不衰，又说道：

“刚才那诗作得平易，但抓了主要的。他进门时手里拿着什么，穿的什么，没有说；我进门时也没有说，但是你一想就清楚。还有，他们到底来干什么，来探望呢，来乞求呢，你也一想就想得出来。而这门里有什么，也没有说。有可能是空空的，也有可能躺着个死人。这样，人们乐意想个什么就想个什么。出出进进，就像人生。”

老婆忽然想哭了，小古的话醍醐灌顶一样，极大地震动了他，使他的认识能力蓬勃提高，如见了青天一样湛明。而小古也惊奇自己会有这种隽永的思考，而且表达得一点也不费劲。他说完之后，望望老婆，又望望妞妞，心想，如果一直像这样用心，说不准会得出心脏病来。

这一下子心情又低落了。因为想要得到的没有得到。

老婆和妞妞告辞了。他们走到门外，妞妞在黑暗中望望天，心想，要真正活出个意义来，还要下很大的劲儿哩。如果成天细细想，要比现在有趣多了。

老婆的汗下去了多半，他知道自己偷窃了美国人杰克·伦敦的一首售价一元钱的诗，竟使小古有如此深刻的感触。他觉得自己一定也要将诗归于平易，像此时也便可以说：

我出门

　　她出门

她出门

　　我出门

但不知这首怎样。突然觉得还是比不上美国人，美国人的诗中，即使出去了，也还有一个进来的。而自己这首，全部出去了，门里一个人影也没有，怪萧条的。但是，他和她，一字之易，又应生出趣味来。谁知他和她是什么关系？若是情人，又要有好处了。

老婆一路想入非非，打定主意再抄一首外国人的诗，投出去试试。毕竟编辑们并不全知，可能看不出来。即使有好事的，也不一定来找他这样一个惨淡经营的无名诗人的麻烦。他在这里胡思乱想，而小古却在冷静下来以后，更加痛心疾首了。

5

只差没见着老鲁一个人。

小古觉得自己真正被她抛弃了。听见脚步，抬头一看，见是兰翠。正要没趣，忽听兰翠背后一人一声“古局长”叫。这一声令小古吃惊了，身子一挺，却见老鲁正走过来。

小古且喜且恨，两眼望着老鲁，却说不出话来。

老鲁却很平淡，离远一点在椅子上坐了。兰翠重新走出沏茶。趁兰翠出去的工夫，小古急切地问：

“你怎么不见？”

老鲁说：“我心里想着你来。”

小古忽然不信了，冷笑一声，说：

“你在哪里？也是遥城？”

“我还能到哪里去！我在局里。”老鲁背过脸去，用一薄薄小手绢拭拭泪。

小古立刻嗅到小手绢浓郁的香味。再看老鲁，眼睛已红红的，像已肿了，心中便沉醉去了，便放柔了声调说：

“再见不到你了。”

“你胡想！我可是走在你后面。你看看，这双眼，人见了不说笑话？”

“在这里你就不怕？”

“我又不成天在这里，她见了我，我一说是风泪眼，也便瞒过了。不来，还会死了我，——也死不了你。”

小古已经喘不过气，心中也跟着老鲁难过。忽然觉得不必要，便想快活一些。兰翠端着茶又进来，拣出一杯，大大方方地递给老鲁。老鲁接了，向她说谢谢，又说不渴，便将茶杯放在一边的小几上。兰翠便去伺候小古，坐在他身边，替小古说话：“他平日身体好，没生什么大病，难为总让大家记着。”小古觉得兰翠这话合适，便随着颔首，但并不望着老鲁。

老鲁见兰翠贤惠与温柔，不由自己惭愧了，觉得对不起她，只淡淡随声应和着，一心怕兰翠看见了自己的眼睛。可是，灯光照来，十分清白，老鲁自觉不好避过，便有些局促，眼睛也不望着小古和兰翠，只望别处，像对小古的住室感兴趣。

兰翠便向她介绍，说这住室十分宽敞，但靠着街道，日夜吵得不得安宁。

老鲁觉得一直不说话会引起兰翠疑心，便道：“我们那里也吵啦。这整一年了，建筑工地也没完工。你想不出那种噪声，实在叫人头疼啦。”

小古也进一句：

“全国处处搞建设！”

兰翠和老鲁便停住话，想听小古发挥，小古却再说不出，大家便沉默着。

小古便再没得些空隙，心中惋恨，但也找不出责备兰翠的理由。兰翠并未轻慢了老鲁，她的一切行动自然贴切，完全尽到了家庭主妇的职责。小古和老鲁共同认为他们的自由天地不是在各自的家里，而是在局里，因此，便又去怀念局里，各自回想了一会儿局里大有作为的情景。

老鲁便要走开。

兰翠在小古耳边咬了一咬，——老鲁的礼物收不收？

“收！”小古说，吓了兰翠一跳。

兰翠看看老鲁，有些尴尬，因为她的悄悄话被小古暴露了。

兰翠客客气气地把老鲁的东西倒在桌上。小古看清那是一篮白色的柿饼，心里满是暖意，四肢酥软软的。兰翠又要盛一些苹果让老鲁带回，老鲁焦急地阻拦她。小古在她们旁边说：“让兰翠盛吧，我们还有好多。”老鲁便不再与兰翠争，兰翠走到另间房里去了。

“你哪里弄的这些东西？”小古趁机说。他知道现在不是柿子成熟的节气，柿饼也便罕见。

“我有两条腿，不会跑？这里没有，那里看看。那里没有，再向别处，总要有的。”老鲁说，“你多吃了它，对病有好处。这也是一个偏方。”

“我知道。”小古答应着。医生告诉过他。他静静地看老鲁。她形体美丽，那一圆臀实在卓绝。

“你放心地休息，不要急躁，——这也算不了什么。只要自己注意了，会好的。你总是让人心疼。”

小古在老鲁的语声里战栗着，如果是在局里，他不会让她离他那么远，他要把她揽在怀里，好好温存一番。他现在只有这一种要求。

“你决定疗养吧。不出一个月，便全好啦。”

老鲁又告诉他，但也是在折磨他。

这时，兰翠提着一篮苹果进来，老鲁不去接，想让兰翠再倒出，兰翠哪里肯，一再申明家中还有许多。小古也不再说什么，随她们两个争让。

兰翠将老鲁送出去，小古感到极度不圆满。他想，普天之下知心知意的只有老鲁一个人。她的话他爱听。他便极其盼望送出去的不是老鲁，而是兰翠。等门口再有人影时，小古的希望是见到老鲁进门，可是进来的债主，既不是兰翠，也不是老鲁。那人怒气冲冲地跳到他跟前，叫一声："老古老古，善始而不善终！"

小古发起抖，惊恐失色。那人的手指便探向他的鼻子了，他以为将要遭受灾难，便全力去保护，不期然那人回转身，去掀满是柿饼的桌子。听得当啷，桌子翻了，柿饼一只只四处滚动，如遭了水淹的老鼠在逃命。

兰翠已站到门口，明白过来，将那人拉在一边，叫道：

"好啦，不是善终，也差不多了！"

6

小古耳中只听到老鲁的声音，蛇似的热烈地在他周围旋转，兰翠在这里如同没有。老鲁的一声声话语，又像不吸血的蚊子叮着一般，使他遍身都是麻麻的感觉。小古原本喜爱老鲁的敲骨吸髓，但苦于从未让她敲过、吸过，和她之间存在一个限度，总是未曾突破，因此老鲁最终厉害否，便也没经验。蚊子们来叮，麻麻痒痒，一些一些地疼，空使他生出欲望，使他焦渴。至于敲骨吸髓，在限度那面，小古不明白是自己先畏怯了呢，还是时机尚未成熟。

他无法可想。小古叹息着。看一眼兰翠，小古要发火。他终于找出了原因，兰翠在破坏他的超越。兰翠在招待了许多客人之后已疲顿下来，正懒懒地闭目养神，却不像一个狭隘的人。小古一眼便看得出。

小古便在自身找原因。他认为兰翠给他的自主也能够使他满足。总之是自己，先畏怯了。那低声的说话，鬼鬼祟祟，如两个特务在工作。小古从什么时候丧失了做人的勇武，也不曾记得。但往常，似乎处处飞扬跋扈一般，十分具有锐气。这就证明他这心的年轻，敢想敢干，如房中的那幅“志在千里”，大气磅礴，吞吃山河。有这样的心，做做恋爱，试试风流，只为小菜一碟，形象如蜻蜓点水，实在该是轻易的。

既然不在这心上，与他人也无干，便总要有一种东西捆束住了手脚，使他不能前进。

自己这好好的人，颀颀长长，气象不凡，每一步该是留下足印的。这样要求不算过分，他总不会虚游一遭这人世吧。倘或妞妞这种人，一生来便微蔑，纵使不留下什么，也不能苛责她，因为她本来没有力量。如果在于小古，糊糊涂涂的不能前进，就不能原谅了。但小古通过细细一想，最终不觉得曾做出什么显赫的成果来，他身后也一片茫茫，令他如无来路的人。五十度春梦繁华，却是白生和白死。

小古止不住哀伤了。他发觉自己是大事小事，家事国事天下事，一件也不曾做出成果。对这些事他不是不关心，每在会议上讲话开篇，他不光要分析国事，还要讲述国际形势，以展示自己的宏才大略。不关心，怎么会说出那种气壮山河的话来？如果糊涂，便连自己生在猴年马月也不知道。——再往下行，由豹头进入豕腹，一应局中细巨事体，及至职工家中的琐事也要拿进。这又是他细致入微、粗中有细的工作作风的体现。至于讲话结束，要结得利索、嘹亮，留有余味，要像虎尾。这点他觉得不如诗人老婆，因为警醒的话不是每个人都可以说的。小古平时又好学，不耻下问，便去借鉴老婆的诗作。

小古一生历经了九流三教的大事小事，都不见生出成果，——他不知道自己终究留下了什么，一路茫茫，实在亏了他的气魄。

他这样哀伤，看兰翠已经坐着睡了，十分优适安静，并不像她对老鲁所说这里临街每夜吵得不得安宁这话。

小古猛然间要笑。他觉得女人的睡相如一头肥猪。他见过的猪不多，便根据电视剧猪八戒的光辉形象来和兰翠比较，觉得自己这女人是一位猪师傅变化来的，说不定，她又会变化过来，在夜里耧他一钉耙。

小古想，兰翠当年是美丽的，虽然跟老鲁比不上，但她也算可以了。总不能天下有了一个西施，便让所有的女人成为空白，不让她们出生了。天下又有几个享到西施这福的？而那夫差，还终被她赚去了，连同一个国家。所以，女人也是推动历史前进的动力，这样的例证还大约不止西施一个。个人的历史，也要有女人来推动。没有女人，永远是童男，永远是光棍。小古觉得兰翠和他共度人生,已累得很了。但是,换一个女人，可能不是这个样子，而女人，又不是轻易换得的。

那老鲁再好，也不能换。

老鲁好在哪里？

小古也真想个不出。上上下下，比另一个一些不少，她好在哪里？

——她不好！小古恼火地想。

小古在眼前绘出一个老鲁的图像，尽情剥削着对她的好感。

唯老鲁的圆臀没有受到小古的盘剥。小古还是对它喜爱的，似乎看见自己两只手放在那臀尖上，来回地抚摸着。他认为没有这装置，实在激不起男人的任何兴趣。在他的感觉中，那臀在他手下愈来愈大，渐渐推到他的脸前，把他向后推去，最终使他叹为观止，仰而视之了。

这下子非同小可！他忽然觉得是自己拥有这壮观的臀部了。而其实他已经具有了。

小古脸上津津地出了汗，弄不清一个男人长出一颗女人的屁股美不美。他想起和老鲁在一起，是自己如一位猪先生，正朝女人方面变化着，首先变出一颗生着痔疮的臀部。

而一个长着丰臀的人若当了诗人，不一定比这样一个人怀抱着窈窕淑女翩翩起舞更入目。小古觉得这一日闹出了许多笑话。他对一个写不成诗的人谈诗，对那白话样的东西大发宏论。你出门我出门你进门我进门，能把李白羞杀了。那叫什么诗！而自己的态度又那样认真。

小古愤慨着。他愤慨自己。总算觉得一点影响他前进、妨碍他成就的东西是什么了。这个东西就如一颗丰伟的臀给他造成重负，一切都在这种重负下变得走了形。小古还不能断定这种东西到底是什么，只好把它暂定为，——就是这颗肥臀！

而他也竟然睡着了。

梦里，他真正变化了，变成一只蜗牛，背上一只塔，蠕动着从河水里爬到岸上。那塔似乎是由他的美臀变化来的，已将他整个身子装了进去。他慢慢在清凉的河滩上爬着，遇到一根直立的绿草，便顺茎上去了，在茎顶上停住。青草味儿柔和地飘过来，他轻轻拍打一下触角。抬头看天，是清一色的黛蓝，幽远中挂着一轮明月。还没看清月亮的圆缺，眼就累了，低垂了下来，见河水里的是一只银白弯月。

清风吹过，弯月一片一片地碎了。

银光闪闪。河水，哗哗——哗哗地，响。

第三部　还有一条狗

1

俺，比窦娥还冤哪！诸位管俺叫窦娥得啦。

整个晚上，俺就这么满面阴云，坐在沙发上。诸位哪里知道，俺把腰杆儿挺得笔直，其实是在细细体味做人的悲哀哩。

要在往常，俺早就蜷起身子，舒舒服服躺卧下啦。诸位说说，做人有啥好处？除了带来数不尽的烦恼焦虑，还能带来啥！可你果真要俺离开这套温暖舒适的三居室，去到茫茫旷野上自由奔驰，大发生命的呼啸，俺还的确不甚乐意哩！

在所有令人神往的自然法则里面，乱交可能是最具魅力的啦，但俺从来就没对此动过心。在维护家庭生活的神圣方面，俺自认做得不差，胡雪梅没话可说。

胡雪梅是谁呀？正是拙荆。

——胡雪梅很知趣，一看俺不高兴，就悄没声地进卧室躺着啦。

说到这里，俺不得不埋怨她几句。别看俺没跟她走过去，俺也知道，她此刻肯定没有躺在床上。

那是张很大的红木床，像两张并起的台球案子，上面铺着厚厚的席梦思床垫，又有几层暄软的棉褥。两只大枕头里面，塞满了泡沫似的鸭绒。这样的床，够让人感到舒适的了，可胡雪梅仍旧喜欢躺在长毛地毯上。

走进卧室时，俺十有八九看到她是躺在地毯上的，恨得俺光想把地毯撤了。为此，俺训过她很多次，可她就是不长记性，真可谓禀性难移。但愿今晚她不让俺再把这种情景看在眼里。

可是小儿王冬子，却不管他老爹心里有多么不是滋味，做完作业，还要再来为难他老爹：

“爸爸吔，吃的啥菜是生菜？”

俺的儿子，是天下最好的儿子。往俺跟前一站，那股神气，怎么看都怎么像哪吒三太子。

你说俺再怎么着也是个为人父者，俺能一巴掌把这么好的儿子打开吗？俺尽量地克制着心里的烦恼，不假思索地回答他：

“西红柿。”

心想，这个问题太过于简单啦。

“不对。”——这小狗崽子竟然说不对！

“黄瓜。”

“不对。”

俺不可能再心不在焉啦。“茄子，”俺说，“嗯，——茄子也是可以生吃的，当然还有葱姜蒜，甚至南瓜。”心想，小狗崽子给俺出这样的题，俺看他是把焦酥高钙的油炸鸡腿骨吃腻啦。

儿子照旧说：

“不对！”

这下俺可真感到为难啦。俺挠着头皮，怎么也想不通俺说的有啥错。儿子见俺迟迟不答，就索性告诉了俺：

“生菜！”

接着又嚷一句：

“笨蛋！”

也不管俺有啥反应，就回他的小卧室啦。

小狗崽子乳臭未干，就如此刁钻，竟把他自认为聪明过人的老爹糊弄住了，将来前途必定不可限量。

——再看看他老爹吧，却已经把自己的锦绣前程葬送啦，只因为他爹做错了一件屁大点的事！诸位替俺想想，俺能把这满腹的委屈，告谁去！

诸位要问到底是啥事，俺且不说吧。反正再大也大不过一个屁。俺要说出来，你肯定会以为，俺这样阴沉沉地度过一个美好的夜晚，多少显得有些滑稽，并对俺加以耻笑。

但俺事先告诉你，不分对象地对人加以耻笑，终究要付出代价的！——这事没商量！

倒是俺自己在儿子去小卧室不久就想开啦。

谁要真的翻脸不认人，那就试试吧。当今社会，谁怕谁呢？

俺想开了，就从沙发上站起来。

走进卧室，一看，还好，胡雪梅正乖乖地躺在床上。当然，这并不排除她是听到俺的脚步声，刚刚爬上床去的。

哼，要被俺撞见……俺可再不想忍受啦！

2

第二天，俺醒得有点迟。

司机赵益合，在楼房下面按了好一阵喇叭，俺才醒。

匆匆忙忙地吃了点饭，乘上车，顺路把儿子送到本市的实验小学，来到一个交叉路口，不巧碰上堵车。你说俺心里那个急呀！

好不容易轮到我们向前开了，俺一眼瞧见旁边公共汽车上有一张俺似曾相识的脸。俺快速搜检记忆仓库，忽然想起来，这人不正是当年总跟俺过不去的许科长吗？他从我们花局调出去，也有两三年了吧，上班还不是继续挤那公共汽车？

俺快意地暗暗一笑，通过后视镜，给赵益合使了个眼色。我们的车头，一扭，就开不动啦。

我们动不了，那辆公共汽车，还有后面一大串车，当然也动不了。

接着，就是一片嘈杂的喇叭响，开了锅一样。

大约过了一刻钟，壅塞还不见减轻，交警只好走下岗亭来疏通。

道口豁然开朗，我们的车也便如离弦的箭一般，疾驰而去。那辆老牛似的公共汽车，要追上我们，那得再借它俩轮子。

“临行喝妈，一碗酒，浑身是胆，雄赳赳！”赵益合在车里不禁高唱了起来，“哈哈哈哈！”

3

照实说吧，俺昨天做错的事，不大不小，也就是放了个屁。

天下万物，只要是喘气的，谁都有权享受这项老天爷的恩赐。正因为放屁接近神性，才使得它的到来捉摸不定，来去无踪，但俺仍然事先感到了那种美妙的屁意，而且预感此屁威力肯定小不了。

俺可清楚自己上一顿饭，吃了多少洋葱炖乳鸽！俺家保姆小玉的厨艺,真是太好了,特别是料理洋葱炖乳鸽。可你别以为人家由于种种原因，没进过大学,没接受过高等教育,做起事来就会那么缺乏教养,不管不顾。人家当初是想悄悄起身出去的，人家可不想把吃了过多洋葱炖乳鸽所产生的屁，放在这么重要的场合。这可是上级组织部门派人主持的、一年一度的单位领导班子考核会哩。

经验告诉俺，一切都已来不及啦。

尽管俺有意识地把括约肌收得紧紧的，但仍旧不亚于在会场上丢了颗原子弹。

俺本想装成若无其事的样子，幻想大伙儿会把这事栽在别人头上，比如我们花局的纪检组长，——俺听见不少人背地里叫他“臭屁篓子”来着。

可是这个屁太臭了，简直没法让人相信，纪检组长能放出这水平。不说别人，就连俺也差点背过气去。

那位正在宣读考核规则的主持人戛然而止，嘴闭得像保险柜。

会场上一片死寂，连点呼吸声都听不见。俺就知道，坏啦。不由得把身子缩成一团，过了好大一会儿，才敢拿眼朝别人一瞥。

这下可好，俺的目光差点被人顶回眼眶。因为，此时，几乎所有的人，都在看俺。虽然只是一瞥，但俺还是发现上司老古，继续保持着端坐的姿态，脸色却是铁青啦。

俺敢说，会议中止了快俩小时。你可想不出，在俺感觉里，时间过得是怎样的慢。在这期间，没人站起来打开窗子。那位主持人，也没对人提出打开窗子的要求。俺想，这是因为别人不敢这么做，而主持人实在是给足了俺那位顶头上司的面子。

会场像被沉进了水里，终于冒出水面。就听着嗡的一声，那是憋了很久的呼吸，但紧接着又是一顿。又断断续续了一阵，大伙儿的呼吸才正常啦。不管怎么说，会议的气氛，自始至终都没有恢复正常。

会后，诸位，你听听俺如此崇敬的上司，对俺说了啥话?

“王八蛋，也不看看啥时候就放狗屁！”

上司老古的脸，重又铁青起来。

俺知道，自己的确没话可说。除了露出乖顺的乞求原谅的神态，俺不想再做啥。可这个暴怒的人，才不理会俺的用心哪。他一刻不停地在办公室走来走去。他总这么生气，俺心里也不由得涌上一股难受劲儿。可他如果再不肯原谅俺，俺倒要想想办法啦。

俺是谁哪？你看俺可像那种任人宰割的窝囊废？俺在暗暗盘算绝招。俺可以先装出委屈的模样，然后告诉他，那个屁并不是俺放的。

到底是谁，假设是那位纪检组长吧，也就是他啦。这个猪头肉脑的矮胖子，毕竟犯有“前科”哩。时过境迁，雁过无痕，谁能那么肯定就一定是俺？

打定主意，俺就暗暗寻找开口的机会。

俺使出所有摇尾乞怜的解数。惯常最令俺自信的是，只要俺装出副小姑娘的羞惭来，一座火焰山，也管叫它熄灭。

可这一回不管用啦。上司老古根本就不看俺，像被铁链拴住的猴子，走来走去，猛地停下来，脱口就是一句：

“滚吧，王八蛋！滚回你该待的地方，我再不要看见你！”

——听好了，诸位！上司是让滚回俺该待的地方。

俺浑身一颤，心都凉透啦。

可上司脸上，仍是一副不可通融的神气。

诸位，诸位，你把俺当成啥人啦？俺可不是没脸没皮的笨蛋，既然人家发了逐客令，还要继续停在人家面前。这不，整整一晚上，俺越想越冤。那个屁，设若不是俺放的呢？设若出自纪检组长，俺遭了那么大的冤枉，也罢啦。俺的不分青红皂白的上司，就应该为自己的口出不逊道歉！

但他分明是不会为俺道歉的。不光不会为俺道歉，俺那令人眼红的社会地位，也将不保。没听他说嘛，让俺滚回俺该待的地方，而且再不要看见俺。

诸位，你以为俺是出身贫民窟的穷小子吗？

哼，告诉你，俺王光乐，具有纯正的本地血统，好歹也在朱门豪宅混过日子。可是要俺再回到老地方，恐怕已经物是人非啦。——卖个关子，此事稍后再谈。

4

不过，现在俺的心情，可不像昨晚那么消沉。

赵益合这家伙太逗了，一路上唱呀唱，车开得歪歪扭扭，着实让俺替他捏了一把汗。

俺并没提醒他注意，昨天的事他应该是知道的，但他今天仍然赶来接俺，说明此人也并非那种狗眼看人低的家伙。他专门给俺开车，已经开了三年啦。俺心里，早就暗暗盘算提携提携他。一旦花局有肥缺，俺有办法做到非他莫属。

可是万一上司老古仍不改变昨天对俺的态度，俺岂不又要被动起来？嗯，俺还得思量思量。

诸位，诸位，俺总是这么思前想后的，是不是已被你当成那种谨小慎微的庸才了？

好吧，俺现在就以实际行动给予你一个明确有力的回答。

俺王光乐准备好了，如果上司仍不讳言俺放狗屁，俺立马让他为自己的无礼付出惨痛的代价！相信花局里站在俺一边的人，有的是。同时，不瞒你说,俺王光乐手里,掌握着某些人的一手材料哩。——还是那句话,谁怕谁呀！而他如果已经对俺尽释前嫌，即使他不赔礼，哼哼，那倒也罢啦。我们俩嘛，谁跟谁呀?

事实上，俺大大地误解了上司。

车刚开到花局大门口，俺就看见他翘首等在办公大楼外。他的神情急切，俺的心里也激动得突突跳了起来。

车门一开，他就迫不及待地把俺从里面扯出来，也不顾俺的体面，当众对俺又是搂又是抱。那个亲热劲儿，就像他已有两三年没见俺的面啦！可俺记得，的确只过去半天多的时间。

你说俺被感动得！别提啦，俺都差点掉出泪来啦。可俺忍着。俺可不想被花局那么多人看在眼里，那怪不好意思的。

很多人见状都欢呼起来，俺可更不好意思啦。

整整一个上午，俺都单独跟上司待在一起。快接近下班时间了，上司对俺说，中午要专门为俺举行一场压惊宴，还问俺，希望花局的哪些人参加。

俺心里虽然还是喜欢跟上司老古单独相处，但俺清楚这次宴会的意义对俺非同小可，第一，俺能借此恢复不幸受损的名誉；第二，不消说，一项重要的计划，已迅速在俺心中酝酿成熟。

5

俺得把话说清楚，俺刚一到本单位的时候，并不如现在得势。

那时候得势的，是一只鸟。

至于是啥鸟，俺一直对她不屑一顾，可不管她叫啥鸟。最初俺对她是公是母，还不清楚哪，因为她又没啥明显的性别标志，既不像大老爷们儿一样，两腿间吊儿郎当的，也缺少肥厚迷人的阴阜。后来听上司常对她叫“露露”，就想，莫非她真是一个女鸟？噢，那就怪不得上司一有空就逗她，“露露，给爹爹‘飞’一个。”

这鸟儿真他妈天生的邪性。你看她短短的脖子，往旁边一歪，两条眼皮眨巴的！俺敢说，一般男人，在这千娇百媚的眼风下，都得麻酥了骨头。有时候她也主动换换名堂，上司要她“飞”，她就将两只翅膀抱在一起，往鸟喙上一抹，竟然也能发出人的嘴唇嘬吸的声音。俺看她玩这飞吻，跟玩飞眼儿一样到家。可俺就是不为之感冒！

本来，俺对她也没啥恶感，可是她千不该，万不该，就惹恼了俺。

有一次，她吃米弄撒了一粒，就虚张声势地叽叽喳喳叫起来。上司赶过去，看到底发生了啥事。但她不会说话，怎么做表情，怎么打手势，上司也闹不懂。

俺看她急得啥似的，就动了慈悲心，扯了扯上司的衣服。

上司领会了，笑着弯腰把地上的米捡起来，放在指尖，送到她口上。

你说她是不是骚货？挥起翅膀把米粒儿打掉了，并且显出一副生气的样子。

上司不解其意，重又捡了起来。上司也是一个大老爷们，胖胖大大的，手指又粗，弯腰在地上捡米粒儿，可真难为了他。

但这一次，又被露露用翅膀拨拉到了地上。

这时候，俺心里，已经明白她有啥不良之念啦。

上司一眼瞥见了俺，也马上明白啦。

上司命令俺替他捡起来。

唉，俺一个大老爷们，却非要干这捡米粒儿的事。不就是一个米粒儿吗？你当它是块金子呀！它要是块金子，那倒也罢啦。可它仅仅是个米粒儿！

话说前头，上司吩咐俺做的事，俺总是乐于从命。第一次给露露捡米粒儿，俺一点忍气吞声的感觉都没有。

可是露露又一次把米粒儿从俺手上拨拉下去，并且哈哈大笑起来。

上司没说不捡，俺也不敢不捡。

可她同样又拨拉下去，还笑得更厉害了，在鸟笼里扑棱棱乱飞，把上司也惹笑啦。

等她笑得喘不过气来，俺已经不知给她捡了多少次，可她却不吃啦。

诸位，这样的羞辱，谁曾遇到过？——你该不会以为俺受过一次羞辱，就永远对此耿耿于怀吧。你不想想俺是谁呢？人活一世，连一次羞辱都不能承受，那还叫大老爷们儿？况且俺这样做，说到底，也是为博上司一乐儿。那小狐媚子，说不准也是为了让我们共同的上司高兴呢？

要不是她的确笑累了，俺倒想继续配合她。这没啥，像北京人说的，图一乐儿。

可是没想到，露露第二天故技重演。因为失去了新奇，她已经笑得不像昨天那样厉害啦。

以后，露露每天都要对俺来上这么一阵折腾。

过了半个多月，她已经笑不出来了，那纯粹是为了狠狠地捉弄俺。上班时间对俺来说，成了一场难以逃避的磨难，感到羞辱还在其次，因为俺已被搞得精疲力尽。哼哼，俺必须采取行动了！想想俺来花局差不多有半年时间了，却一直不被重用，甚至不被任何人关注，这岂能是俺甘心忍受的？

——俺必须采取行动啦！

6

在很多场合，上司老古不便带着露露出门。

这样，照顾露露的差事，就落在了俺的身上。上司每次出门，都要不厌其烦地对俺再三叮咛，生怕在他走后俺对露露有照顾不周的地方。

按照他的意思，四个小时之内，俺要给露露喂三次水，两次米。

起初，俺可是规规矩矩的：按钟点，一个小时多点，喂她新汲来的清水；两个小时整，给她精致的小食槽里，添二十五到三十粒米。

当俺打定主意给她点颜色看，俺就没那么老实巴交啦。俺把两次喂米减为一次，量是两次的总和。怎么样？爱吃不吃！俺给她喂水，要么给她在小水盏里，滴上几滴口服春药（这东西可以在上司的抽屉里找到），让她春情大发，浑身的羽毛挓挲着，像只刺猬，恨不得有人能走来，一把捏死自己；要么给她掺进半粒感冒胶囊，让她一会儿冷，一会儿热。当然，俺做这些事，都是瞒住她的。

说来也巧，这段时间，上司出门的时候偏多。没过两星期，瞧这露露遭的罪！开始掉毛了，以往的青春靓丽，一扫而光。可把上司给急的，四目相对时，那情景让俺看着都止不住有些心酸哩！

但俺打定了主意，在搞掉露露这件事上，绝不心慈手软。在适当的时候，俺还准备对上司讲述一下玩物丧志的道理哩。露露对俺的恶意，已有觉察。

话说回来，可从一开始，俺都没有掩饰俺对她的恶意呀！四小时俺给她添一次米，这事她应该是知道的。可她没办法告诉别人，谁让她只会鸣叫，不会说话来着？在这里，俺想奉劝一下天下所有的美人儿，学习是多么的重要。美貌终有凋谢的一天，但才质随着岁月的流逝，将会变得愈加珍贵。

露露就犯了一般美人的毛病，耽于安乐，不思进取。她要稍微有点那种心思，不说刻意去学，听也能听会说话啦。上司跟她在一起时，叽里咕噜的，给她说的话可不算少。可她到头来，嘴上翻来覆去，只有那两句含糊其词的话：

“娘希皮！八点啦！”

这一天，也可能是俺把她捉弄狠了，上司一回来她就“娘希皮、娘希皮”地叫个不停。

俺猜上司在出门时惹了些不快，进了办公室的门，也不像往常那样先去看她。过了好大一会儿，才走到鸟笼前，看着她愤怒而焦躁的样子，长叹了一声。

“娘希皮！”露露叫。

“你还是我的小露露吗？”上司万分惋惜地说，“我的美人儿哪儿去了？告诉我，你到底得了啥病？”

“八点啦！”

“我真得给你找个大夫了，”上司说，“那天在蓝海宾馆吃烧乳鸽，我一口也咽不下去呢。”

“娘希皮！”

“我的小乖乖，你说句别的我听听？”

“八点啦！”

俺躲在上司后面，差点笑死。俺使劲捂住嘴，才没笑出声来。露露从上司肩上发现俺在窃笑，叫得更欢啦。

“娘希皮、娘希皮、娘希皮——”声音尖厉刺耳，那股子歇斯底里，谁都听得出。

就听上司又痛惜地叹了一声：

“唉！”

上司接着说：

“我是想过让你陪我半辈子呢。我竟把你是一只鸟儿忘记了。鸟儿的寿命要比人短得多，我看你这是到了更年期了。”

“八点啦！”

“你肯定不晓得更年期是啥意思。”

“娘希皮！”露露又叫了这一句，就马上不吭声啦。

据俺看来，她是把喉咙叫破啦。从她眼里，流露出了那么多的绝望，不幸上司一点也未察觉。

可是不知为啥，从这一天起，俺怎么瞧她，她都怎么像位姿色已衰的半老徐娘。

——俺绝不会因为怜悯心，暂缓搞掉她的脚步！

7

通过观察，俺发现，上司老古对各种形式的工作汇报极为重视。不让小秘书把起草的每一份文件修改个十回二十回，是他对人的恩惠。他总能在小秘书拿来请他审阅的文件上，挑出毛病，而小秘书除了对他唯唯诺诺，简直大气不敢出。很多时候，俺都对他在文件上改过来改过去感到厌烦了，那小秘书还一迭声地称道他点石成金，连“化腐朽为神奇”这样的话都用上啦。

又一份文件，呈到了上司老古的桌案上。俺决定对此文件的操作过程视而不见，因为俺可受不了啦。总算听到上司说“明天就得用了，先将就着吧”，俺才替那小秘书松了口气，心里像刚排了急便似的舒服。

看得出，上司对这份文件是非常珍爱的。小秘书一走，他就开始对着小手镜，练习朗读起来，常常一句话尝试好几次口型。

凭良心说，上司朗读的功夫，还真是不赖。抑扬顿挫，轻重缓急，都有明显的分别。练习了一阵，他放下文件，走出办公室。俺猜他是去厕所啦。

突然，俺的心里，急速地跳了起来。俺知道时机已到，再不耽搁，马上走到鸟笼跟前。

俺先说下，鸟笼平时都是开着的，露露享有充分的“鸟身”自由。露露从俺眼里，看出了不妙，浑身瑟瑟地抖动起来，就像是俺即将冒犯她一样。好几支羽毛，从她翅上抖搂下来，但此时俺的心坚如磐石，一伸手就把她从鸟笼里捉了出来。

俺迅速拧开上司放在办公桌上的墨水瓶盖，不管三七二十一，就把露露的两只脚爪塞了进去，然后又搅动了几下，好使脚爪蘸足墨水。抽出来时，俺连看也没看，就拿着她的两只脚爪，使劲往那份打开的文件上一按。

露露已经吓得死挺挺了，自始至终都没听她叫唤一声。在俺把她放回鸟笼之后，俺还没忘了把那份文件合上。

可是，等俺回到刚才待的地方，刚要装着啥也不知道的样子时，俺才想起自己疏忽啦。俺把文件合上，是啥意图呢？是怕上司马上发现上面的鸟爪吗？唉，智者千虑，必有一失。万一上司不相信露露有能力，把压在下面的纸页翻上来，俺岂不容易露馅吗？

但显然再打开已来不及了，因为上司已经出现在门口。——事已至此，随它去吧。俺抱定听天由命的念头，倒不觉得有多么害怕。

还好，上司随手把文件收了起来，竟忘了文件刚才是打开着的。俺暗暗放下心来，同时发现墨水瓶的瓶盖也没盖上。露露有无开启瓶盖的能力，无疑也是种疑问。

种种迹象表明，俺的此举有诸多不妥。俺不能不提心吊胆起来，要不是俺伪装有术，当时就东窗事发啦。

第二天在上司老古出门后，俺本想对露露好一点，水里既没掺春药也没掺感冒胶囊，可她到现在还惊魂未定，不吃也不喝。说真的，俺还真是动了恻隐之心。为了少让她受惊吓，俺有意从她跟前走开，一个上午，都老老实实地蹲在沙发上看报纸。

上司回来了，二话不说，直冲鸟笼。

可想而知，上司在出门向他的上级汇报时，究竟发生了啥事！露露也已经感觉到了不妙，也明白光哆嗦是无济于事的，便又拿出自己的高招，又是飞眼儿，又是飞吻，可仍然没用。不但没用，还又招出上司更大的火来。

“你个老臭婊子！”上司言语刻薄地骂道，“你还会不会别的？”

“娘希皮！”露露随口说。

上司一把抓过鸟笼，就朝窗外扔去。在鸟笼即将飞出窗口的一刹那，露露又惊慌失措地叫了一句：

“八点啦！”

“娘希皮，”上司嘴里恨恨地骂着，“差点儿坏了老子的大事！”

在这样的时候，俺当然不能露出高兴的样子。俺装着被眼前的情景吓怕了，躲在角落里一声不吭。等上司稍微心平气和时，俺才动了一动。

可是，忽然，露露飞了上来。上司一眼看见，砰地关上了窗子。露露差点撞到玻璃上。她哀叫了几声，就又落下去。唉，真难为她羽毛稀疏，竟还能飞到二楼的窗子这么高。

这一天，露露总共飞上来好几次。隔着窗子，隐约听她一遍遍地叫，“娘希皮、八点啦”，但上司压根儿不为所动。

据俺所知，接下来的几天里，露露都是钻进那只被丢弃的鸟笼里过夜的。她也并未死心，不时飞上来叫两声，做做飞吻、飞眼儿。

最后一次，她不晓得上司又出了门，办公室里只剩下俺自个儿。俺打开窗户，恫吓她：

“小心俺逮住你！看俺把你烧吃了！”

“娘希皮！”——她分明是在乞求俺呢。

俺不由得一笑。“你一身老皮老肉，肯定够筋道，”俺说，“俺很怕把牙累倒呢。”

“八点啦！”

“你是说你八十岁了吧。”俺说，“可俺看你二百八啦。”

“娘希皮！”

“怎么，你才八岁？”

“八点啦！”露露又发出一声绝望的哀鸣，就掉头向远处飞去了，从此以后再没回来。

自然，俺成了上司老古的新宠。

8

听上司对俺讲，露露的黑爪印，可把他给害苦啦。整整一页的句子，无法辨认，使他当时就结巴起来。更重要的是，爪印破坏了他的心情。

他很庆幸自己梦醒得早，不然，还不知将出现啥更严重的后果哩。从他的话语里，俺听出他很懂玩物丧志的道理，这倒省得俺再费口舌啦。

在俺的建议下，上司更换了一只高大的书橱，里面摆上了各种精装书籍。在所有书籍中，一册厚厚的《清宫珍藏书画精粹》，最为引人注目。

也就是在几个月后，俺就从一位名不见经传的“编外人员”，摇身一变，成了国家正式干部，个人档案也被放在了上级组织部门。如果你有机会看到这份写明“王光乐、男、汉族、副处”的档案，希望你留心一下，你肯定看不出它与别的档案有啥不同。俺还正式在本市泰山路派出所落了户。说到底，这可是俺在世为人的名分啊！

只有那种没头脑的家伙，才会满足于谁谁谁的一时宠幸。就像露露，你说她后来的下场，该有多惨哪！虽说这事跟俺有直接的关系，俺也不能不偶尔想起她来，黯然神伤。

最初，上司有时不免也会深情而遗憾地回忆起，跟她度过的那些美好时光，“唉，那个小露露呀，我刚把她搞到手上时多年轻，多乖巧，多漂亮”。此情此景，令陪在旁边的俺，都要忍不住潸然泪下啦。

行文至此，俺不得不拿过一张柔软洁白的纸巾，轻轻揩去两腮上的点点泪痕。惺惺惜惺惺，如果露露哪怕再会多说一句话，也不会有俺王光乐的今天！上司对俺恶言相向，也骂过花局里的很多人。骂了也就骂了，还能给你举行压惊宴？

9

俺只不过稍一思索，就把参加压惊宴的人选，确定了下来。除了俺的司机赵益合，其他全部是昨天花局里参加考核会的小头头（俱为副科级以上）。“臭屁篓子”纪检组长，当然也在此列。

但俺岂是不讲原则、是非不分？让他们全部参加，俺自有打算。

也不是俺有意王婆卖瓜，俺平常做事，颇能明察秋毫，这就保证了俺把足能在不久的将来酿成祸患的苗头，扼杀在萌芽之中！放屁事小，却能体现出重大的意义。关键是，空气中一有异味，你把目光投向了谁。

有一个人把目光投向臭弹制造者还罢了，有两个人、三个人看着他，还罢了，而昨天几乎是每个人都把目光投向了他。

众人的目光，是杀人的剑。俺想把这句话当至理名言，奉送给诸位，但愿您也有过同感。

有纪检组长这个现成的怀疑对象坐在那里，他们不去看，偏偏看俺，除了那个屁的确太臭了以外，还说明了啥？

我们无一例外都要居安思危啊，诸位！——你要还不理解，就请你再想想美丽小鸟儿露露的悲惨遭遇吧！

宴会地点定在蓝海，这是本市近来生意最为红火的一家宾馆。花局来了客人，如果不是听说去蓝海，就无异于向全世界宣告，这客人不够级别。

10

下班时间一到，呼啦啦，从花局大门开出三四辆小轿车。

俺跟上司同车，当然也不能让赵益合跑空车。

赵益合前面开道，他唱没唱“临行喝妈，一碗酒”，俺可不知道。俺从后面看着他把车开得够稳当的。俺想他也该换换曲目了，比如唱唱《智取威虎山》里的百鸡宴。

从车窗里，远远看见蓝海宾馆门口，停着成百上千的小轿车，就像一张树叶上，趴满了各种颜色的瓢虫。

车子找空当开进去。俺原以为给俺拉车门的，是宾馆侍应生呢。从那些伸过来的香肠似的、胖嘟嘟的手指上，俺看出是花局的纪检组长。当时俺就想，自己可别小瞧了这个胖子，他倒是有些机灵。

众目睽睽之下，俺首先探出一条腿，够着地，才将全身带出来。

话说前头，继露露之后，俺一直穿着可体的衣服，那都是专门去本市服装公司定做的。西装革履，高级领带扎得倍儿正，颜色搭配得即使齐白石也挑不出一点毛病。俺这么气度不凡地走下车来，立刻引来了一阵惊叹。

可俺从容自若，犹入无人之境，就连俺自己，也有些为自己的卓然不群，飘飘然起来。

进了定好的房间，满打满算赶来赴宴的有十四人。司机们见座位不够，就主动要去吃零餐，可上司不同意。

“都坐下都坐下，”上司说，“挤一挤更有家庭气氛。”

没说的，这样的上司，总是能够让人心悦诚服。

可是十四个人，怎么挤也挤不开。真是子曰：“岁寒，然后知松柏之后凋也！”就见一个叫乔立军的小副科长，走出来，语惊四座：

“我不坐着了，我站在领导后面就行，反正也少不了我吃的。”

没等别人反应过来，他就走到了俺的身后。俺马上吩咐服务小姐，给他送上一双筷子。还有人要替他，但已经晚啦。

座次排定，酒菜陆续端上来。

上司举起酒杯，发表了热情洋溢的演说，庆祝本单位领导班子考核的顺利通过。大家心知肚明，虽然上司并没把“压惊宴”几个字说出口，仍然把俺当成了宴会的主角，在不忘颂扬上司领导有方的同时，左一句右一句，夸奖俺劳苦功高。

诸位，俺可没打谱儿在宴会上摆脸子。俺的脸，早就极大地舒展开啦。

菜是好菜，酒是好酒。每一样都强有力地说明了，人民生活水准的提高。俺可没理由不开怀畅饮。

当然，俺也不能忘了身后的乔科长。

俺把肉搛在给他特备的小盘子里。骨头俺自个儿吃。俺就喜好这一口，特别是炸得焦酥的鸡骨头。

可能由于服务小姐疏忽，没把乔科长算上，用十三种蘑菇熬制的香汤，只上了十三碗。俺发觉了，俺虽不是完全的肉食者，俺还是马上把自己的那一碗让给了他。

几番杯来盏往之后，大家皆有几分醉意。

忽然，纪检组长浩叹一声，把大家的目光都给吸引了过去。那个样子，连俺都以为他要大发思古之幽情呢。

可是，等大家静下来，听到的，却只是一阵叽里咕噜的腹鸣。俺想，他该不会在大家吃饭的时候拉稀吧。

事实上，他只是扑哧放了一个闷屁。

说实话，这混蛋的胆大妄为，把俺都给惊得一愣。

房间里马上死一般静。可这混蛋谁也不看，却一脸的惭愧。

“唉！”只听他煞有介事地说，“这个屁比咱昨天放的那个退步了呢。昨天那个如长风呼啸，通天河里鼓起了通向二〇〇八年奥运会的风帆；这一个竟是新媳妇坐喜堂，收着撮着的，慢撒。”

话音未落，在场的每个人，都领会了他话里的幽默，随后对他“臭屁篓子”“臭气鱼雷”地呼叫起来，同时又都在椅子上撅起屁股。

一时间，整个房间里响屁连天。门口的服务小姐，也被熏得掩鼻跑了出去，而大家也便更加肆无忌惮，自然闹得更凶啦。

俺呢？天地良心，俺可是一个屁也没放。

那当口，俺都快笑死啦。

11

下午的时间，我们是在蓝海宾馆的游乐场度过的。

我们包下了游乐场的那片小树林。披挂妥当后，不知是谁响亮地呼哨一声，大家便直冲了进去。

这下子，小树林里可就热闹起来啦。俺有意落在后面，看着这批勇武的猎人，大发神威，心想，俺手中就差有一根马鞭啦。

血腥气扑面而来。那些兔子，在地上活蹦乱跳，被捕猎者和枪声吓得屁滚尿流。也有呆在原地，动弹不了的；也有不管三七二十一，拼命奔逃的。

可是，哪只兔子也没能逃出五十步开外，因为哪只兔子的脚，都被一根结实的细尼龙绳拴住啦。

俺可不敢恭维猎人们的枪法。即使这样，也没几个人打中致命处呢，不是打着了耳朵，就是伤点皮毛，最后还得赶上去，顶着后脑门子，补上一枪，才算解决。俺说句实在话，这样的场景似曾相识呢。到底是在哪里见过，一时俺也想不起来。但俺心里已经有一股子嗜血的欲望，在蠢蠢欲动了，——噢，俺想了起来，那场景是俺从一部像《辛德勒的名单》那样的二战题材影片（或者就是《辛德勒的名单》）中看到的。俺常常想，这种残酷的杀戮，大约也只有在人和人之间才发生吧。

糟了！俺的心肠，一下子软了下来，那股子欲望陡然间烟消云散。

俺真想马上离开小树林。

可是，“鸟儿”们把俺留住啦。

在这座小树林里的“鸟儿”,可不是真正的鸟儿。它们只是一些母鸡。

本市文明办，三四年前，就开始倡导全体市民参加爱鸟活动。爱鸟已经成为人们自觉的行为。上司曾把那只叫露露的鸟儿养在办公室，并不是无缘无故的。现在，本市最大的清风湖公园，已常有天鹅、丹顶鹤、黑嘴鸥等国家级保护鸟类栖息，即是爱鸟活动成果显著的明证。自然，蓝海宾馆游乐场,也是在不违反爱鸟准则的前提下,才开发出的这项“猎鸟”项目。

母鸡总的来说，实用性远远地大于观赏性，与其称其为“鸟”，还不如说是“肉类”。俺对肉类可用不着礼让三舍。

依俺看，把母鸡拴在树枝上当鸟儿，跟把兔子拴在地上，是同样地具有创造性。俺真想见一见想出这主意的家伙，俺看他差不多能得国家发明奖啦。

母鸡本来喜欢吵吵嚷嚷，这时候就叫得更欢啦。它们在树枝上，徒劳地拍打翅膀，不是被缠在了树枝上，就是掉了下来，两脚朝天地悬在半空，等着挨枪子儿。

说实话，俺被它们惊慌失措的样子，搞得太兴奋啦。刚刚潜藏下去的欲望，又萌动起来。

正巧有一只吓傻的母鸡垂得很低，俺也一时忘了要保持威重，跳上去就咬了它一口，脖子都快被俺咬断了，却还在那里扑棱翅膀。

12

猎手们大获全胜，一个个面对战利品喜笑颜开。

可是，让俺说，如果不是兔子、母鸡脚上都有一根细绳拴着，这帮神勇战将肯定要空手而归。

看看天色将晚，很多人都提议去喝庆功酒。可俺忽然想起来，这是周末，而俺历来坚持不管工作多忙，周末是一定要陪伴家人度过的，就马上表示不同意。上司跟俺的观点基本一致。俺听他在很多场合发布过这样的论调，聪明人把周一至周五的时间给情人，但一到周末，就回家没商量。

不消说，我们是殊途同归。

战利品当时就被大家瓜分殆尽，俺只要了三只母鸡，其中一只还没断气。俺想，吃的时候可能会新鲜一点。兔子俺是不屑吃的，有股子土腥气，这很不合贵族口味。

13

回到家里，保姆小玉已在准备晚饭。

胡雪梅和王冬子一见俺提上来几只鸡，就像注入了兴奋剂一样，忙让小玉收拾重做。平时我们家里吃鸡是常事，但他们母子俩本性难移，仍然见不得鸡。

小玉不大乐意，胡雪梅就开始向俺说她坏话，那意思无非让俺立马辞退了她。俺想，胡雪梅就是不懂“己所不欲，勿施于人”的道理。她要能够设身处地替小玉想想，就不会怪她不乐意啦。本来小玉已把饭准备得差不多了，可偏要她从头另做，换谁也不会高兴。俺只是不动声色地听她唠叨。

诸位，听俺一句忠告，任何时候也不要轻易更换保姆。

就这样，有妻子不停唠叨对保姆的不满，有儿子眼巴巴地等着香喷喷的鸡肉端上饭桌，有保姆气鼓鼓地为你忙碌，伴着从厨房里飘散出的新鲜鸡屎味儿，俺已经忍不住要对所有人，心满意足地大声宣告：

这就是我们的家庭生活！

想当初，俺所期望的也不过如此吧。

14

胡雪梅原名刘熙熙。可俺第一次见到她的时候，不知为啥马上想到了这个名字。

当时，她被一群小痞子堵在了墙角。那些小痞子也并不想要咬她，而是全都咻咻地喘着，噘起嘴唇，要嗅她屁股。尽管她表现得怒不可遏，可仍然不起作用。

那时候，俺在社会上多少也有点头脸了，但俺的个人问题，一直没有得到妥善解决。恕俺直言，俺的确对俺的顶头上司之女有过好感，而且不是没想过如果被她拒绝，俺也要尽量找一个又漂亮、又有才情的女大学生做终身伴侣。

后来，是上司的女儿让俺对这两种愿望，果断做出了放弃的决定。

上司的女儿怎么对待俺的，为俺的名声着想，还是不说为好。反正你能够想象得出，如果有人当众用脚踢你肚子，你会有啥样的感受！

言归正传，俺一看到胡雪梅被这群流氓逼到墙角，就气不打一处来：这群社会渣滓，我们的传统美德，已经叫你们统统破坏掉了！当然，假如我们也曾有传统美德的话。

那时候赵益合就管给俺开车。

赵益合很听俺的，一看俺生气，就嘎吱把车停下来。

小痞子们原来也都是些胆小鬼，车门还没开，就夹起尾巴，一哄而散啦。

可是，胡雪梅最初对我们的到来，并不是充满感激。她也要乘机开溜。

俺及时地走下车，拦住了她。俺发现她猛地吃了一惊，随后又变得恐惧起来，全身战战兢兢。

不是说过嘛，俺已是有些脸面的人物啦。俺可不能在街上，随便跟一个陌生女性搭讪。

按照惯例，俺只是留给她一张精致的烫金名片。

不久之后的一天晚上，俺正睡得迷迷糊糊，一阵刺耳的电话铃声响了起来。电话是胡雪梅从寒冷的街头打来的：

“是王光乐先生府上吗？”

不消说，俺收留了她。既然啥都在那天晚上不可避免地发生了，俺也不想赖账。元旦一到，就跟她结了婚。总的来说，俺对这桩婚姻，也还是基本上满意的。

事实上，俺没能跟上司的女儿共结连理，也得算是明智之举。听说，她跟自己的丈夫，生活得并不幸福。但俺从一开始就有的成家立业的念头，的确是出于一种长远打算。人无远虑，必有近忧嘛。总的来说，这也是俺的非同寻常之处。当时上司的家，俺是可以随意出入的，基本上享有着临时家庭成员的待遇。可是，俺仍旧在花局分配住房的时候，当仁不让提出了申请，并如愿以偿。虽然家里还缺个女主人，但总是属于自己的自由空间啊。俺在这里翻跟斗打滚，就是随地拉屎撒尿，也不会有失那狗屁体面。不过，俺在孤身独居的近两年间，可从来没发生过“召妓”丑闻。——只是到了那天夜里，俺才收留了无家可归的刘熙熙，即胡雪梅。

诸位，即使俺不说啥，您也肯定会理解，一位至今只有在梦里才有可能发生性行为的单身汉吧。再说，俺也没有不负责任地始乱终弃呀。胡雪梅就是俺多年来梦寐以求的新娘。——说实话，她被小痞子围攻时，俺倒没觉得她多么适合俺。可那天晚上，俺一从电话里听出是她的说话声，俺就动了心。这也是俺决定收留她的重要前提。

胡雪梅的身世不幸。在她还很小的时候，就被生身母亲抛弃。至于父亲，她连想都没想到过他呢。多亏一对好心的刘姓老夫妇，把她从野地里捡了回来。

那对老夫妇没有自己的子女，一辈子收养了数不清的弃婴。在他们连自己也不能照顾的时候，身边却没有一个亲人。这也不是说他们的养子女不孝顺，而是各有各的工作，给予养父母爱的表示，也便只有频频的来信，甚至通过邮局送上门来的鲜花。

胡雪梅就是听着他们对她日复一日地读的那些情真意切的信件，了解这个世界的。在她成人时，老夫妇几乎在同一夜间撒手西去。遍布各地的养子女，忽然挤满了他们的房间。

睹物思人，悲极而泣，可就是没谁留意这个曾经陪伴老人度过许多孤苦时光的胡雪梅。

唉，说起这个来，俺的经历与胡雪梅也有许多相似之处呢。不过，俺生来不说是锦衣玉食，也得算温饱无虞。

胡雪梅忍痛悄悄离开刘家，在黑暗中开始了不堪回首的漂泊生涯，直到那天危急时遇上俺，才有了一线转机。

在向俺讲述这些经历时，胡雪梅流出的眼泪，都快把床给漂起来啦。俺也禁不住替她抛洒了几点泪水。当时俺真是非常怀念辞世多年的王老。

15

俺是在王老家出生的。

王老有生之年可谓位高权重，虽然已到了颐养天年的年纪，但仍能左右当地政府的决策。

俺在王老家，你可别以为俺是住在门口的鸡笼里。俺单有一间房，而很多时候，俺是跟王老住在一起的。

每天出入王老家里的人很多。耳濡目染，人类中比较高贵的那套举止，俺早在不知不觉之中学会啦。这也是俺特别受到王老宠爱的原因之一。

王老一旦发现俺的特殊潜能，就制订了继续开发的计划。计划中顶重要的一项内容，就是读报。只要是投到王老家信箱中的报纸，从头到尾，边边角角，都读。大到全国人大政协会议的召开，小到家长里短、明星婚变、处女膜被妇检医生不慎捅破的索赔案，无一遗漏。

有一段时间，王老还突发奇想，要把俺培养成为音乐家或歌星。

说实话，那也许是俺一生中最为阴惨的一段日子。王老起床的头一件事，就是打开录音机播放民乐，还非得要俺随着曲调的高低，不停哼唧。

后来，俺倒是喜欢上了几首乐曲，比如《春江花月夜》《梁祝》。俺特别不喜欢的是《阿细跳月》，可王老偏要说这是特别为俺演奏的。

在他自以为大见成效以后，他就开始命令俺在客人面前表演：

“乐乐，唱一个！嗯，就唱《世上只有妈妈好》吧。”

但由于俺的音准太差，唱起来自然不好听。

可能王老先受不了了，把俺培养成音乐家的计划，也便随之泡汤。

不过，俺现在之所以具备相当的艺术欣赏水平，不能不说跟那段时间王老对俺的严格训练有关。

后来的事，真应了那句老话，艺多不压身。回想起来，俺对王老有着说不尽的感激。

最让俺感激的，还是王老对俺的前途的安排。王老对俺好，但王老已是八九十岁的老人了，假以时日，也不过是一朝一夕的事。对此王老看得很开，并早就立下了遗嘱，明确提出，百年之后所居豪宅原封不动献出，因为这里曾是本市一历史名人的故居，若不是市领导不同意，他也早在几年前就搬出去啦。

果然，王老辞世不久，这里就开辟为那位历史名人的纪念馆。可依俺看，叫“垃圾纪念馆”更合适。

——闲话少叙，王老打定主意不耽误俺的前程，遂将俺推荐给俺现在的上司。

俺知道，在曾经跟随王老工作的人员中，有不少已经官升副市长啦。当时俺辞别王老时，心里要多难受有多难受，但还是对将来满怀希望和好奇心的。

16

唉，诸位，俺还有啥话可说呢？俺只有活得更好，才能对得起俺那正在天堂徜徉、俯瞰人世的恩人呀！

香味四溢的蘑菇炖鸡，端上来了，但愿小玉没把鸡毛混进汤汁里。

17

这样的周末，要多美气有多美气，可没想到，下周一刚到花局，就遇上了一场麻烦。

俺从街上就看见院子里停着两辆警车。警灯虽然没响，俺仍感到气氛不对，心里一下子就紧张起来。同时俺还发现，几乎所有参加上周五压惊宴的人，都被集中在了墙根底下。

俺的车子一停，就有人叫：

“又来了一个！”

俺慌忙走下去，主动跟那群人站在了一起。

接着，在一位公安人员的监督下，一个浓妆艳抹的女人走过来，像家庭主妇采购西红柿似的，对我们挨个儿辨认。俺一看，自己不认识，可她也好像并没注意到俺。辨认完了，她就向公安人员摇摇头。

公安人员问上司：

“还有没有别的领导？”

上司脸色灰白地说：

“没，没有了。”

只听有人扑哧一笑，俺就瞥见是财务科的裘科长。公安人员问他笑啥，他又不说了，使劲地绷住嘴。

辨认了两三遍后，他们就向上司连说起“误会”来。上司也说“误会”，但表情是生硬的。

那女郎被他们带走了，可大家却谁也不说话，过了半天才陆续散开。

俺已经知道这是怎么回事啦。原来那天俺跟大家分手后，上司经不住大伙儿的撺掇，违背了自己一贯的准则，又在蓝海宾馆玩了半宿。那女郎是公安人员在蓝海宾馆查到的卖淫女，在供认嫖客时，把我们花局的人说了出来，才引起了这场误会。

虽然不过是一场虚惊，但可以肯定，这件事很快就会在社会上闹得沸沸扬扬的，所以不难理解，上司为啥依旧一副心事重重的样子。

18

在这样的时候，俺以为还是保持沉默为妙。

走进自己的办公室，俺倒不是在生气。那一伙公安人员，连看也没看俺，俺是不会为这点小事儿生气的。俺也不会生同僚们的气，即使他们在说好各自回家的情况下，竟然又去玩，也没想起告诉俺一声。

说实话，俺满心高兴呢。他们不叫俺，说明了啥？说明俺已真正树立起了领导者的形象呀！

俺以后可得更加严格要求自己。

还没在办公室坐稳，就有人来敲门啦。

“裘科长扑哧笑了，”来人说，“就像他昨晚没去蓝海宾馆似的。俺看他是期望从大伙儿中间找出谁是嫖客吧。”

俺并不轻易表态。

来人又说了几句就走啦。

19

整一上午，俺的办公室就没断了来人。

“裘科长笑了，他笑啥呢？”无非这几句话，也不嫌烦。这是问俺呢，俺知道他笑啥？后来，俺就想了想，离开办公室，慢慢踱到财务科的门口。

那裘科长看见了俺，跑出来请俺进去。俺自然对他的工作夸奖了两句，他还挺谦虚呢，一个劲儿含笑说“多亏领导栽培”。

桌子上放着账本儿，俺随手一翻，也不知怎么那么巧，一下子就翻到了写着“狗食”的这一页。

俺又漫不经心地给他合上了，没多停留，又勉励他几句就走了出来。

现在，俺已经感到有些迫不及待了，径直去了上司的办公室。

“办案人员又来电话致歉了，”上司满面春风地对俺说，“他们已查实嫖客冒充了咱单位的人。我看办案人员也太不慎重了，把一个单位中层以上的领导，全都集中起来，让一个臭婊子辨认嫖客，到底会产生啥社会影响？所幸有了结果，不然，大伙儿就是跳进黄河也洗不清啊！”

这倒真是值得庆幸的，但俺心思不在这上面。俺开门见山地说：

“财务工作一片混乱，有拿‘狗食’直接入账的吗？”

上司惊讶得眼珠子都快瞪出来啦。

“我看裘兆年是把我们花局当成肉食犬推广站了。”俺说。

上司脸上的神气，就像已经认不出俺了，可俺照旧是俺呀！

“根据工作需要，裘兆年必须调换地方啦。”俺不慌不忙地说，“财务科长应该由赵益合担任，或者由乔立军担任，不，乔立军现在还有待考察。”

上司终于恢复了常态。“看来我真得跟你好好谈谈了。”上司说，“有的同志是很容易发烧的，高温五十摄氏度不止。”

“那就加大剂量，”俺说，“由每天十五粒改成五十粒。在此我郑重推荐新华制药厂出品的扑热息痛片。——相信我，没错的！”

上司猛地笑出声来。他揉着胸口，断断续续地说：

“光乐，你可真逗！我，我，我快笑死了。你真是，太逗了。”

俺也止不住笑起来。

“你总是让我很高兴，”上司眼里闪出了泪花，“刚才你的样子，太可笑啦。”

凭良心说，俺可并不觉得自己可笑，但是俺仍然随他笑着，还装出了笑痛肚子的模样。

20

事后，俺才意识到，自己这天在上司的办公室，实在是冒了一场很大的风险。

不过，效果仍是明显的。

就连俺也没想到，上司会在第二天，突然宣布了将裘兆年从财务科调往另一个不起眼的小科的决定。

“经本单位任免中层领导干部小组研究”，新任财务科长就是在上周五压惊宴上崭露头角的乔立军。

俺敢打保票，除了俺多少了解一些内幕，其他人事先连点风声都没听到呢。这就不怪决定宣布后，裘兆年顿时呆若木鸡。俺这人，向来就对民主制度持有十足的好感。裘兆年的表现,充分说明了民主威力的强大。

等裘兆年缓过神来，他的表现才更叫绝呢。

“嘿嘿，”裘兆年脸上竟露出了一抹干巴巴的笑容，可让俺看来，那简直是惨不忍睹，“嘿嘿，我坚决服从领导安排。”他说，“嘿嘿，嘿嘿。”

差点把俺吓杀。

可一旦散会，他就变得不那么听话啦。群众反映，这个裘兆年几天来在每个办公室之间串起门来，严重干扰了本单位正常的工作秩序。

“有些同志当面不说，背后乱说，”俺对上司老古表达了自己的看法，“完全没有一位机关干部应该具有的修养。”

“让他消消气，”上司却一副息事宁人的模样，“每个人受到挫折都可能会产生寻求发泄的欲望。我们从不主张一棍子打死。”

“可咱王光乐坚持要打落水狗！”俺说，“有人怕得罪人，我可不怕！”

你瞧，俺这儿情绪激昂，可人家又笑啦。

“哈哈哈，王光乐……”上司说。

他没再多说啥，俺可知道他话里的意思。他在挑俺话里的个别“词儿”来着。可俺仍然不准备回避，俺接上去说：

“咱可不怕疯狗咬人！”

不料上司又笑开啦。俺深感羞辱，但仍装着没事人似的走开啦。

刚回到自己的办公室，裘兆年就跟了进来。

“他凭啥！”裘兆年大约还是神志不清，也不看俺是谁，张口就说，“我干了十五年财务工作了，芝麻大点儿的差错都没有出过。他怎么能说免就把我免了？”

也怪了，俺竟然猛地对他可怜巴巴的样子动了心。俺原准备一句话把他撵出去的，可俺已经改变了主意。

“唉！”俺叹了一声。

“他也太独断专行了，”裘兆年说，“简直就是暴君！”

俺默不作声，裘兆年见俺没有阻止他，就继续说：“他简直不把人当人！他，他把人当成了——”俺暗暗留心他要说啥。

“狗！”裘兆年没有回避。

也别说，俺就欣赏这个。换了别人，肯定会认为他的胆子够大的。

“奴隶！”裘兆年又补充一句，嗯，这个词儿倒也对俺胃口，“他觉得他有资格动不动就对人大发雷霆，甚至拳脚相加。”裘兆年接着说，“我看他是要希望时代倒退回黑暗的奴隶社会，多少代仁人志士的鲜血，都将白流了！”

俺不能再让他说下去啦。

“闭嘴！”俺说，“有的人发烧五十摄氏度了，俺建议他还是到水龙头那儿把脑袋冲冲。”

裘兆年出人意料地冷静。“我已经冲过了，”他告诉俺，乖巧地把脑袋低到俺面前，“不信你摸摸。”

诸位，俺难道真的要摸他脑门儿？他脑门儿上有香饽饽咋的？

俺下意识地往后一仰身子，他的脑袋，也就静止在那儿，停了一会儿，才拿开。

我们都让自己松弛下来，完成了一桩神不知鬼不觉的交易似的，隔着办公桌，会意地相视一笑。

21

可以说裘兆年让俺长了见识。

俺不得不承认，他是俺见过的最最聪明的人啦。

接下来的几天，我们形影不离。俺敢说，很多人都陷进了极大的迷惑之中。听过我们谈话的人，都会认为我们的关系已经发展到如胶似漆的地步。

裘兆年对那天让婊子辨认嫖客时突然发出的一笑，做出了合情合理的解释。

“你是怕他们没看见俺。”俺坚持自己的看法。

“谁说的？”裘兆年说，“我是在笑他们怎么那么笨，光让婊子看脸，怎么就想不到让大家脱掉裤子？”

“那样太不雅观啦。”俺说。你看俺倒是个“给只棒槌认成针”的实在人。

“我们讲法治建设，就是要从根本上杜绝冤狱呀！”

“啥‘冤狱’？”俺大为不解。

“罪‘龟’祸‘首’！”

俺领悟过来，忍不住笑啦。这个裘兆年，他可是太有意思了！他搞笑可谓是信手拈来，这本事也不知跟谁学的。

22

不久，俺有机会在全花局进行了一次别开生面的民意测验。

当然，起初俺并不是要搞啥测验，俺只是在一天的下午，循规蹈矩地主持花局的一场政治学习。

为活跃气氛，俺读了报纸上的一则新闻，说的是某省某县某镇，一百岁老妪无疾而终，遗体火化后，留下了五百多粒舍利子。这些舍利子大的如黄豆，小的如芝麻，颜色鲜艳，形状不一。据老妪家人所言，老妪四十二岁时便开始吃早斋，每逢农历初九、十九、二十九则吃全斋，这种习惯一直保持至逝世。平时老妪日诵佛号三万遍，自一九九一年起改为日诵五万遍。逝世之前，尚在诵念佛号，而后自称有点累，便躺下休息，孰料就此与世长辞。

“这是在宣扬封建迷信！”上司老古突然打断俺的朗读，不容置疑地说，“信佛的人死了能烧出舍利子，根本就是不可能的！”

俺拿着报纸，望着神情坚决的上司，心中又一次灵机一动。

“可咱相信报纸。”俺说，“报纸上登的没错。”

“绝不可能！”上司再次强调。

俺把脸转向群众。“报纸上登的能有错吗？”俺说。

“没错！”裘兆年说。

“白纸黑字，这怎么会错呢？”乔立军说，“除非他眼花了。”

“谁眼花了？”赵益合也说，“谁眼花了，咱给他买副老花镜！”

“这还是不是省妇联主办的报纸？”纪检组长口气慢悠悠地，“我们怎能不相信占我国二分之一人口的妇女同志。”纪检组长说着，忽然惬意地一笑，俺猜他肯定又放了个屁。

“我看你们中毒太深了。”上司无限惋惜地说，“竟然相信这样的胡说八道！”

“这是胡说八道吗？”俺问所有人。

“不是！”群众异口同声地响亮地回答。

上司老古如果仍觉察不到啥，俺看这个人就真的是无可救药啦。还好，在人群的嗡嗡声中，他已经不可遏止地变了脸色。

俺知道自己脸上不由得浮现出了一丝得意的微笑。俺可再不想做啥掩饰了，而且俺有必要再重复一句：

“信佛的人死了，肯定能烧出五百舍利子！”

俺不禁大笑起来，除了俺那位惊诧不已的上司，所有人也都跟着笑啦。

唉，虽然俺这种指鹿为马的做法，在历史上无独有偶，但俺当时仍像初开先河一样，感受到了那么多惊心动魄的意味，只是没人能看出罢啦。

后来，俺设身处地替几千年前那位本来高高在上的皇帝着想，如果群臣皆慑服于某种强大的势力，心里该是多么的惶恐！

23

如今，俺简直感受到一无所求啦。

俺虽然还不是可以为所欲为的皇帝，但在花局也算得是炙手可热，一呼百应。俺也没有过多的后顾之忧，妻儿俱已入人籍，每人一张身份证。为防以后有类似数典忘祖的事情发生，俺已找金银匠做了家族徽章。千年万代之后，除了在家族的徽章上，能看到一只狗的头像，可能已没有啥能够证明他们的祖先跟狗有任何联系啦。

但俺的家族成员，注定是短命的。这就是近来不断扰乱俺心绪的那股闲愁的起因。一个非常愚笨的人，也有可能活到八九十岁，而俺的家族成员，尽管满脑壳的智慧，阳寿也不过一二十年吧。这太不公平了！

在俺真正成为一条昏昏思睡的老狗之前，俺会将自己对生命和死亡的全部体验，作一部峻笔凌厉的自传，猛击这人间的不公！但是现在，——俺都快把鸡吃腻了，与鸡同属鸟类的天鹅，俺可是还没有吃过。

24

突然，社会上传来一消息，本市清风湖公园，有一只天鹅，把头伸进了铁丝网的网眼，给活活憋死啦。

天鹅尸体被绿岛宾馆抢先买去，当晚就做了场天鹅宴，首先招待了日理万机的市长、副市长大人们。听说还余下不少，将用来招待政府各部门领导。俺差不多马上就垂涎欲滴啦。

好不容易轮上本单位，兴致勃勃赶了去，喝到的却是跟蓝海宾馆极为相似的蘑菇汤。

据服务小姐介绍，汤内除了珍贵的天鹅肉，所用蘑菇也多达十三种呢。

每个喝到蘑菇汤的人，都带着一种庄严肃穆的神情，因为他们清醒地意识到，在将来招待过某些企业老板之后，蘑菇汤也只能是蘑菇汤了，即使汤里蘑菇多达八十九种，也改变不了蘑菇汤的实质。咱们都是在代表全体市民，分享这超级的美味呢，哪能一点自豪感也没有！不多咂巴咂巴嘴，对得起谁呢？

绿岛宾馆新近才开张，俺看得出来，每家新开张的宾馆不论是饭菜还是服务态度，都是无可挑剔的。也无怪乎绿岛像点着的火药一样，不可阻挡地红火起来。但俺敢说，今日绿岛，也许明日就是啥金海岸啦。

一天傍晚，俺从围着一圈铁丝网的清风湖公园路过，看见一只只肥大的天鹅在半空中盘桓，更增强了俺的那种预感。

25

还有一件事，俺想告诉诸位，赵益合已在上星期被明确委任为本单位机动车辆调度室主任。

现在给俺开车的，俺还只是暂叫他小梁。

——诸位，知道啥人最快乐吗？

啥？

傻瓜？

你这笨蛋！最快乐的人才最快乐呀！

那你知道啥人不叫人吗？假人不叫人？

嗨！你以为自己聪明起来了，可又错啦。

应该是：科长！不信你找他办事试试。你要叫他人，他肯定会皱起眉头。但你要是叫他局长，他也会装着要生气的样子，给你摆手：

“局长哪能这么乱叫呢？”

那还是叫他科长吧。

的确，俺从儿子那里学到了不少东西，而且他总是让俺笑。

哈，哈，哈，哈！

第四部　甚于温柔之乡

1

花局与花街，相距不远。自花局成立，本城就有了这样一大景观：每天都会有很多人簇拥在花局门口。这种状况对古泊生极为不利，而且也并不是无人提请古泊生消弭弊端，花局门口人头攒动、摩肩接踵的景象却一直延续至今。十七年来，古泊生从未踏过花街半步，那些以开花店为生的人很少见到古泊生，也就不足为奇了。

传说唯有 897 号花店的夭婆有过被古泊生召见的殊荣。夭婆是花街上最漂亮的女人，生意也做得最好。她初来花街时还是小姑娘，头扎两把刷子，在董一毛的店里当店员。人们叫她夭婆，不晓得这是不是她的真名字，但叫夭婆并不是说她老。后来她自己开了花店，把花店做大，跟她的花朵一起，让人看一眼就知道，夭婆是不老的。现在不老，将来也不会老。

夭婆懒得理会那些无耻谰言，但有时也免不了笑笑做回辩白：

“那样我还用得着去花局门口耗着？”

夭婆也会去花局。办这证那证，一年到头，总得有七八次亲自去花局，有时候很像春运期间买火车票，深更半夜就挤在花局门口守候，或许还得守候至另一个深更半夜，偏偏见不到古泊生一次。像绝大多数花店老板一样，不免也会有所猜测：

古泊生上班下班，常常要走一条秘密通道。

这条暗道从他的办公室下面，直抵花局夫人的寓所。

每天，花局夫人都会在暗道的终点等他。为了这位花局夫人，他已经十七年没回过家，任凭发妻好似一件破衣旧裳，丢弃在阴暗的角落，疲惫对抗一块块与时光结盟的霉斑。

根本不用多说，花局夫人有着怎样的美貌，而且有一万个理由让人相信，花局夫人也是不老的。十七年前，花局夫人这朵娇媚的花儿开了，十七年后这朵花仍然开着，自然也多了女人成熟后的风韵。……人们就是这样说起花局夫人的。

古泊生不到花街来，但古泊生的名字却在花街家喻户晓。

花局每月下发的各式公告，都会张贴于花街无数花店的店门上，古泊生的名字赫然在目。就连小孩子也对此谙稔于心，他们甚至编了歌谣，在花街传唱：

古泊生，

你在哪儿？

花局夫人捉去啦！

他们不停地在街上奔跑，就好像刚刚从什么险境中逃离出来。那些从外地赶到花街采购花卉的客商，有那不晓得缘故的，撞到这样的一幕，就会忍不住翘首踮脚，朝花街两头张望，以为真的有什么凶神恶煞在孩子后面追赶，顺便向人打问一句："花局夫人是谁？"也不知那被打问的人出于何种目的，常常会抬手一指 897 号花店：

"喏！"

客商看一看，也就笑了。

世事如此乖蹇，要见的人见不到，不想见的人想躲也躲不过去。除了古泊生，花局上下，没一个是花街的人想要见到的。蒋小凡、柴会卡、鲁林娜，他们呀，他们就是吸血鬼！

鲁林娜到花街来，每次都会专门走进夭婆的花店。

她们坐在店里，看着花店的伙计走出去，无声关了店门。然后，她们被关在里面。如果有人问那伙计："两个女人在里面做什么？"那伙计就会轻飘飘地说："查账呗。"

查账不是有工商局、税务局吗？花局也管查账？管一百二十种名目，也管不到查账。但那伙计偏要这么回答。

曾有一次，鲁林娜单独跟夭婆在花店里待了快两个小时。店门从里面打开，走出了鲁林娜。人们看见夭婆坐在婆娑花影里，脸颊苍白，神情怔怔的，也不像往日那样起身为鲁林娜送行。很多的疑点不由得引起人们猜测，但后来人们还是相信，鲁林娜频繁来夭婆的花店"查账"，是期望忽然有一天发现夭婆变得非常衰老。她就是这个目的！因为她是花局里首屈一指的美人儿！她走出花局情况可就不一样了，最少就有一个花街的夭婆比她美得多。但她终究是个美人儿的，两个美人儿静坐在花丛里，被芳香的幽暗环绕，人们想象得出那种情景。

美人儿是美人儿的敌人，这是最让花街的人揪心的了。花局里换一个人到夭婆的花店来，花街上的人也会感到好受些。事实上，鲁林娜是花局来897号花店，也是来花街最多的人。花街的人不是没想过要写信向古泊生陈述理由。或许古泊生得知了夭婆的处境，就会亲自到花街走一趟呢。

他来到花街，就会明白一切。

2

每日无不同，鲁林娜总是第一个出现在花局的走廊里。

这么说吧，鲁林娜是花局的先进工作者。

在花局工作不存在个人隐私，即使漂亮如鲁林娜也不例外。她几乎从来意识不到自己办公室的房门是虚掩着的。这样，斜对过古泊生办公室里有了什么动静，她就可以听得一清二楚。

古泊生患有先天性心脏病，你从他脸色就看得出来。古泊生作为一个局的领导，怎么可能会有心脏病？这种提问，显然十分荒唐。有心脏病的古泊生在花局担当重任并没有什么不合适。

可以说鲁林娜曾经救过古泊生的命。他来花局任职的第二年，一个炎热的上午，夏蝉聒噪，鲁林娜在伏案起草文件，忽听咕咚一声，马上断定是从古泊生办公室里传来的。她那么迅速地冲了过去，抓起桌上的救心药，给倒在地上的古泊生吃了两粒，然后……古泊生像个小孩子，自个儿爬起来，摸摸头皮，重新坐到椅子上，吹着风扇，安然无恙。

鲁林娜不需要把办公室的门关上，这都是多少年的老习惯了，想都不要想的。鲁林娜的办公室也总是固定在那个位置。花局成立之初，办公楼还只是一座简陋的三层小楼，那时鲁林娜的办公室就处在古泊生办公室的斜对过。……本市大搞鲜花经济两年半，花局已经拥有了一座气派的现代化办公大楼，建筑设计出自名家之手：形象如同一只巨型花篮。

古泊生出任花局局长，印象最深的就是初见鲁林娜。

时隔多年，古泊生依然记得，在看到鲁林娜的那一刻，他没能克制住自己，心头突突一阵狂跳，也就是说，他立刻有了心脏病发作的迹象。

他看到的鲁林娜是那么美，至少比他的老婆要美。

在初相识的鲁林娜面前，任何定力稍差些的人都会毫不含糊地晕倒，古泊生却挺得住。他也是有好多朋友的，平时也经常跟各行各业的人一起欢宴娱乐，但他还的确没有像他那些朋友一样热衷采花，究其根本，是他的老婆的确也很不错。有那样的女人做老婆，如果再胡搞，就好像不是人。在这方面古泊生绝对可靠。能让他当花局领导，而不是别人，很能说明问题。……所以，他在鲁林娜面前最终保持住了挺立的姿态。只是第二天，他口里长了个大似指甲盖的溃疡。鲁林娜知道后，还殷勤地给他找来一个偏方。他回家试过，没丁点儿用，好几天也不见好，让他很是着急。他老婆就说，你急有什么用？本来就是急火攻心。他被老婆说出了一头冷汗。

能够想象得出来，鲁林娜也是不老的。就连她自己，也想不到自己会老。十七年后的今天，跟十七年前的昨天，对她来说是一样的。

一切都是一样的。花局，花局里的同事，当然，重要的还是古泊生。她想象不出古泊生已经年逾五十，按照当地政策，不用两年就要退休了。在花局工作这么久，古泊生的心脏病其实并未真正犯过。古泊生犯心脏病，也就是花局完结之日，但那不可能！

花局的事业如日中天，鲁林娜竟突然发现被挡在了自己办公室的门外。那一刻，她是完全地呆住了。随后陆续有很多人赶来上班。他们也都是心明眼亮的人，他们一眼就看到了鲁林娜心底的寒冷。雪亮的目光刺入鲁林娜的身体，让骨头撞得哗啷作响。聪敏的耳朵无不听得出来，那些皮肉下的骨头，一根一根的，也都不是年轻的密实的骨头啦！

鲁林娜呢？她从关紧的房门上，清楚地看到了一张自己不认识的脸孔，隐约布满了房门的本色。

她毫无顾忌地尖叫一声。她浑身颤抖，神情慌乱。她已被花局的人层层包围。她知道，她在花局是没有隐私的，她继续颤抖着，完全是一副力不能支的样子。她甚至期望有人将她搀扶着，不论是谁，柴会卡也好，蒋小凡也好。那样，她就会是一个满面苍然的老太太，每个在场的人都会为时间的流逝不返而感到震惊。

他们的鲁林娜，一个曾经的大美人儿，某年某月某日，终于衰老！

可是房门打开，鲁林娜就又是昨天的鲁林娜了。看到她重新端坐在办公桌后面，除了两个迫切需要向她请示报告的人，其他人一走而光。

鲁林娜到今天才想到，自己办公室的房门几乎从来没有被关上过。

它的斑斑锈迹向人们证明，鲁林娜在花局的岁月无比坦荡。每个人从她房门前路过，都对房间里的一切一目了然。办公桌后面的鲁林娜，身姿端正威严，简直就是花局的象征。鲁林娜的房门敞开，花局的人已经司空见惯，而至于没人相信这是事实。唯有鲁林娜，此时此刻头脑清醒、目光如炬地看到了：

她从洞开着的房门，像只机警的老鹰，紧密观察着古泊生办公室的动静。

不用鲁林娜亲自安排，就有维修工赶来，两三分钟内修好了那扇门。维修工试着开关了几次，房门好像刚刚安上一样灵活。

鲁林娜的烦恼接踵而至。从这天起，鲁林娜来花局上班所做的第一件事，不再是径直走进办公室，而是打开房门。她自己也知道，自己是个近四十岁的女人了。她不可避免地感到自己在花局没有得到任何体谅。

一天，在办公室里没有别人时，她忍不住像个小姑娘一样，嘤嘤地哭了。

还好，门外也无人经过。

哭了一阵，她拿纸巾拭干了泪水，从椅子上静悄悄站起来。

她面对古泊生而立，神色跟过去没有什么不同，心里却是一阵慌乱。古泊生没有躲开她的目光，甚至还发现她的手里正攥着一小团被泪水濡湿的纸巾。他怎么也想不到她在自己内心却是一个楚楚可怜的小丫头模样。

不过一刹那的工夫，他就再也没有机会想到这个了，因为那女人已经战胜了自己一时的软弱。她没有一点必要告诉古泊生今后不要再动自己的房门。古泊生动不动她的房门，它也总是要打开的。没有别的原因，仅仅因为房门里面坐着的是一个名叫鲁林娜的美人儿。

鲁林娜转一下身，抬手把纸团丢到墙角的字纸篓里。

古泊生的目光顺着投过去，但他好像也没有什么反应。他的嘴唇鲜红，好像涂了口红。换一个男人这样子就会显得非常怪异，可是那红色的嘴唇长在他的面孔上，简直再正常不过了。不用说，过去也是这样的，今天并没有什么出奇，鲁林娜偏偏对着它盯了五秒之久。

鲁林娜微微笑着，一语不发。她觉得自己根本没有必要说什么，古泊生也没必要说什么。看一眼他那好像鸟喙一样鲜艳的嘴唇，就足够了。

接着，她两脚那么一跳，轻捷地走了出去。

3

不！古泊生不能犯心脏病。花局需要古泊生。

这很没道理不是？花局的人倒不觉得。这个世上不可能什么都有道理。这个世界也不可能如此荒谬。但是花局的人仍然不可避免地感到，可怕的危险已经来临，而且那种危险似乎还会将整个时代带入黑暗和混乱。那就让我们简单回顾一下在这之前古泊生的生活吧。

其实古泊生的生活跟树局、草局、石头局、泥土局、水分局、空气局等重要部门的局长没什么不同。唯一有别于他人之处，也并不是古泊生是个隐性心脏病患者，而是古泊生下班后总比任何人都要晚走一步。

古泊生独自留在走空的花局里，意图何在？

花局的人晓得，他们的古局长在每道走廊里走来走去，经过每一间办公室，从五楼走到一楼，甚至还会重新返回五楼。此时等在楼下的司机小王为此常误自家的事，前些年是耽误了与情人的约会，这些年是耽误了回家照看幼小的孩子。但小王并无怨言，这也是花局职工的好处。为了工作，花局的人在自我牺牲方面没什么好说的。小王开车送古泊生回家，或者送他去参加什么酒会，也就是花街的人所风传的：古泊生通过秘密通道，与妖娆的花局夫人相会，共度良宵。

过去不认为这有什么，现在却觉得古泊生一个人踟蹰在花局大楼里的情景十分怪异。像是漫无目的的样子，古泊生在大楼里慢慢走动，把每条走廊走遍。他总会有两次经过鲁林娜的房门。如果是在往常，走过也就走过了。现在不同了，他伸手把鲁林娜的房门关上了。是在随意中做的，也是在随意中走开的。

古泊生把鲁林娜敞开的房门关上，鲁林娜没对他多说一句话。

毫无疑问，鲁林娜接受了他的挑战。鲁林娜赶来花局上班的第一件事，是把关上的房门打开；古泊生留在花局所要做的最后一件事，就是把鲁林娜的房门关上。

古泊生怪异地走在空荡荡的花局大楼里，好像一个从世纪深处醒来的幽灵。如果讲花局大楼里再没有别人，也是不合实际的。每周，局里都要安排值班领导。每日，值班领导都要安排人员留在大楼值班。而且，花局传达室还驻有一位老花匠——花局人事处秦正培处长的老丈人。往日老花匠在人们下班后，常常会在花局院内巡视，有时值班人员家里确实有了急事，也会主动提出代劳，因此老花匠在花局人缘很不错。

老花匠自然得知花局有了异动，过去走路很轻，现在走路则更轻。难为他一个六十多岁的老人，行动像个无声的影子。即使人们下班后，他也轻易不出传达室半步。就像那些值班的人员一样，把自己关在门后，不弄出一点动静。整个花局大楼，俨然空无一人。

尽管如此，还是有些人偷偷看到了，古泊生独行，魂无所依，的确像是在千年的古墓之间游荡。没人敢惊动他，怕他的面孔突然朝窥视者转来。

除了鲁林娜，花局的人都变得小心翼翼的了。鲁林娜依旧我行我素，但谁都看得出来她面容的憔悴。好像一夜之间，就衰老下来。对花局的人，动辄发脾气，吹毛求疵。这种情况在过去是没有过的。她虽为女流之辈，但她胸怀大度，就像她对任何人都要敞开办公室的房门。大家都知道，鲁林娜在花局是仅次于古泊生的二号人物，鲁林娜的办公室里竟然没有机密。想想就是不对头，但确实是这样。鲁林娜的办公室任人来去，随意从门口走过，都能对其一目了然：房间里威严端庄的美人儿就是房间里的所有。如果要讲有机密，机密也就是美人儿本身。美人儿离开了，机密也就随身而去。

这么讲来，古泊生局长也确实没有必要等在最后把她的房门关上。古泊生真是没有想到，自己好像心血来潮的举动，给全局的人带来了深深的不安，而且他就像是一个瞎眼的人，也看不到自己带给鲁林娜的严重伤害。

花局不再宁静的日子来到了，虽然没人把问题说出口，但每个人的眼神里都有了一种对真相的探求意味，即使在鲁林娜的面前，他们也没有特意掩饰。……在猜得大家一头雾水之后，他们有理由认为鲁林娜作为当事人，了解所有内情。殊不知这样的眼神也最易激起鲁林娜的怒火。在任何时间内，鲁林娜都保持着足够的机警：斜对门办公室里的那个人，其实就是花局的心脏。花局的力量，无疑是从这样一颗不幸染有隐性疾患的心脏而来。

瞧！鲁林娜没有朝那扇房门转过脸去，她只是警惕地调动着自己超凡出众的听觉，但她眼睛里，分明看到了这样一个男人的形象，面色苍白，仿佛一生都没见过天日，嘴唇鲜红，却如同绽放在阳光下的玫瑰。

鲁林娜朝花局的人大光其火，得到的不是发泄后的宽慰，而是一份心痛。这就足以让花局的人感到愧疚了。花局的人所能做的，也就只是镇静，起码是保持表面上的镇静，这就如同鲁林娜在古泊生面前那轻盈的一跃。

不过一周时间，甚至连鲁林娜也恢复了对同事的平易。这天上午，她轻轻松松走出房门，旁若无人地伸展了几下腰肢。

你要知道，她有一个外号，叫“工作狂”。只要一到局里，她的全身就好像上紧了发条。她不喜欢这个外号，而且明确表示：“我不喜欢别人叫我这个！”别人也很少这么叫她，偶尔叫她一次，她立马就拉下脸来，不过她也并不因此对人怎么样。

她现在的这个样子，就像在期冀有人这样叫她。

对很多人来说，这是一个不可多得的机会。但是你不要期望任何人都可以看到别人的心里去。他们看到了什么？

鲁林娜依旧是一个不老的美人儿。瞧那腰肢，瞧那面容！瞧那得体的装扮！她出现在花局的走廊里，光线、气息都有了不同。是洛神再生，是皇后驾临。你能够想到什么？想到什么就都说了，没让人倒牙，可是也仍旧难免“工作狂”鲁林娜心中的小小失望。

长长的走廊里暗淡了一下，鲁林娜自己也能觉得出来。她走回办公室，没有坐下，而是临窗站着往外看。

花局门口人头攒动，从来就没有改变过。对此，鲁林娜是再熟悉不过了，可她专注的神态却像在努力发现有了什么变化。她随之产生了疑惑，不记得今天到底是什么日子，花局近两天颁布了什么紧急法令。

花局门口的人似乎比往日要多得多，人群形成了一股股凶猛的浪涛，一次次向花局扑来，鲁林娜的确微微感受到了脚下楼板的震颤。正想从窗口退一步，就看到了在人群中破浪前行的古泊生。当然了，没人能认出古泊生，这可是相当地减轻了古泊生穿越浪涛的艰难度。

待到古泊生消失不见，浪涛重又弥合在一起，鲁林娜眼前一黑：

古泊生留给她了一个在深夜逃跑的背影。

窗外阳光明媚，鲁林娜却如同陷入了一个漆黑的夜晚。黑暗引起的恐惧几乎将她击落在地。

古泊生逃跑了！他逃离了花局……这个该死的忘恩负义的家伙，花局的人对你怎么样？鲁林娜对你怎么样？该死的心脏病隐性患者……鲁林娜飞也似的跑出办公室。依旧敏锐的听觉仿佛两条腿，把她带到古泊生跟前。

显然，刚才她眼花了。

古泊生坐在自己的办公桌后面，向她抬起嘴唇鲜红的面孔。……哦，快五十的人了，给人的印象却如花朵一样娇嫩。在他的办公室里，充满了玫瑰花香。鲁林娜温柔地一笑，好像他的妻子。

鲁林娜说：“我跟局长请个假吧，今天我要早走一会儿。”

她很不好意思地把脸往肩膀上扭了扭，因为对她来说下班早走实际上就是一桩奇迹。一桩奇迹这么容易就发生了，换任何一个人都会感到难为情。

离下班还有将近半小时，鲁林娜就走下了花局办公大楼。

鲁林娜第一次主动把自己办公室的房门留给古泊生关上。

4

在丈夫到家之前，鲁林娜一直不停地做家务。丈夫也在某局任职，实际上比鲁林娜更忙。平时他很少在家吃晚饭，儿子考上大学后，家里经常只有鲁林娜和小保姆两个人。他推门进来，鲁林娜也没转头看他，她早就注意到了小保姆的脸色。小保姆确实很不高兴呢，不敢在她面前表现出来，只有男主人回家的时候，才情不自禁地有所流露。

鲁林娜一反常态地起劲做家务，就好像对小保姆很不满意，但不管是鲁林娜，还是男主人，都知道她的尽职。在鲁林娜家做工的保姆，不是自己提出来不做，是不会给主人找理由打发掉的。

每个房间都收拾过了，鲁林娜才脱去身上防尘的宽松外罩，开始收拾自己。

时间已经不早了，丈夫神色倦怠地躺在沙发上，懒得动，但眼里的惊异并没有消失。

鲁林娜随口向他解释，自己要去花街一趟，看看花局的1547号条例贯彻执行得怎么样了。

她换了一身便装，为的就是不让花街的人认出自己。

话说着，浑身上下就透出一股私访官员敛不住的凛然之气。

丈夫深知不便问得更多，只叮嘱她早些回来。

她出了门，就顿住了脚步。

一个古怪的念头在她脑中一闪：她要不要听听丈夫和小保姆会在自己身后说些什么？如果她真的想听，她是会听到的，就像她在花局，两耳能够敏锐捕捉到古泊生办公室里的每一丝动静。

鲁林娜坐上出租车，直奔花局。

不知缘于何故，一上车她就感到一种感情像蜜汁一样在自己心中洋溢。

夜晚的大街比白日空旷了许多，但并不显得寂寥，也并不失华美。

恍惚之间，鲁林娜竟觉得那就是正在走向花局的自己，她穿过自己的身体，被自己无边的爱情所洗涤浸润。在这具神秘的躯体的尽头，依然会有一扇洞开的房门，蜜汁一样的感情从未受到阻碍。

她远远看到了花局办公大楼在夜空里庞然大物似的花篮轮廓，马上让司机停了下来。司机不免有些疑惑，因为这里才只到乔木三所，况且又近夜半。她坚决地下了车。司机从车里看到她站在道边很久都没动，哪里知道她一时没有了力气，两脚像棉花一样软。

她终于一步一挨地往花局走了，照她的速度她会走到天亮。

其实在她的脑子里是一片的空白，她好像根本不明白自己在往哪里走，深更半夜要去做什么。

忽然，鲁林娜看到了花局门口传达室里老花匠的头颅。

那样一颗头发花白的头颅，看上去孤零零的，在窗框之间无声移动却像在深水中无助地漂浮着一般。

很显然，鲁林娜不愿意打扰了老花匠。她可以做到的，她手中握有一把大门钥匙。溜进花局，直上五楼，打开自己办公室的房门，然后立即回家躺到床上，陪伴疲倦的丈夫入睡，像世上每个妻子一样……她记得今晚留在花局值班的是攀缘科的年轻公务员李国聪。夜晚值班这项工作向来由她亲自过问安排。李国聪也早该入睡了。即使碰上李国聪也不要紧，他见到她就会明白她这是深夜查岗来了。

可是，她听到了老花匠的声音。

老花匠在低吟那首在花街流传的童谣。尽管它已在花街家喻户晓，但她还是第一次听到。

鲁林娜身子僵硬，悄悄退到门旁一棵大树下，呆呆窥视着老花匠的窗口，心情倍感凄凉。

老花匠的声音微弱而忧悒，就像在缅怀自己早已消逝得无影无踪的青春岁月。

一辆出租车从夜色里缓缓钻了出来，鲁林娜还能认得出就是自己刚才坐过的那辆。她颇显慌乱地上了车，直到她确信把老花匠的声音抛在了身后，才告诉司机自己要去花街。这原是她今晚出门的理由，但现在，即使不为着避免酿成欺骗丈夫的事实，她也有着赶往花街的迫切欲望。

这一回，司机直接把她送到了897号花店的门外。

出租车开走了，她在原地停留了一下，有意无意地朝沉入寂静的花街两头看了看，不料一团黑影呼的一声迎面扑来，又刮风一样从她身边狂奔而去，随即消隐在街头的黑暗里。

如果没有看清裹挟在那团黑影里的孩子，她宁愿相信刚刚跑过去一群疯狂的野马。隐约从远处的马群里传来的，也正是为老花匠所低吟的童谣：

花局夫人捉去啦！

夭婆是个单身女人，鲁林娜仿佛第一次想到这个。

她们都是美人儿啊！

在鲁林娜的眼里，夭婆更是一朵常开不败的鲜花。她那袅娜的身姿，娇艳的面容，别说是换了男人，就是鲁林娜也常有那么一恍惚，好像馋了什么东西似的，暗暗咽着口水，但她却是冰清玉洁的单身。相比之下，这很不正常了，鲁林娜则是太为正常。

鲁林娜不光有丈夫，也有儿子，丈夫体面，儿子出息；不光有完整的家庭，还有令人艳羡的政府部门的正式职位。

同样都是美丽的女人，她却好像拥有太多。用另外的目光看待自己，就会看到一条装满杂物的精致口袋。

可是，好像出于本能的恐惧，她从来都在使用自己的眼睛。

在过去的多少年里，夭婆就是她的一面真实明亮的镜子。哦，没人知道的，夭婆对于一个美人儿的意义。

她却忽然地恼怒了，她几乎是仇恨地瞪了夭婆一眼。

她们坐在鲜花中间，再没有任何人的打搅，甚至也没有时间的纠缠，尘世已然远去，然而鲁林娜气咻咻的，对那面活色生香的镜子左看一眼，右看一眼，似乎那镜子蒙上一层暗淡的尘翳。

这个世上，除去夭婆，包括鲁林娜，没有谁是反常的，但也只有鲁林娜自己知道，她的生活中不能没有这个美丽的花店店主。夭婆不在，鲁林娜即刻就会化烟、化灰，而且还会有更为不堪的结果：她就只是一具衰朽之躯。

夭婆却总是不变的，夭婆镇静自若，好像鲁林娜未来之前自己是什么样子，现在也仍是什么样子，嘴角一抹淡定的浅笑，眼帘微微低垂，目光在鲁林娜的注视下平静似水。

鲁林娜马上就要管不住自己了，她浑然不知地伸出手去，毫无目的地游移在空气中，带着微微的震颤，又猛地从身旁摘下一朵百合，倏地拿到嘴边。那就是要吞吃的意思了。可是,她停住了,神态缓缓恢复正常。她优雅而随意地在百合上嗅了一下，依旧轻轻把花拿在手里。

“897。”她说。

夭婆暗暗吃一惊。

被花局的人直呼花店牌号，是很常见的事情，但被鲁林娜这样称呼，夭婆听起来却很陌生。可以说，过去鲁林娜从没叫过她名字，因为两人几乎从来都是单独在一起的。鲁林娜一来花店，夭婆的两个小伙计就会自动走开，好像倏然间，整个花店就只有两个美人儿和一屋子的花朵。夭婆留心一些地看看鲁林娜，也没能看出什么。其实鲁林娜心里的软弱，好像漫天突来的雨丝，瞬息间濡湿了所有的干燥。她再次呼唤“897”。

“讲你自己。”她说，绝非命令。

是的，她现身897号花店，夭婆从来都是一名忠实的听众，她从来都如同自话自说，讲花局，讲她在花局的生活，讲她在花局里所受到的心灵损伤，实际上那就是她对古泊生的隐秘而无望的爱情。

“讲讲董一毛。”她说，“董一毛为什么会死？”

她的眼睛黑洞洞的，好像通往掩埋已久的岁月。她还能记起那个最早一批在花街开花店的中年男子。

跟多数花街的开拓者一样，董一毛迷恋鲜花。开花店的男子迷恋鲜花一点也不奇怪。那时候的花街短短不过百米，花店也不过二十家，当然还没必要编号。董一毛的花店就叫“一毛”花店，不知道店主名字的人都以为花店专卖便宜货。还真有奔着便宜而来的人，可他们首先看到的就是在那些鲜花旁边袅袅婷婷的夭婆，而且还会细心地发现不论夭婆走到哪儿，那个店主的视线总会从一个隐蔽的角落暗暗相随。董一毛为人不特别，有老婆孩子，特别的是他突然有一天深夜在花店的门梁上自缢身亡。董一毛的老婆不甘就此罢休，带人把夭婆打出店门。看到夭婆狼狈跌落街心，花街不少人感到莫名的兴奋，竟不顾熟头熟面，也跟着动手动脚。这样的一幕恰巧被鲁林娜一行撞到。

花局官员的威严遏止人们粗暴的行为，其实人们当时就转而不安了。

花街本不是虚幻的天堂，只是一处被鲜花点缀的漂漂亮亮的世俗之地罢了。以世俗的眼光来看，夭婆从哪里来就回哪里去。

夭婆那天确实离开了花街，可是半年之后，夭婆重又在花街出现。

半年内，“一毛”花店迅速败落。

就在离“一毛”花店不远的地方，一家新的花店开张。不久，花街扩展，“一毛”花店连根消失。

那家新的花店，后来在花局的一号档案里编号为“897”，店主即是这位被人称为“夭婆”的女人。

从夭婆闪动了一下的眼神来看，那个迷恋花朵的男子在夭婆的心里依旧清晰着。她把头转向了门外，跟鲁林娜一样，目光也黑黢黢的，既通往幽深莫测的黑夜，也通往沉寂无边的岁月。

鲁林娜从来都没有多余的好奇心，此时她不禁为之羞愧了。显然，董一毛在她的心里也同样并没褪色。

作为花街开拓者之一的董一毛，有理由让每个花局的人记上一辈子，特别是对于像鲁林娜这样的对花局忠贞不贰的元老牌先进工作者。可是她既已守着健在的当事人十几年，却几乎对一毛花店败落的内情一无所知。

鲁林娜哪里想得到，一串硕大的泪滴突然从她脸上砸了下来，凉凉的。

她觉得自己好蠢哟。此时夭婆没有看她，她也能感到自己完全暴露在了夭婆的眼皮子底下。

不，她不再期望夭婆也会像自己那样！

花朵沾了她的泪水，好像是正在晶莹的晨露中绽放。

她随手丢在地上，极力保持着镇定，款款起身，从夭婆身旁走了出去。站在夜晚的花街上，她甚至断定这是自己最后一次来到这里，最后一次来到夭婆的花店，与夭婆相对，但这并没有减轻她内心愚蠢的感受，以致她在第二天早早来到花局，打开房门时用力过猛，险些跌倒。

她冲进办公室，两手扶着办公桌，身上打着战，耳朵里仿佛听到了自己巨大的吼声：

“去死吧，姓古的！”

此时，她很明白的，这是一句在自己心头压抑了很久的话。

她终于说出了口，随后又一转身，走出门去，站在走廊里，嘴角含笑，就像是在专门迎迓古泊生的到来。看到她的人，也都觉得她还非常年轻。

那样一个年轻貌美的女人，简直就是光明和快乐的化身。

5

尽管每个花局人都在自觉维护大局的平静，但还是不可避免很多无稽之谈从花局门口流布到了花店林立的花街。

捂住眼睛，那还有耳朵嘛。捂住耳朵，那还有两个鼻孔嘛。

谁都知道，每个成功的花店老板都拥有一套灵敏的嗅觉系统。最初，开花店不过是一场视觉的竞赛：如何断定花朵的美丽。而当视觉的竞赛迅速达到极致，嗅觉的优劣则显得尤为重要，虽然实际上相差无几。所有的花店都有各自的香型，清雅的，馥郁的，若有似无的，寡淡到一点气味都没有的，每种香型也都有每种香型的境界。最为古怪的则是3867号花店浓烈刺鼻的大香，所幸那种大香却有着自己的限度，还不至于让邻居难以忍受。

……花局的消息是被阻挡了，但空气还是自由的。

他们确信从花局嗅到了一种不安的信息，至于具体的情况，鼻孔就不甚管用了。

同样，真相被掩盖了，想象却仍然是自由的。

自由的想象力曾多次造成了花街人对事物认识的偏差，以致谬误流布已成为花街的传统。听听他们口上最多说起的传言就知道了：

古泊生奔赴花局夫人的秘密通道渗水，在上周五的晚上不慎跌了一跤。

跌跤不是关键，本市鸿通医院拥有全国最好的骨科大夫。为什么说是全国最好的骨科大夫？那你找本市人民理论去吧。本市人民历来都不畏惧对城市的荣誉夸大其词，而实际上，那位骨科大夫的医术确实了得，一经疗救，再为破碎疏松的骨头也都会硬得像根铁棍儿。古泊生跌了跤，身子骨只会更健旺。

另一条正在开挖的暗道与古泊生去往花局夫人寓所的暗道碰在了一起，而且没有避开的迹象。想象力证明，两只鼹鼠终于在一个不幸的时间里走岔道：

花局夫人拥抱了一只陌生的鼹鼠！

危险近在咫尺，鲁林娜、柴会卡、蒋小凡，他们焉有不慌之理？就拿传达室的老花匠来说吧，守口如瓶到了那个份儿上，但瞧他的眼睛，那里积聚了多少岁月的迷雾，究竟为了阻挡什么？不是没人向他打听过，晓得他并不是一个普通老头子。

花店老板跟人事处打交道的时候很少，但人事处对花局的人如何重要，花街的人也都清楚。曾有不少次，花街的人试图从这老头子身上打开突破口，以了解花局内幕，也终归于徒劳。

但是，人们突然惊异地发现古泊生来过了花街。更深人静，只有一群在假期里解除了拘束的小孩子在夜游，古泊生凭借神灵的指引，悄悄潜入夭婆的 897 号花店。

此事不为妄猜，897 号花店两个诚实的小伙计可以做证。

他们一个叫小昭，一个叫小阳。

“古局长来过 897 号花店吗？”

“来过呀！”

“一男一女关在花店里做什么呀？”

“那，你们说做什么？”

“小昭、小阳，你们晚上不会睡得很死吧。”

“哪能呢？开店防贼。防就防你们啊！”

小昭、小阳是对漂亮的双胞胎，是夭婆从乡下老家带来的。

他们每天都很快乐，微笑时时挂在鲜花映衬着的脸上。

“小昭、小阳，他们都说了些什么呀？小阳你不说，问小昭好了。小昭！”

“还能说什么？说花局呗。”

“说没说到花局夫人？”

“哪个花局夫人？怎么会有花局夫人？”

“小昭，谁都知道的……”

“没有花局夫人！我肯定。从前没有，从今以后也再没有花局夫人！”

“小昭、小阳别急着走，小昭、小阳别关门。”

两个小伙计话里的意思很明白了，夭婆就是新一届的花局夫人。让那位老花局夫人发霉见鬼去吧！可是，花街的人却又忍不住心底的担忧。“一毛”花店的往事还留存在很多人的记忆中。一男一女深更半夜在一起，不可能只讲花局吧。他们立刻有了不祥的预感：古泊生可能就是第二个董一毛。

夭婆从一个扎着两把刷子的小丫头，出落成一位标致少女。夭婆愈美丽，董一毛愈绝望。

古泊生向夭婆诉说了埋藏心底的痛苦：他多年来奔赴而去的花局夫人实际上就是掌控他的命运的白骨精。即使他从未到过花街，他也知道美丽的夭婆。远在天外或深处地下十八层，他也闻得到夭婆永恒的芳馥。无穷无尽的思念，无时无刻不在啃噬着他原本羸弱的心脏。但是，他躲不开蒋小凡、柴会卡、鲁林娜之流。花局里的每个人，甚至是他的司机小王也都是花局夫人安插的眼线。他的一举一动都瞒不了局里任何人的眼睛。当然，古泊生也尝试过反抗，比如，已到上班时间，他还要故意赖在花局夫人床上。这下子花局那些人没话说了吧。但这是没用的，起码在花局夫人那里就行不通。花局夫人是什么样的人啊！花局夫人总有办法准时把他弄到花局，让他跟花局的人在一起，以完成他神秘的使命。

啊，使命！古泊生奋斗终生，难道不是他自己要当这个花局局长吗？

花局除了正职，还有两三名副局长，他们又哪个不朝思暮想立马转正？可是，只有爬上这个位置，才会明白自己争取到的是一个除非死掉否则再也挣脱不开的绞索。

是这绞索般的使命，一次次把他从花局夫人的床上带到花局的办公室，然后再拉回花局夫人温柔而可怕的怀抱。

夭婆是小昭、小阳的恩人，当然不能指望从他们口中走漏一点风声。

“897 号花店南展橱发幽香了。”花街的人煞有介事地抽着鼻子说。

“幽香害你舌头生个碗大的疔！”小昭狠狠地咒，笑容却灿烂着，“让你们闻着难受，每天饿了还吃不成！”

花街的人却像生在甜蜜中，并不恼的，也笑着，说：“那是花局下文了。这还用猜吗？南展橱是发幽香了，是 019 号的，ⅧⅫⅠ类型的。”

“嘿，你长的可是人鼻子？”小阳也过来插嘴，“花店还开得下去吗？”

“都开不下去，897 号也开得下去！”

“那才好呢。”小阳说，“靠！我和小昭不怕没人收留了。”

话虽笑着说的，听听却可怜见的。花街的人确实没什么可说。花街的人就总是在想，古泊生成功地避开了一切阻挠，目睹了夭婆的芳容。

花局夫人是不老的，夭婆也是不老的。他们似乎突然间就明白了，鲁林娜一次次赶来花街试图看到夭婆衰老的目的，就是期望人世间只有一个美丽而不老的花局夫人。鲁林娜在花局对古泊生的忠心，其实只是对花局夫人的忠心。

夭婆老掉，花局夫人方可无虞。况且，花局夫人与夭婆相比，哪个更美，还两说着呢。

古泊生在897号见到了，天婆是那样美，就像是从每一朵初绽的鲜花里走出来的。他见过天婆一次，还没离开花店，就在盘算会见第二次了。他仍然可以开挖第二条秘密暗道，但这必须有一个前提：安全稳妥地处理掉前任花局夫人。对他这样一个隐性的心脏病患者来说，这确实非常有难度，而花局夫人已早在花街人的心中留下了一个老谋深算的印象。花街上的人不禁为古泊生的前途担忧。弄不好，他很有可能把自己搭进去。

再想想，却释然。

董一毛为了天婆，搭上的可不仅是什么前途，而是一个人珍贵的性命，他古泊生可又有什么割舍不得！

无休止的流言和猜测几乎成为花街的时代特征，对此，花局的每个人都心中有数。不说别人，就说鲁林娜吧，她作为一个对古泊生暗藏爱情的女人，理应直陈大义。但是，她不说，就像谁把她的嘴巴封了。花街人的鼻子在花香中得到了充分有益的进化，而她鲁林娜却好像唯一发展了听觉。常有那么一恍惚，她会感到自己的两只耳朵长得尖翘翘的，如同锋利闪亮的匕首，朝上支着。

一对变形的耳朵会不会影响到她的美貌，却远不在她的考虑之中。那颗羸弱的心脏在怎样跳动，她是听得到的。但她犯下一个不可弥补的错误，因为她误以为心脏也就是心灵，她以为身体就是一切，尽管她自己也常常为那隐秘的爱情所折磨，还不免偷偷为此洒泪。这种认识的恶果是，她实在地暗暗盼望着古泊生心脏病发作。只要古泊生办公室里扑通一响，她就可以箭步赶去：

那摔倒在地的人吞下她递上的救心丸，重新爬到椅子上。此时此刻，她像小姑娘一样地在他跟前站着，是多么美哟！

在她夜访夭婆不久，她似乎又养成了一个新的习惯：每日都要专门站在走廊里，迎迓古泊生的到来。

6

古泊生走出缓缓打开的电梯，就像走在时光的隧道里，从隧道的那一头，向鲁林娜越走越近。

起初他的身影是轻薄的，也是渺小的，但他在不停地生长变大，变得有分量，拥有一个人的分量。他竟然对她造成了一种逼迫，因为她觉得自己实际上在变小，变得像浮尘一样轻。她眼睁睁看着他的脸越来越清晰，上面纹理分布，连毛孔都看得见。

那嘴唇是多么红，那肤色有多么白。这还不算，脸孔也在不停地生长变大，一步一步朝她逼近，要将她完全地包裹住似的。她忽然意识到，不过动动指头，即使她没留长指甲，也可以一下子将古泊生戳破，像撕掉一张纸一样容易。他就是那样一张薄纸，后面是一颗脆弱的心脏，透过纸张，隐约可见。

刹那间，鲁林娜全身充满了快感。就像凶手残暴地杀了人，尚未来得及感到恐惧，美妙的震颤一波又一波地在她身上涌动，也说不清是从头涌到脚，还是从里到外。她四肢颤抖着，微笑没有改变，但心中已起杀机。只要她转过身子，就能够当面把身后的房门关上。一颗心脏猝然破裂的声音，已被她清晰地听到了。

可是,鲁林娜笑盈盈的,眼神也像飘了起来。古泊生去了他的办公室，她自己也走回来，坐下想，其实自己谋杀古泊生好多年了。

她感到了恐惧，又颤抖起来，越颤越冷。去死吧，去死吧……那天被她破口而出的咒语回还往复在她的脑际，却好像一声声哀吟。同时，她尖尖的耳朵也在极力捕捉着对门办公室里男人的身体扑通坠地的声音。她毫无理由地相信，整个花局的人无一例外，都在暗暗盼望着那个声音的响起。柴会卡、蒋小凡他们会蜂拥而入，看她把古泊生救活，就像是自己救活的一样。每个人都对古泊生怀有跟她同样的感情，也都无一例外地受到感情的伤害。他们每个人都是受伤的人。她很想立刻把他们唤到身边来，让他们相互倾诉。召集一次没有古泊生参加的会议，她可以做到。

是的，她是不会再到花街去了，更不会走进夭婆的花店。

终于有一天，鲁林娜本不想看到的结局出现了。古泊生头一次跟她在办公室大吵，吵声之大，传到了街上，似乎让花局门口的人都静息了，但没有一个花局的人敢去解劝。过了一会儿，就看她满面怒色地从古泊生办公室里出来，走进自己的办公室，并随手关上了门。

花局的人惊异得像看到了成精的冬瓜。

这是不对的。鲁林娜怎么能够把房门关上呢？鲁林娜的房门向来都是敞开的。

鲁林娜自己把房门关上了！她要在房门后做出什么事来？她的脸色

人们也看到了，她也不应该这个样子的。

可是，古泊生也走了出来，伸手就去推门。他的脸色也很难看。

门开了，他冲门缝里的鲁林娜说：“我受够你了！”花局的人简直不相信自己的耳朵，就像自己的耳朵聋了。古泊生又说：“你等着吧，我死了你来当局长！”花局的人就几乎恐惧起来。

古泊生何至于说出这种话？鲁林娜的忠心又是怎样引起他的怀疑的？无形之中，每个花局的人都感到自己的忠心受到了怀疑。柴会卡、蒋小凡他们不敢上前去劝解，也很自然。他们鼻子突然酸了，也像是在意料之中。他们看到鲁林娜的样子像是委屈得要哭，巨大的号啕声眼看就要在花局响起。

鲁林娜没哭。她表现得比任何时候都要坚强有力，她伸手又把房门关上。古泊生显然还没有发泄完毕，他也再次推开房门，说：

“给我开着！”

虽然他是男人，但力气并不见得比鲁林娜大，所以，鲁林娜仍旧能够把门关上。

这样，他们一个往里推一个往外推，把那扇才修好不久的门推得像把不停摇动的扇子。嘭的一声，房门脱落了。

他们同时愣住。同时想到房门会将对方砸死。

房门晃悠了短短一瞬，竟对角线似的，斜斜地卡在了门洞里。

这时候，看上去古泊生和鲁林娜全都平静了下来。古泊生从门口退一步，好像有些为自己的冲动感到不好意思。鲁林娜也默默往后退，一直退到自己的座位上，扭头朝窗外看去。

花局的人都机灵，都悄悄返回各自的办公室。

不用说，每个人头顶都盘踞着一团巨大的隐忧。

鲁林娜从窗口看到古泊生走出花局办公楼，根本不相信这是幻觉，但她一动都不动，她只是在心里念叨，我害死了他，我害死了他……她绝望地想到，自己已经再也没有可能阻止古泊生逃出花局，融身于摩肩接踵的人流之中。如果她能够爬上窗子，高呼着跳下，或许还有挽回的余地，但是，她像被一道道绳索紧紧缚住了，整个身体都像一块僵硬的岩石，唯有心头还在机械地转着那样单一的念头：

我害死了他，我害死了他……我是刽子手。

鲁林娜怔怔地看着古泊生被汹涌的人流淹没，突然拿起电话，把维修工叫了上来。维修工胆怯地出现在门口，被房门分割成不对称的两部分。她的神情已经恢复正常，维修工稍稍减轻了些畏惧。接下来，维修工就像忘了自己的过失：房门确实修得不够牢固。鲁林娜帮他把卡在门洞里的房门抬出来，维修工一遍遍地说：

“自己来，自己来，不用您动手。”

房门竖放在了墙上，鲁林娜朝他轻轻地笑了一下，走出办公室。走了几步,就疯了似的奔跑起来。她甚至等不及电梯停稳,就往电梯门里冲。还好，电梯门马上开了，一口把她吃进去。

对于她和古泊生发生争执的猜测注定没有结果，因为不过五分钟，她就哑了。她本身再不想说话了。眼睁睁看着心爱的人被另一个女人带走，她的心顿时被撕得粉碎。当时她冲下楼去，是要抢回他的，但她晚来了一步。可恶的房门，耽误了她一生中最宝贵的时间。

花街的人不认得古泊生，只是等他死去了才弄清他的身份。如果他们认得他，早就给他让路了……谁知道呢？也许会一拥而上，挤得更紧。反正古泊生没有可能畅通无阻地走到街上去。在人群中挤来挤去，心脏就受不住了。本来就在花局受到过一番严重的刺激嘛。他无力地倒了下去，旁边就是前来花局办事的夭婆。他像是通过很多人才来到夭婆身边的。他的视野已经模糊了，根本发现不了夭婆的美貌。

夭婆伸手扶住了他，看一眼他的脸色，就好像看到了一种新异的花瓣。她固执地认为他是一位专门为她远道而来的客商，当即决定把花店最好的花朵卖给他。

“让开！让开！”她大声地叫。

看见有人晕倒，还是有热心人上前帮忙的，但她就像害怕别人跟她争抢一样，谁靠过来她就用手打谁。也不知是因为古泊生太轻了，还是她确实有很大的力气，她一个人就把古泊生拖到了车边。她把古泊生塞到车座上，自己正要从左边上车的时候鲁林娜跑了过来。

鲁林娜向她呼叫着什么，但她没有理会，发动了车子，就向医院疾驰而去。途中，古泊生的身子左右摇晃，她就只好一手开车，一手把他搂在怀里。

“到了到了。”她不停地安慰他。他的脸孔紧紧贴着她高高的胸脯，她注视着道路，眼里的余光仿佛看到胸脯上插了一朵鲜红的玫瑰。她不由得想让自己好像玫瑰一样芳香，那肯定对病人有好处。当她注意到古泊生在嘟嘟囔囔的时候，她才发现，那不是玫瑰，而是一个心脏病患者的嘴唇。她的眼神一下子迷离起来。

"去……去花街……"

夭婆听清了。

事实上，夭婆把古泊生带到了花街。车子长时间停在街口，挡住了别人的去路。朝车里一看，好像有个男人静静地睡在了夭婆怀里。

夭婆的做法在花街的人看来有欠妥当，她忘了当年自己在董一毛花店的不幸遭遇。还好，古泊生死后，不管是他的家庭，还是花局，都没来找她的麻烦。

当然啦，有关花局的传言，永远没有休止：

是贪得无厌的花局夫人狠心把古泊生给蹬了。要一个心脏病患者总在床上生龙活虎，确乎不大现实。如果换了温柔的夭婆，或许就是另外一回事。

图书在版编目（CIP）数据

花局 / 王方晨著. — 北京 ：北京十月文艺出版社，2021.1
ISBN 978-7-5302-2087-0

Ⅰ. ①花… Ⅱ. ①王… Ⅲ. ①长篇小说—中国—当代 Ⅳ. ① I247.5

中国版本图书馆 CIP 数据核字（2020）第 236923 号

花局
HUA JU
王方晨 著

出　　版　北 京 出 版 集 团
　　　　　北京十月文艺出版社
地　　址　北京北三环中路 6 号
邮　　编　100120
网　　址　www.bph.com.cn
发　　行　新经典发行有限公司
　　　　　电话（010）68423599
经　　销　新华书店
印　　刷　北京盛通印刷股份有限公司
版　　次　2021 年 1 月第 1 版
　　　　　2021 年 1 月第 1 次印刷
开　　本　850 毫米 ×1168 毫米　1/32
印　　张　10
字　　数　190 千字
书　　号　ISBN 978-7-5302-2087-0
定　　价　52.00 元
质量监督电话　010-58572393
如有印装质量问题，由本社负责调换。